太子妃になんて
たくない!!
王太子妃編
5

王
なり

MELISSA

王太子妃になんてなりたくない!!
王太子妃編5

月神サキ

Illustrator
蔦森えん

フリード
フリードリヒ・ファン・デ・ラ・ヴィルヘルム。
優れた剣と魔法の実力に加え、
帝王学を修めた天才。
一目惚れしたリディだけを愛し続け、
正式に妻として迎えた、
ヴィルヘルム王国王太子。
リディ
リディアナ・ファン・デ・ラ・ヴィルヘルム。
ヴィヴォワール筆頭公爵家の一人娘。
前世の記憶持ちであり、
王族の一夫多妻制を
受け入れられなかったが、
想いを通わせたフリードとついに結婚、
晴れて王太子妃となった。
王太子妃になんてなりたくない!!
王太子妃編
5
CHARACTER

アベル
変装を得意とする情報屋。
万華鏡と呼ばれている。
カイン
赤の死神と呼ばれる、
元サハージャの暗殺者。
リディを主と定め、
契約を結んだ。
レイド
オフィリア・レイド・イルヴァーン。
ヘンドリックの妹である
王女だが、女性的な服装と
口調を嫌い、
変人と言われる王女。
ヘンドリック
ヘンドリック・リヴェイア・
イルヴァーン。
イルヴァーンの王太子で、
過去にちょっとHな婚約祝いを
フリードたちに贈っている。

ウィル
ウィリアム・フォン・ペジェグリーニ。
ヴィルヘルム王国魔術師団の団長。
グレンの兄。

アレク
アレクセイ・フォン・ヴィヴォワール。
リディの兄。元々フリードの側近で、
フリード、ウィル、グレンとは幼馴染兼親友。

グレン
グレゴール・フォン・ペジェグリーニ。
ヴィルヘルム王国、近衛騎士団の団長。
フリードとは幼馴染かつ親友。

これまでの物語

ヘンドリックがレイドに次期王位を譲ろうとしていた理由――
それは、妃であるイリヤが獣人であり、子を成しても差別の色濃く残るイルヴァーンでは
大きな問題になるであろうという懸念からであった。
レイドはあえてその全てを両親に明かした上、自分が王位継承者になる決意を表明、
さらにリディの機転によって、イリヤは王妃の前でヘンドリックへの愛を改めて誓う。
皆が良き結末を迎えイルヴァーン訪問は無事終了、
ヴィルヘルム王太子夫妻は惜しまれながら友人たちに別れを告げるのだった――。

この作品はフィクションです。
実際の人物・団体・事件などに一切関係ありません。

王太子妃になんてなりたくない!!

王太子妃編5

MELISSA

1・彼女といつもの風景

長かったようで短かった十日間のイルヴァーン滞在を終えた私たちは、無事ヴィルヘルムへと帰ってきた。

転移門から降り、帰国の挨拶《あいさつ》を済ませる。

つい先ほどまで南国のイルヴァーンにいたというのに今はヴィルヘルムで懐かしい皆に囲まれている。魔法や魔術がある世界だから当たり前と言えば当たり前なのだけれども、とても不思議な気持ちになった。

室内にいても暑かった空気は過ごしやすいものに変化し、ここが魔術で温度管理されたヴィルヘルムのファフニール城だということを思い出させてくれる。

「ヴィルヘルムってこんなに過ごしやすかったんだね」

湿気がそこまでではなかったのと風が入れば心地よかったため、慣れてしまえばこんなものかと思えたが、帰ってくるとやはりホッとする。

「イルヴァーンは暑いからね。リディが体調を崩さなくて良かったよ」

「うーん、毎日忙しくてそんなこと気にしてる余裕もなかったかな」

十日間のイルヴァーン訪問はめまぐるしすぎて、息を吐《つ》く暇もなかったのだ。ほぼ毎日のように何かが起こり、それに対処しているうちに帰る日になってしまった。

とはいえ、イルヴァーンの王女であるレイドと友達になれたし、収穫は色々あった。

お土産《みやげ》もたくさんできたし、行って良かったと素直に言える程度には楽しかったのだ。

「また、行きたいな」

南国の国、イルヴァーン。

バカンスとして行くにはぴったりの国だと思う。

南国らしく賑《にぎ》やかで、楽しい国なのだ。別名、商人の国と呼ばれるだけあり、色々な国の人がいたし、外国籍の船も多数出入りしていた。少ししか見られなかったが、市で売られている品はヴィルヘルムにはない珍しいものも多かった。今度はぜひ、もっと余裕を持って色々見て回りたいと思うくらいには魅力に溢《あふ》れた国だった。

そんなことを考えていると、フリードが言った。

「リディはよっぽどイルヴァーンが気に入ったんだね」

「うん。楽しかったから」

「でも、残念ながらしばらくはないかな。行くとしても別の国になると思う」

それはそうだろう。

ヴィルヘルムの王太子が外国へ行くというのは遊びではなく外交なのだから。

「分かってる。言ってみただけだから気にしないで。今は、レイドが来るのを楽しみにしてるし」

友人となったレイドが一週間後に、ヴィルヘルムに留学に来るのだ。しかも二年間という長期滞在。

すっかり彼女のことを好きになっていた私はそれがとても嬉《うれ》しくて、レイドが来ると思うと気持ちが浮き立って仕方なかった。その気分のまま周りを見回す。

部屋には国王に義母、父にウィル、そしてグレンやシオンがいた。

普段仲良くしている面々が迎えに来てくれたのが嬉しいなと思っていると、私の後ろを見た父が驚いたような顔をした。

「誰《だれ》だ！」

「え？」

父の視線を追って振り返る。彼が見ていたのはカインだった。

「あ」

しまった。紹介する前に気づかれた。

カインはやっぱりなーという顔をしている。知られてもいいと言っていただけあり、逃げるつもりはないようだ。

「え、えっと……！」

カインのことを父に説明しなければ。そう思い口を開こうとすると、私より先に兄が言った。

「親父、こいつはリディの従者だ！　別に怪しい奴《やつ》じゃねえ！」

さっとカインを庇《かば》うように立つ兄。私も慌てて兄に続いた。

「そ、そうなんです。彼は私の忍者……じゃなかった従者で、その……実はイルヴァーンにもついてきてもらってて。帰りは一緒に帰ろうって……」

ここで納得してもらえなければ、下手《へた》をすれば兵士を呼ばれて投獄されてしまう。それは避けたかったので必死に説明すると、フリードも援護してくれた。

「宰相、父上。大丈夫です。カインはリディ専属の護衛で、危険な者ではない。私が保証します」

「……そうですか。まあ、殿下がそうおっしゃるなら」

私と兄の言葉には眉《まゆ》を顰《ひそ》め、信用できないという顔をした父だったが、フリードの言葉には素直に頷《うなず》いた。

「……なんだかなあ」

ここに父の私たちとフリードに対する信頼の差が見え、微妙な気持ちになった。

兄も同意見なのかボソリと言う。

「俺《おれ》たちのことは疑うのにフリードの話は無条件に信じるとか、当たり前とは思うがなんか腹立つ」

「同感。お父様はもっと自分の子供を信じるべきだと思うの」

「……そんな台詞《セリフ》は、お前たちが今まで私に掛けてきた迷惑の数々を思い出してから言うように」

渋い顔で注意されたが、別に何もしていない。

「私、何もしていないと思いますけど」

「俺もー。つーか、リディが信用できないっていうのは分かるけど、俺は違うだろ？」

「は？　兄さんが信用できないのはものすごく分かる、の間違いじゃないの？」

「お前だろ」

「兄さんだってば」

むむむと睨《にら》み合う。お互い一歩も退《ひ》くものかと頑張っていると、父が私たちを呼んだ。

「アレク、リディ」

「うわっ」

「ひえっ」

ギロリと睨まれ、私たちはほぼ同時に首を竦《すく》めた。

「陛下の御前で愚かな真似《まね》は慎むように」

「はい……」

父の言葉は尤《もっと》もで、私も兄も頷くしかなかった。

結婚後も変わらず怒られている私、ちょっと格好悪すぎる。

だが、父の態度が結婚しても変化しなかったことは、言葉にしないが嬉しく思っていた。

兄にも同じことが言えるのだが、二人に「ご正妃様」とか「妃殿下」などと呼ばれ、敬語を使われた日には、仕方ないことと分かっていても距離が空いたようですごく寂しく思えてしまう。だから二人が態度を変えずにいてくれたことはとても感謝していた。

兄は怪しいところだが、父なんかは規律に厳しい人だから絶対に対応を百八十度変えてくると思っていたのに。蓋《ふた》を開けてみれば、結婚前と何も変わらない。嬉しい誤算だった。

チラリと国王と義母を見ると、二人はなんだか微笑《ほほえ》ましいものを見たかのような顔で笑っている。

私は本当に恵まれているなあと思う瞬間だ。皆優しくて幸せ。

心の中でこっそり笑っていると、父が渋い顔をしながら国王たちに頭を下げた。

「申し訳ありません。お見苦しいところをお見せいたしました。厳しくしつけたつもりなのですが、二人とも何故《なぜ》かこんな風になってしまって、お恥ずかしい限りです」

「いや、楽しかったから構わないぞ。ルーカスの子供たちは兄妹仲が良いのだな」

「それにリディは私たちの義娘。親の前で自然体になってくれるのは嬉しいですから、気にするはずがありません」

　国王と義母がニコニコと微笑みながら答える。父は恐縮しきった様子で再度頭を下げ、「ありがとうございます」と言った。

　兄が私を小突き、小声で文句を言ってくる。

「……お前のせいで怒られたじゃねえか」

「私じゃない。兄さんのせいでしょ」

　仕返しに足を踏みつけると、兄は痛みに顔を歪《ゆが》めた。声を出さないのは、さすがにもう一度怒られたくないからだ。

「リディ……」

「ふん。最初に小突いてきたのは兄さんだし」

　ぷいっと顔を背ける。一連のやり取りを見ていたフリードが感心したように言った。

「こういう時、リディとアレクは兄妹なんだなと心から思うね。怒られた時の反応の仕方がそっくりだ」

「えー……」

「俺とこいつを一緒にすんなよ」

「ほら、そういうところ」

嫌そうに言う私たちに、フリードが笑いながら指摘してくる。

「文句を言うタイミングまで一緒なんだから。……仲が良くて羨《うらや》ましいな」

「フリード。私は嫌だからそんなことで羨ましがらないで」

今、ちょっと声が低かった。

冗談めかして言ってるけど本気だなと思いつつ兄に目を向けると、彼も面倒そうな顔をしていた。

「フリード、どうでもいいことにまで嫉妬《しっと》すんな」

「どうでもよくない」

「いや、どうでもいいと思う……」

「ごほん！」

三人で中身のない話をしていると、わざとらしく父が咳《せき》払いをしてきた。

「殿下、できれば先ほどの話を続けさせていただきたいのですが、宜《よろ》しいでしょうか」

丁寧な言葉の中に多少の棘《とげ》を感じ取ったのか、フリードが苦笑した。

「そうだったね。ええと、カインの話か。でも彼については私にではなくリディに聞くべきかな。あと、人払いはした方がいい。危険はないと約束するから、護衛も下げることをお勧めするよ」

「護衛もですか？」

父は目を見張ったが、すぐに決断し、キビキビとした口調で命じた。

「殿下がそうおっしゃるのでしたら。……皆、下がれ。ウィル、グレン、シオン。お前たちも各自持ち場に戻るように」

父はその場にいた女官や護衛たちを下げさせ、ウィルやグレン、シオンといった面々にも退室を促した。

彼らも下げさせたのは、念のためなのだろう。ウィルやグレンは黒目のカインと面識があるし、シオンなんかは赤目の彼を知っているので実は残ってても構わないのだが、そこは黙っていることにした。

ウィルたちも何も言わず、大人《おとな》しく部屋を出ていく。

「リディ」

扉が閉まったところで、フリードが私を促す。それに頷き、慎重に口を開いた。

「ええと、彼はカインと言います。その、色々あって私と契約してます。主に私の忍……護衛をしてくれていて、腕はフリードが認めるくらい立ちます」

どの程度まで話せば良いのか分からなかったので、かなり曖昧《あいまい》になってしまった。

だけど嘘《うそ》はないので良いかなと思っていると、父が不快げに顔を歪めた。

「濁した言い方をするな。何のために人払いをしたと思っている。お前が以前、ヒユマ一族らしき男を助けたのはこちらも把握しているのだぞ。彼の目は黒いようだが、彼がそのヒユマ一族ではないのか？」

「……うっ」

実に遠慮なく切り込んでくる父に、たじろいだ。ややこしくなりそうだから、カインがヒユマ一族ということは黙っているつもりだったのに、どうやら現役宰相の目は誤魔化せなかったようだ。

「ええと……」

今の彼はデリスさんの薬を使い、黒目にしている。だから強く否定すれば逃げられるのではとも考えたが、父はカインがヒユマ一族だと疑っていないようだった。

どう答えるべきか。悩んでいると、カインが口を開いた。

「姫さん、全部言ってくれて構わないぜ。別に困らないし、今更秘密にするようなことでもないからさ」

「いいの？」

「気を使ってくれるのは嬉しいけどさ、そこまでしてくれなくていいよ。オレのことはアレクも知っているし構わない。姫さんが決めたことにオレは従うから、自由にやってくれ」

「ありがとう」

カインがそう言ってくれるのなら。

私は深呼吸をし、もう一度父に相対した。

「そうです。お父様のおっしゃる通り、カインはヒユマ一族です。本当の彼は赤目ですけど、今は薬を使って目の色を黒くしています。私の護衛をしやすいように。その辺りは当然フリードも知っています」

フリードに援護を求める。彼もその通りだという風に頷いてくれた。

それを見て、父の厳しかった声が少しだけ和《やわ》らぐ。

「……なるほど。お前を主《あるじ》に選んだか。ヒユマは己の主を自ら定めるというが、お前に命を救われ、その気になったのか。ヒユマは受けた恩を必ず返す一族だというからな」

父がカインを見る。その眼光は鋭いものだったが、カインは平然としていた。

「違うな。オレはそんな理由で姫さんを主に選んだわけじゃない」

「ほう？　では何故？」

「それをあんたに話す義務はないぜ。オレは姫さんの意志にのみ従う者。父親だ、夫だと言われたって、あんたたちの言うことを聞く義理はないね」

一国の宰相を前にきっぱりと言い切ったカインに、父は僅《わず》かに目を見張った。そうして納得したように頷く。

「ヒユマ一族ならば、それも道理だろうな。分かった。お前はお前の基準によって娘を主に選んだと、そういうわけだな？」

「ああ」

カインの返事を聞き、父は今度は私を見た。

「リディ」

「は、はい」

「お前は彼と正式に契約を交わしたのだな？　ヒユマ一族というものがどういう存在なのか、彼がどのような人間なのか分かった上で、彼を側《そば》に置いているのだな？」

「はい」

迷わず頷いた。

父が私の目を真っ直《す》ぐに見つめてくる。それを目を逸《そ》らさず受け止めた。父はじっと私を見ていたが、やがて視線を外すと、静観していた国王と義母に言った。

「カインという男、特に問題はないようです。殿下にも認められているようですし、娘の護衛として認知していただければ幸いです。私からもお願いいたします」

「良かろう」

父の言葉に国王は首肯した。

「息子の大事な伴侶《はんりょ》に何かあっては困るからな。優秀な護衛が付くのは歓迎するべきこと。エリザベート、そなたも彼のことを覚えておくといい。姫の新たな護衛だそうだからな」

「分かりました」

義母も素直に応じる。

二人のあまりにもあっさりとした反応に驚きを隠せなかったが、認めてもらえたこと自体は嬉しかった。

「良かった……」

胸を撫《な》で下ろす。父が今度はお前だとばかりに、鋭い視線を兄に向けていた。

「しかし、アレク。その様子だと、お前はずいぶん前から彼のことを知っていたようだが……どうして私に報告しなかった」

「あー……それ、絶対言われると思った……」

父に睨まれ、兄は気まずそうに頭を掻《か》いた。

「仕方ねえだろ。フリードに口止めされてたんだから。俺は悪くねえ」

「ふむ、殿下に。それは確かに仕方ないが……先ほど彼を庇ったお前の様子を見て思ったのだが、アレク、お前、ずいぶんとその男に入れ込んでいないか？」

「そうか？　そうでもないだろ。こいつは友達ってだけだって」

「友達、だと？」

　父が眉を中央に寄せ、見定めるようにもう一度カインに目を向ける。視線を向けられたカインは、盛大に顔を引き攣《つ》らせた。

「ば、馬鹿《ばか》、アレク。余計なことを言うな！」

　怒られた兄は、キョトンとした顔をしている。目を瞬かせながらカインに言った。

「うん？　余計なことなんて言ってねえだろ。お前が俺の友達なのは事実だし」

「あああああ！　だから！　それをやめろと！　筆頭公爵家の嫡男が、付き合っていい相手じゃないことくらいお前だって分かってるだろ！」

「は？　何言ってんだ、カイン。俺は、友達を差別したりしないぜ？」

　キッパリと言い切った兄の言葉には、私も同意しかない。だがカインは絶望に満ちた表情を見せ、それから壊れたからくりのような動きで私を見た。

「ひ、姫さん」

「う、うん。どうしたの？」

「これ以上は無理だ。とりあえず、顔合わせはしたからいいよな？　オレは逃げる！」

「あっ……！」

引き留める間もなく、カインは印を組むと、その場から消えた。

耐えきれなかったのだろう。私の返事を待つ余裕すらない有様だった。

「あっ！　カインの奴、逃げやがった！」

兄が悔しそうに手を伸ばす。フリードが苦笑しながら兄に言った。

「いや、今のはお前が悪い。彼にとっては針のむしろ状態だったと思うからね」

「そうかあ？　あいつ、そんなの気にするようなタマじゃねえだろ？」

唇を尖《とが》らせ、不満そうに言う兄。そんな兄の肩を父がギュッと掴《つか》んだ。

「アレク」

「いてえ！」

父の手の甲に筋が浮き出ている。相当力を込めているのが一目で分かった。

「わあ……」

「親父、いてえ！　いてえんだよ！」

「痛くしているからな。アレク、少し話がある。……陛下、殿下も。宜しければご同席願えませんか」

兄の肩に手をめり込ませたまま、父が国王とフリードに言う。

「え、じゃあ、私も……」

話の流れからしても、内容はカインのことだろう。それなら主人である私も行くべきと思い挙手したが、父は首を横に振った。

「お前はいい」

「でも……」

食い下がると、国王が柔らかな声で言った。

「姫。実はエリザベートがそなたの帰りを首を長くして待っておってな。一緒に茶がしたいと。できればその願いを叶《かな》えてやってはくれないか？」

「え、そうなんですか？」

義母に確認するように目を向ける。義母は自分に話が振られたことに驚いていたようだが、すぐに微笑み頷いてくれた。

「ええ……短いと思っていましたが、十日は意外と長くて。そなたさえよければ、お茶に付き合ってもらえませんか？」

大好きな義母に乞《こ》われて、私が断るわけがない。

もちろん私は、そのお誘いに全力で頷いた。

2・彼と報告

母とリディが部屋を出ていくのを見送り、私たちも場所を移動した。

向かったのは父の執務室だ。

部屋に入るとすぐに父は人払いを行い、私と父、宰相とアレクの四人だけになった。

「まずはフリード。イルヴァーンではよくやってくれた。予想以上の収穫だ」

ソファに腰掛けると、正面に座った父が重々しい口調で言う。父の後ろには宰相が、私の後ろにはアレクが立っていた。

「私は何も。リディがお膳立てをしてくれましたので、楽なものでしたよ」

誇張でもなんでもない。単なる事実を告げれば、父は「そうか」と頷《うなず》いた。

「さすがはルーカスの娘だな。アレクも十日間、よくぞ息子をサポートしてくれた。お前がいてくれたおかげで息子も自由に動けただろう。働きに礼を言う」

「勿体《もったい》ないお言葉、恐縮です」

先ほどまでが嘘《うそ》のような優雅な仕草でアレクが頭《こうべ》を垂れる。

普段は適当なアレクだが、こういう時、彼は意外なほどきっちりとしている。

さっき父がいるにもかかわらず、いつもの彼が飛び出したのは、やはり妹であるリディがいたからだろう。リディがいると、アレクは私と話している時以上に素が出るのだ。それが兄妹の気安さというものだろうが……それは本人も不本意だったようだ。今は何事もなかったかのように立て直している。

父が自らの髭《ひげ》を撫《な》でながら満足そうに言った。

「実際のところ、イルヴァーンと正式に協定を結ぶことができたのは大きい。正直、まさかここまでの結果を出してくれるとは思わなかった。次期国王として十分すぎる成果だ」

「ありがとうございます。とはいえ、私もここまでの結果が出せるとは思っていませんでしたが」

話を切り出しても、ずっとのらりくらりと躱《かわ》されていた。その態度から、気乗りしていないのは明らかでどうすればいいかと悩んでいたのだ。

それが掌《てのひら》を返したように『協定を結ぶ』だ。王妃からの働きかけ。それが勝敗を握る鍵《かぎ》だったなんて誰《だれ》が思っただろう。少なくとも私は想像すらしなかった。

「妃の影響力が侮れないものだということが今回の件でよく分かりました。本当に、リディがいなければどうにもならなかったでしょう」

しみじみと告げる。父はソファに腰掛け直すと、少し前のめりになって聞いてきた。

「姫のおかげで協定を結ぶことができたというのは聞いているが、具体的にどのようなことがあったのだ？」

「それは……」

オフィリア王女の誘拐については、父たちにも話していない。

誰にも言わない。

そう私はイルヴァーン国王に約束したし、今回色々な融通を利かせてもらえたのは、お礼だけではなく口止め料も含まれていると分かっていたからだ。

それを理解しているからこそ、父に詳細を話すわけにはいかなかった。

「申し訳ありません、父上。それは父上でも言うことができません」

「ほう？」

父の促すような視線を微笑《ほほえ》みだけで受け流す。

『言わない』のではなく『言えない』と言った私に、大体のところを察したのだろう。父は理解したように頷き、ソファの背もたれに身体《からだ》を預けた。

「……なるほど、言えないのなら仕方あるまい。外交とはそういうものだ。フリード、これからイルヴァーンの外交についてはお前に全面的に委任する」

「父上？」

いきなりの話に目を瞬かせる。父は楽しげに笑った。

「イルヴァーンに対する切り札を握っているのはお前だろう。そしてお前の妻である姫はイルヴァーンの女性王族全員と親しい。私ではなくお前が窓口となるのが一番良さそうだ。マクスウェルにもそのように伝えておこう」

「……分かりました。父上がそうおっしゃるなら」

外務大臣であるペジェグリーニ公爵の名前まで出すということは本気なのだろう。

頷くと、父は宰相に目を向けた。

「ルーカスも、それで構わないな？」

「はい」

返事をしながらも宰相は複雑そうな顔をしていた。それに気づいた父が彼に声を掛ける。

「どうした、ルーカス」

「いえ……その、娘が絡むとなると、また胃が痛いことが起こるのかもしれない、と思いまして。

……あいいえ、きっと気のせいでしょう。気のせいに決まってます」

自分に言い聞かせるように言う宰相。私の後ろにいたアレクがクツクツと笑った。

「やっぱり思った通りの反応」

息子の軽口に、宰相は敏感に反応した。

「アレク、笑い事ではないのだぞ」

「笑っておりませんよ、父上。ただ、父上が大変そうだなと同情していただけです」

己の父親に対しても、アレクは口調を改めた。場に合わせた対応をしているだけなのだろうが、自然と切り替えられるのがすごいと思う。

「他人事《ひとごと》のように言っているが、アレク、分かっているのか？　殿下がイルヴァーンの外交を引き受けられるということは、その側近であるお前が補佐をするということだぞ？」

「へ？」

「もちろん宰相として私も協力はするが、メインは殿下となるのだろう？　つまり、だ。リディが何かやらかした場合、その後始末は殿下の側近であるお前がする可能性が非常に高いということになる」

「嘘だろ、おい。勘弁してくれよ」

アレクが真顔になる。

被《かぶ》っていた巨大な猫が一瞬で無残に剥《は》がれ落ちた。実に短い命だった。

愕然《がくぜん》とするアレクが面白かったのか、父が声を殺しながらも笑う。そうして宰相とアレクに言い聞かせるように言った。

「まあ、良いではないか。まだ起きてもいないことを嘆いても仕方あるまい」

「それはそうですが……」

宰相とアレクが同じ顔をする。

先ほどはリディとアレクが兄妹だなと実感したが、今度は親子だなとしみじみと感じた。

アレクと宰相はよく似ている。

リディの母親とはあまり面識がないので何とも言えないが、基本的にヴィヴォワール公爵家の人間は「ああ、なるほど。血が繋《つな》がっているのだな」と頷いてしまうほど色々なことがそっくりなのだ。

ひとりで納得していると、父が苦笑しながら言った。

「お前たちの話を聞いているのもそれはそれで楽しそうだが、一旦《いったん》終わりにしよう。話し合わなければならない話題は他《ほか》にいくらでもあるのだからな。ルーカス、来週には向こうの王女が留学に来るという話だったな？」

「はい」

父の問いかけに宰相が顔を引き締め、頷く。

一瞬で、父親から宰相の顔に戻るのはさすがだった。

「すでに迎え入れの準備は始めております。短期間ではなく二年の長期滞在ということですので、プライバシーを重視し、現在使用していない別館、または塔一棟を丸々王女殿下の住まいにと考えております」

「ふむ」

王城内に部屋を用意するより、別の建物で暮らした方が王女も気持ちが楽だという考えには私も賛成だ。彼の采配《さいはい》に納得していると、宰相は更に言った。

「あと、こちらで勉強をしたいということでしたので、家庭教師の選出も同時に行っております」

彼女が勉強したいのは主に帝王学だ。イルヴァーンに新しい風をと考えるオフィリア王女は、外国であるヴィルヘルムで学ぶことを望んだ。

詳しい理由は説明されなかったが、ヘンドリックではなくオフィリア王女に王位を継がせようと考えていることは、すでにイルヴァーンからの手紙で父たちも知っている。

どういうことかと首を傾《かし》げていたが、国にはそれぞれ事情がある。協定も決まったことだし、深く詮索《せんさく》はせず、今回の彼女の留学を受け入れたのだ。

王女を迎え入れるため、どのような準備をしているのか、宰相が語るのを聞く。内装や家具の話になった時に「いいだろうか」と声を掛けた。

「宰相。オフィリア王女の部屋については、リディの意見を参考にして欲しい」

「娘の、ですか？」

「ああ。オフィリア王女は常日頃《つねひごろ》から男装を好んでいらっしゃる方なのだ。もちろんそのような格好をしているからと言って、人格に問題があるわけではないが、通常の女性と同じように考えるのもどうかと思う」

「ほう。男装、ですか」

初耳という顔をする宰相と父。

オフィリア王女の外見については特に必要なかったため、伝えていなかったのだ。だが、ヴィルヘルムに留学してくるとなれば話は別。事前に説明しておいた方がいいだろう。

オフィリア王女の外見や口調。私から見た彼女の印象などを話す。最後にこう締めくくった。

「そういうわけだから、趣味も普通の女性とは違うと考える方が自然だ。王女に満足していただくには、彼女の親友であるリディの意見を取り入れるべきだと思う。リディは王女の部屋に遊びに行っていたからね。彼女の趣味もよく知っている」

私の話を聞き、宰相も父も納得したようだった。

「なるほど、確かにそういう理由でしたら、殿下のおっしゃる通りにした方がよいでしょうな」

「ちなみにリディはやる気満々だから、声を掛ければ喜ぶと思う」

「……でしょうな。その様子が目に浮かぶようです」

苦笑する宰相。娘の性格はよく分かっているようだ。

イルヴァーンの話はそれで終わらせ、宰相が「それでは次の議題に」と薄ら微笑みながらアレクを見る。

それだけで何の話をするのか悟ったアレクが「げ」という顔をした。それでもなんとか取り繕う。

「父上……もういいでしょう。カインのことはお認めになられたのですよね？」

「それとこれとは別だ。確認しておくこともある」

「確認？　他に何か確認するようなことがありましたか？」

本気で分からないという顔をするアレクを宰相は呆《あき》れた様子で見つめた。そうして私に目を向けてくる。

「殿下。先ほど『カイン』と名乗ったヒユマ一族の男。アレは、サハージャで『赤の死神』と呼ばれていた男で間違いありませんか」

切れ味鋭く告げられた言葉に、私は苦笑いするしかなかった。

簡潔すぎる。だが、彼のそういうところは嫌いではない。

「ああ、そうだ」

「先ほどは娘や王妃様がいらっしゃった手前、言いはしませんでしたが、娘の護衛がサハージャの暗殺者というのはいくらなんでもどうかと思います。もちろん、殿下が良しとされたことに逆らう気はございませんが、親としてはさすがに……」

「元、だ。宰相。カインはすでに暗殺業から足を洗っている。今はリディの忠実な部下だ」

いや、むしろリディの絶対的な味方と言った方が正しいだろう。

私がカインをリディの側《そば》に置くのを良しとしたのは、彼の実力もさることながら、その忠誠が己の主《あるじ》――リディにしかないからという点も大きい。

誰が裏切っても、カインだけはリディの味方でいてくれる。それは、妻をひとりにすることがどうしても多くなってしまう私にとって、見逃《みのが》せないポイントだった。

「そうですか。……それではもうひとつ。リディはそのことを知っているのですか？　自分の使っている男が元暗殺者、しかも凄腕《すごうで》の二つ名を持つような存在だと、娘は分かっているのでしょうか」

宰相が硬い声で聞いてくる。それに頷いた。

「もちろん。全部を理解した上で、リディも私もカインを側に置いている」

キッパリと告げると、宰相はじっと私を見つめ、ほう、と息を吐き出した。

「知った上で、なのですね。分かりました。それなら私は何も言いません。『赤の死神』と呼ばれるほどの人物。実力は確かでしょうし、町を彷徨《うろつ》くことの多い娘の護衛にはちょうど良いでしょう。まさか、あんな少年が音に聞こえた『赤の死神』とは思いませんでしたが」

どうやら自分の中で折り合いを付けてくれたらしい。

娘を心配する父とはこういうものなのかと思いつつ、リディが愛されていることが分かり嬉しかった。宰相が己の息子に視線を移す。

「アレク」

「っ……」

及び腰になるアレクを、宰相は視線ひとつで縫い付けた。

「次はお前だ。先ほど聞こえたが、友達、というのはなんだ。お前は元暗殺者と友達だと言うのか。

ヴィルヘルムの筆頭公爵家跡継ぎが」

嫌そうな顔をしていたアレクだったが、宰相の言葉を聞き、真顔になった。

姿勢を正し、己の父親を見つめ返す。

「ええ、そうです。カインは私の大切な友人です。ウィルやグレンたちと変わらない。彼と友人になれたことを私はとても嬉しく思っています」

「……」

無言でアレクを見つめる宰相。凄《すさ》まじい重圧だったが、アレクは負けなかった。

「父上になんと言われても発言を撤回する気はありません。カインは私の友人です」

「……」

宰相は何も言わない。ただ、アレクを見ているだけだ。その視線が辛《つら》くなったのか、目こそ逸《そ》らさなかったものの、アレクは焦ったように言った。

「だから、付き合いをやめろと言われても俺《おれ》は――」

「被った猫が剥がれかけているぞ、アレク。中途半端な被り方をするくらいならやめろ。それに誰も付き合いをやめろなどとは言っていない」

「えっ……違うのか？」

中途半端と言われて面倒になったのか、アレクはあっさりと口調を戻した。

宰相の本心がどこにあるのか分からないのだろう。怪訝《けげん》な表情をしている。

「親父……」

「確かに互いの身分を考えればあり得ない付き合いではある。だが、お前が本気だと言うのならそれを止めるような真似《まね》はしない。友人とは肩書きで決めるものではないからな。全《すべ》て承知の上で付き合っていると言うのなら、私が口出しする必要もない。だが、自分のことは自分で責任を持て。この件に関して、公爵家の権力を使うことを一切禁じる。分かったな？」

「……ああ」

宰相の言葉に、アレクはしっかりと頷いた。

「分かった。約束する」

「ならばよい。全く……お前もリディも妙な方向にばかり突き抜けおってからに。リディは元暗殺者のヒユマ一族を手懐けるし、お前はその男を友だと言う。私の胃に穴があく前に、少しは落ち着いてくれぬものか……」

眉根《まゆね》をギュッと寄せる宰相がどうにも気の毒に思えてきた。父も同じことを感じたのか、宰相を労《いたわ》るような目で見ている。

「ルーカス」

「陛下、お見苦しいものをお見せしました」

「いや、私もお前の子供たちと先ほどのカインという男の関係を知っておきたかったから構わぬ。お前もそれを見せるつもりでわざわざこの場で話題にしたのだろう？」

「はい」

「他に話しておかなければならないことは？」

「今すぐにというのは特に。いえ、ひとつだけ確認事項があります。アレク、カインというヒユマ一族の男のこと、お前たちの他に知っている者はいるのか？」

「ヒユマだと知ってるのはいねえけど、黒目のカインのことは、グレンやウィルも知ってる。あと、イルヴァーンではフリードがリディの護衛だと堂々と紹介していたから、イルヴァーンについてきた面々は存在くらいは知ってるな」

「あとはシオンもだ。彼は赤目のカインを見ているから、その正体まで理解している可能性がある」

リディと結婚する前、彼女とシオンが一緒に歩いているところをカインと一緒につけたことがある。その時彼の前にカインも姿を見せたのだ。

シオンなら、赤目の彼を見て、その正体を察することができるだろう。そう思い告げると、父と宰相は頷いた。父が癖のように己の髭を撫でながら言う。

「ふむ。つまり彼の正体を本当の意味で知っているのは、お前たち以外にはひとりだけということか。それならわざわざ彼の正体を話して回る必要もないだろう。周りには新たに雇い入れた姫専属の護衛とだけ伝えておこう」

「良いのですか？」

「なに、彼の主人は姫なのだから、勝手なことをするのは避けた方がいい。そう思っただけだ」

父の言葉に納得した。カインはその正体を知られてもいいと言っていたが、私たちに属するとは一言も言ってない。彼が従うのはリディだけで、その彼をどう扱うか決めるのも彼女だけなのだ。

「そうですね。その方が良いでしょう」

「後は姫に一任しよう。我々は、姫にそういう人物がついていると理解しておけばそれでいい」

「はい」

宰相も父の言葉に頷いた。父が私に視線を向ける。

「話はこれで終わりだ。フリード。帰国したばかりでお前も疲れているだろう。今日、明日くらいは休息日とし、十分に休むがいい」

「ありがとうございます」

疲れているつもりはなかったが、少しばかりゆっくりしたいと思っていたのは事実だ。有り難く提案を受け取らせてもらうことにする。

アレクが目を輝かせた。

「マジで!? じゃ、俺も休みか！　やった……！」

「アレク、お前には私から直々に渡す仕事がある。手が空いているのならそちらを先に片付けるように」

「えっ……」

まさかの父親の裏切りに、アレクが目を大きく見開く。

「嘘だろ……俺、休めねえの？」

「終わらせた後ならいくらでも休めばいい。お前にも休息が必要だということは分かっている」

「……ぬか喜びにもほどがあるだろ。ひとつ聞くけど親父、休める時間が残る程度の仕事量なんだろうな？」

「さて、それはお前次第だ」

「ぐあああああ！」

唸《うな》るような声を出し、アレクはその場で地団駄を踏んだ。

「絶対それ、休めない量があるパターンだろ!!」

笑うだけで答えない宰相。だが答えがないことこそがアレクの問いかけに対する回答となっていた。

「最悪だ!!」

アレクの叫びを聞きながら、私はせっかく休みになったのだからリディを探しに行こうと思っていた。

3・彼女とお土産話

義母のお茶をしようという誘いに喜び勇《いさ》んで応じた私は、部屋を出たあと、すぐにカーラを呼んだ。

「カーラ」

女官長であるカーラは王族居住区にも自由に出入りができる。どうせ近くにいるだろうと試しに呼んでみると、思った通り彼女は姿を現した。

「お帰りなさいませ、ご正妃様。お呼びですか?」

「ただいま、カーラ。ええ、実は早速なのだけれどお義母様とお茶がしたくて。どこかにいい場所はないかしら」

「それでしたら、久々に中庭でというのは如何《いかが》でしょうか。イルヴァーンとヴィルヘルムでは咲いている花の種類も違うと聞きます。帰ってきたと実感することができるのではないかと思います」

カーラの提案に、私ではなく義母が賛成した。

「それはいい考えですね。是非、そうしましょう。そなたがイルヴァーンへ行ってから、お茶は室内でひとりきり。久々に花の香りに包まれて、のんびりできれば楽しそうです」

「はい、お義母様」

義母がそうしたいというのなら、私に否やはない。

それに私がいない間、ひとり寂しく部屋でお茶をしていたと聞いてしまえば、是非とも青空の下でお茶会をと思ってしまう。

私は義母が大好きなのだ。

王家に嫁いできた私に義母はいつだってとてもよくしてくれている。私が楽しく日々を暮らせているのはもちろんフリードのおかげだけれども、義母の力も大きいと思っていた。王妃である義母が私を歓迎してくれたから、誰《だれ》もが私に優しいのだ。だから恩人である義母に悲しい顔はさせたくないし、喜んでくれることがあるのなら、全力で叶《かな》えていきたいと思っていた。

私たちの答えを聞いたカーラは「承知いたしました」と頭を下げた。

「早速準備をいたしましょう。本日はどのようなお茶にいたしますか？」

「それなら私がイルヴァーンでお土産《みやげ》に買った珈琲《コーヒー》を淹《い》れてちょうだい。お義母様、珈琲は大丈夫ですか？　フリードからはたまに飲んでいると聞いているのですけど」

「珈琲？　ええ、嫌いではありませんが……」

答えを聞き、ホッとした。

「良かった。お義母様に飲んでいただこうと思って買ってきたんです。カーラ、荷物の中に私のお土産が入っているから、女官たちに聞いてそれを使ってちょうだい。お茶菓子は……そうね、今日はあなたに任せるわ」

「かしこまりました」

「珈琲は薄めにしてちょうだい。豆が入っている袋の中に、お勧めの挽《ひ》き方や一回に使う粉の量を書いた紙が入っているからそれを参考にしてね」

私は珈琲豆を買う時に、その豆のお勧めの挽き方などを書いた紙を一緒に入れてくれるよう頼んだのだ。
ただ豆を買って帰っただけでは美味《おい》しい珈琲は飲めない。それをイルヴァーンに行って思い知った
カーラが頷《うなず》く。
「はい」

断られるかなと思ったが、そんなことはなく、むしろそういうお勧めを書いた紙を入れるのが向こうでは一般的なのだとか。

「できるだけ美味しく飲んでもらいたいですから」

そう言っていた店員さんを思い出す。

レイドが勧めてくれたカフェだけあり、細部まで気持ちのいい店だった。もしもう一度イルヴァーンへ行くことがあればまた立ち寄ってみたいと思う。

「私たちは中庭に行っているわ。お義母様、行きましょう」

「ええ」

あとはカーラに任せ、義母と一緒に王族居住区内にある中庭へ向かう。

そこは王族専用の庭で、一般人は入ってこられない。王妃である義母とも安心してお茶をすることができる、絶対安全な私たちお気に入りのお茶会スポットだった。

のんびりといつもの場所へ行くと、早速カーラの命を受けた女官が二人、お茶会に使う椅子《いす》やテーブルを磨いていた。

「申し訳ありません。準備が整うまでもう少々お待ち下さいませ」

恐縮しながら頭を下げる女官たちに私は笑顔で言った。

「急だったのだもの、仕方ないわ。お義母様、準備が整うまで中庭を散歩でも如何ですか？」

「そうですね。ただ待っているのも退屈ですし」

義母の了承を得られたので、中庭を一回りすることにする。

季節を問わず咲く花々を眺めながら、私は義母と楽しくお喋《しゃべ》りに興じた。

「イルヴァーンはすごく暑かったです。でも風が心地よくて、しばらくすればその暑さもあまり気になりませんでした」

もっぱら話題の中心はイルヴァーンのことだ。私が話すのを義母はニコニコしながら聞いてくれた。

仲良くなったレイドのことに話題が及ぶと、義母は分かりやすく興味を見せた。

「来週、オフィリア王女がヴィルヘルムにいらっしゃるとか。どのようなお方なのです？」

同じ女性ということでやはり気になるのだろう。

「とても素敵な格好良い人です。男装姿がとても様になっていて」

「男装？　女性なのでしょう？」

驚く義母に、私は「はい」と返事をした。

「中身は心根の優しい女性ですよ。男装は……とても驚くと思いますが、でもとってても似合ってますから」

「リディがそう言うのでしたら、きっと素敵な方なのでしょうね」

「はい、レイド──彼女のことを私はそう呼んでいるんですけど、彼女と友達となれたことが一番の収穫かもしれません。来週、ヴィルヘルムに来てくれるのが今からとても楽しみなんです」

「そうですか。それなら私も楽しみにしていましょう」

軽く中庭を一周したところで、最初の場所に戻ってくる。ゆっくり歩いたおかげか、準備はすでに整っていた。白いテーブルの上には大皿があり、菓子が用意されている。薄い紙で包んでいる平たいお菓子。薄らと中の茶色が見えている。

「これは？　キャンディーではないわよね」

「生キャラメルだそうです。珈琲をお出しすると料理長に伝えたところ、それなら甘いものを一緒にという話になりまして」

カーラの説明を聞き、納得する。

白いコーヒーカップに中身が注がれた。良い匂《にお》いが立ち上る。

「……いい香り」

義母が嬉《うれ》しげに目を細める。上々の反応に満足しながら言った。

「あまり苦くないので、ストレートでも飲みやすいと思います」

「せっかくのリディのお土産ですものね。いつもは砂糖を入れますが、今日はお勧め通りストレートでいただきますよ」

「はい、是非」

義母が珈琲を一口飲む。彼女は目をパチパチと瞬かせると、「まあ」と頬《ほお》に手を当てた。

「不思議。甘みがあるのですね」

「ええ、そうなんです。それはイルヴァーンのラムダール地方の珈琲豆で、女性に人気があるらしいですよ」

「こんな飲みやすい珈琲、初めてです」

「良かった」

気に入ってくれたらしいと知り、ホッとした。私も一口珈琲を飲む。

――うん、やっぱり美味しい。

これは買って正解だった。苦すぎることなく口当たりがいい。濃い珈琲を好む人には物足りないかもしれないが、女性受けはしやすいと思う。というか、珈琲初心者にぴったりではないだろうか。

義母はお土産の珈琲を気に入ってくれたようで、楽しげな表情で味わっている。好きなものが増えるのはいいことだし、自分が好むものを、大好きな人が気に入ってくれるのはとても嬉しい。

――そうだ。

来週やってくるレイドのことを思い出した。

せっかくなのだ。どうせなら自分の土産分は取っておいて、彼女が来てから一緒に飲むことにしよう。何せ二年も故郷を離れるのだ。母国を思い出させる味は彼女のために使ってあげたい。

――うん、そうしよう。

たくさん珈琲を買っておいて良かった。

イルヴァーンから珈琲豆を輸入することは決まったけれど、実際に珈琲豆がヴィルヘルムに入ってくるまで最低でも数ヶ月は掛かるだろう。それまでの間、土産で買ってきた分をレイドと大事に飲んでいこうと思う。

「あ、美味しい」

お茶菓子の生キャラメルを口に放《ほう》り込む。濃いキャラメルの味が口の中に広がった。とても甘いが珈琲との相性は抜群だ。舌の上に載せるとするすると溶けていく。

知らない間に溜《た》まっていた疲れを甘さが癒《い》やしてくれているようだった。

カーラの給仕を受けながら珈琲を飲み、義母と語らう。

柔らかい日差しの中でのお茶会は自然と気分も明るくなる。ふと、義母がカーラに意味ありげな目を向けた。

「カーラ」

「はい、王妃様」

「少し下がっていてちょうだい。リディと二人だけで話したいのです」

「かしこまりました。またご用の際はお呼び下さい」

珈琲のおかわりを淹れてから、カーラが他《ほか》の女官たちを連れて下がっていく。義母が私と二人だけで話したがることは多いので特に何も思わなかったのだが、義母が「その……」と顔を赤らめながら話を切り出したことで、ピンときた。

……もしかしなくても、私が留守にしている間に、国王と何か進展があったのではないだろうか。

「お義母様？」

　思わず期待に満ちた目を向けてしまう。明らかに声色の変わった私に、義母は困ったような顔をした。

「そんな大した話ではありませんよ」

「そうなのですか？　違っていたら申し訳ないのですけど、もしかして、陛下のお話が聞けるのではと期待しているのですが」

「そ……それは」

　耳まで真っ赤になって俯《うつむ》いてしまった。恥ずかしいのかもじもじとしている。その様子があまりにも可愛《かわい》らしくて、冗談抜きでドキドキした。

　——な、何。お義母様、可愛すぎない⁉

　好きな人（夫）のことを話題に出されただけで赤くなってしまうピュアッピュアな義母に、ものすごく萌《も》えた。

　そして義母とは正反対の爛《ただ》れた自らの現状を思い出し、その違いに遠い目をしつつ……思った。

　——幸せだから別にいいもん……。

　フリードと肌を合わせる時に感じる幸福感は、ただ側《そば》にいるだけでは決して味わえないものだ。あの途方もない幸せを得たいから、私は毎晩彼に抱かれているのである。そこに一遍の迷いもない。

　とはいえ、義母のピュアな様子は、今の私には眩《まぶ》しすぎて、太陽光線に焼かれて「ああああああ！」と悲鳴を上げながら蒸発していくような、そんな気分になるのである。

　おかしい。義母はすでに一児の母だというのに、この純真さはどこから来るのか。

ともかく、義母の可愛らしい照れた様子にすっかり心臓を押さえ「尊い！」と叫びたくなった私はその思いをしっかりと胸に封じ込め、詳しい話を聞き出すべく、姿勢を正して彼女に問いかけた。

「やはり陛下のお話なのですね。お義母様、何があったのかお伺いしても？」

抑えたつもりだったが、声に無駄に力が入ってしまったような気がする。

だけど仕方ないではないか。

義母の恋バナ！　元々の流れを知っている身としては、進展があったのなら、是非教えて欲しいところだ。

私がワクワクを必死で押し殺しながら義母に尋ねると、彼女は何故《なぜ》かパタパタと顔を手で仰ぎ始めた。きっと恥ずかしいのであろう。

分かる。でもお義母様可愛い。最高。

ヴィルヘルムに帰ってきた途端、義母のこんな可愛い姿に出会えるとは、ちょっと私、運が良すぎではないだろうか。

「お義母様？」

なかなか返事をくれない義母に、再度呼びかける。義母は目をパチパチとさせ、落ち着かない様子だった。

「え、ええ……その、でも、よくよく考えてみれば、別に話すほどのことではないような気も……」

羞恥《しゅうち》の限界なのか、義母は話すのを躊躇《ためら》い始めた。

これはいけない。

ここまで焦《じ》らされた挙げ句、「やっぱり話すのはやめる」などと言われた日には、私が気になりすぎて爆発しそうだ。

それだけは避けたいと思った私は、宥《なだ》めるような声で義母に言った。

「話すほどではないなんて、そんなことあるわけがありません。ぜひ、お聞かせ下さい」

キリッという音がしそうな顔で言い切った。

お前が聞きたいだけだろうという尤《もっと》もすぎる脳内の突っ込みには、「そうだけど、なんか悪い？」と返しておく。

私は両想いな義母と国王の仲が、拗《こじ》れることなく進展するのを心から祈っているのだ。

あえて言うなら、『お義母様の恋の行方《ゆくえ》を温かく見守る会』。私はその会長である。フリードは副会長（勝手に言ってるだけ）だ。

見守る会会長としては、何が何でも義母の話を聞きたい。そういう気持ちで義母を見つめていると、彼女は観念したように話し出した。

「実はその……ついさっきのことなのですけど」

さっき。本当にホットな話題である。

私は前のめりになりそうになるのを堪《こら》えつつ、平静を装い、だけども義母の話を一言も聞き漏らすまいと集中した。

「先ほど、陛下が私の部屋に来たのです。その……そなたたちを迎えに行かないか、という誘いでした」

「はい」

相槌《あいづち》を打つだけに留《とど》める。それで！　とガンガンに聞き出したい思いを深呼吸をしてやり過ごした。

「その時、陛下に……その……もう少し先に進みたい的なことを言われたのです」

「ほほう……いえ、そうなのですね」

思わず、ずずいっと更に前に身を乗り出しそうになってしまった。

いけない。冷静にならないと。

「で？　お義母様はどうお答えになられたのですか？」

「……答えられませんでした」

「……そう、ですか」

悲しげな声を聞き、それは仕方のないことだなと思った。

義母は長年苦しみ続けてきた人なのだ。それが『誤解だったから』と言ってすぐさま『もう大丈夫』となるほど、彼女は強い女性ではない。

まだまだ心は療養段階というところなのだろう。

「陛下は分かって下さいますよ」

「……ええ、ですが申し訳なくて」

「？」

申し訳ないという言葉に、あれ？　と思った。だって義母は今まで国王に迫られても応《こた》えられないことを『申し訳ない』とは思っていなかったはずだ。

まだその段階まで心が追いついていない。自分に起こった現状を把握するだけで精一杯で、その先を考える余裕などなかった。

それが、『申し訳ない』と思えるようになったのか。

間違いなく大進歩だ。

じっと義母を見つめる。義母はもじもじと恥ずかしがっていたが、蚊《か》の鳴くような声で言った。

「私にもできることはないかと考えて……手を握ってみたのです」

――ハレルヤ!!

心の中で地面に膝《ひざ》をつき、両手を上げて全力で天を仰いだ。

もう、私の脳内は大忙しだ。

軍服祭りの時だけ現れるミニな私たちがやってきて、やったぜとばかりに互いに握手を交わしている。

中には義母の成長を喜び、涙を流している者もいた。

もうこれは、臨時で祭りを開いてもいいのではないだろうか。

義母祭り。義母祭りの開催をここに宣言したい。

義母祭りは軍服祭りとは違いとてもピュアな祭りなので、荒々しくだんじりを曳くなんてことはしない。

少々大人《おとな》しめに、ふとん太鼓にするのはどうだろうか。いや、義母なのだからふとん太鼓もハードかもしれない。いっそのこと盆踊りくらいにしておく方がいいのでは……？

「リディ？」

私が脳内の自分たちと訳の分からない会議を開いていると、返事がないことが心配になったのか、義母が声を掛けてきた。慌てて返事をする。

「はい。いえ、申し訳ありません。その……お義母様の勇気に驚いておりまして、返事をするのが遅れました」

義母を不安にさせてはいけない。ここで話を終えられてしまったら、脳内にいる祭りの準備を始めた私のミニたちは間違いなく暴動を起こすだろう。

ちなみにふとん太鼓の準備をしている者と、盆踊りの準備をしている者がいる。

どうやら私の脳内はずいぶんと混乱しているようだ。

分かる。大元の私がこんな状態なのだからミニな私たちが右往左往《うおうさおう》していても仕方がない。

「お義母様。頑張られたのですね……」

脳内ミニたちのことは忘れることにして、義母に集中する。

しかし手を繋ぐとは、義母が予想以上に頑張っていてものすごく驚いた。

「その……大丈夫でしたか？」

義母からしてみれば、清水《きよみず》の舞台から飛び降りるようなものだっただろう。

心配になったが、義母は顔を赤くしたまま小さく頷いた。

――ぐふっ！　お義母様、超可愛い！

なんだこの可愛らしい生き物は。

先ほどから私の胸はときめきまくりである。

これはさぞや国王も喜んだことだろう。二人の仲が思ったよりも進展しているようで私はとても嬉しかった。

「良かったですね……」

思わず涙ぐみそうになってしまう。うるうると目を潤ませていると、義母は「あと……」と言った。

なんとまだ話に続きがあるらしい。

今ですら萌え死にそうだというのにこれ以上だなんて、義母は私をどうしたいのだろうか。

ちなみに先ほどの義母の可愛らしい姿に、ミニの私たちは全員尊さで倒れた。

親指を立て、「いい萌えでした。ありがとう」と幸せそうな笑みを浮かべている。祭りの準備どころではなさそうだ。

「陛下がその……額に……口づけをなさってきて……もう……もう……恥ずかしくて死にそうでした」

先ほどまでより更に真っ赤になる義母。義母は両手を頬に当て、震えている。

そして聞かされた私はといえばもう……瀕死である。

——手を繋いで、額にチュウ？　なにその少女漫画的展開！　ピュアすぎる!!　素敵！

誰もいなければ、テーブルをガンガンと叩《たた》きたいところだ。

というか、話だけ聞けば、普通にラブラブ夫婦である。

ここまで来れば、あとはもう時間の問題。そう思えるほどには進展している。

「こ、こんな感じだったのです……。ああ、思い出すのも恥ずかしい……やはり話すのではありませんでした。あまりにも色々なことが急に起こりすぎて、自分で処理できなかったのです。聞いてもらっておいてなんですが、リディ、忘れて下さい」

「いや、それは無理です」

せっかく義母が教えてくれたのだ。忘れるとか不可能である。

「胸の内にしまっておきます。大丈夫です。私、今聞いたこと、誰にも話しませんから」

女同士の恋バナだ。いくら夫相手でも話す気はない。

私から秘密が漏れることはないと告げると、義母はホッとしたような顔をした。

「ありがとう、リディ。私が相談できるのはそなたしかいないのです」

「私で良ければいくらでも頼って下さい！　いつでも、なんでも聞きますから!!」

全力でアピールした。

むしろ何か起こるたび、逐一報告して欲しい。

しかしフリードといい、義母といい、この親子は全力で私のツボをついてくる。

フリードにはいつも萌えまくって大変なことになっているし、義母は義母で尊さで萌え死ねる。

——私、王家に嫁げてよかった。

この二人と家族になれた私、幸せすぎである。

一応断っておくが、ここに国王の名前が出てこないのは、私があまり彼のことを知らないからである。親しくなると、彼もまた私のツボをついてくる存在である可能性は十分にあり得る。

いや、いつもの走りすぎた感じとは違い、額にチュウで留めた彼ならすでに推せるのかもしれない。

ヴィルヘルム王家、恐るべし。

「その……それで、ですね。今後私はどうすればよいと思いますか？」

尊さに震えていると、義母が助けを求めるように聞いてきた。姿勢を正す。

私は真顔で彼女に言った。

「何もしなくて大丈夫です」

「えっ……？」

「お義母様は今回、十分すぎるほど頑張りました。それに先ほどお義母様ご自身がおっしゃられたではありませんか。まだ応えられない、と。大丈夫ですよ、お義母様。今回と同じです。いけると思った時に行動すればいいんです。無理に先に進む必要はありません」

私の言葉を食い入るように聞いていた義母が、ホッと肩の力を抜いた。

「それで……いいのですか？」

「いいです。絶対陛下は待って下さいます。お義母様のペースで行きましょう。ゆっくりで構いませんから、自然に大丈夫だと思った時に、できると思った行動を取って下さい」

「……自然に」

「はい。陛下だって、無理やりなんて思っていらっしゃらないはずです。急ぐ必要はありません。ゆっくりお二人のペースで進んでいけばいいと思います」

「私たちのペースで……」

国王のペースではあっという間に最後まで突き進んでしまうだろうが、幸いなことに今の国王は待つ姿勢を見せている。

義母に、自分のつがいに惚《ほ》れられたい。今度こそ気持ちを通わせたいと思っているのだ。

だから焦れはするだろうが、義母の意思を無視する真似はしないはず。

私の話を聞いた義母は、ゆっくりと頷いた。

義母もおっかなびっくりではあるけれども、国王に歩み寄ろうと彼女なりに頑張っているのだ。傷ついた心を抱えながらももう一度だけ信じてみよう、近づいてみようと頑張る義母。そんな義母がとても眩しく、愛《いと》おしく見えた。

「ふふ、でも良かったですね。ずいぶん陛下に近づいたではありませんか。まさか帰国直後にこんな素晴らしい話を聞かせていただけると思っていなかったので望外の喜びでした」

「お、大袈裟《おおげさ》です」

「そんなことありません。きっと今頃《いまごろ》陛下もお喜びになっていると思いますよ」

「……そうだと良いのですが」

いつもの義母ならきっと『別に陛下がどう思おうと構いません』と言っていただろう。それが今は、素直に『喜んでいて欲しい』と言っているのだ。

素晴らしい変化だと思う。

——それを陛下には言えないんだろうけど。

きっと私にだから正直な気持ちを告げてくれたのだ。義母の信頼がとても嬉しく誇らしかった。

上機嫌で少し冷《さ》めてしまった珈琲を飲む。義母も話しっぱなしで喉《のど》が渇いたのか、コーヒーカップを手に取った。しかし、義母と話すのは本当に楽しい。もう少し、国王との話でも聞きたいところだなと思っていると、私の名前を呼ぶ声がした。

「リディ！」

「ん？」

声が聞こえた方角に視線を向けると、フリードがこちらに歩いてきているのが見えた。手を振っている。父や国王との話は終わったのだろうか。義母をチラリと見ると、彼女は呆《あき》れたような顔をしていた。

「お義母様？」

「本当にこらえ性のない子だこと。きっと寂しくなってそなたを迎えに来たのでしょう」

「えっと……」

どう答えたものかと思っていると、義母が秀麗な眉《まゆ》を寄せた。

「思い出しました。そういえばイルヴァーンでは大丈夫でしたか？　一応出発前に釘《くぎ》は刺しましたが、あの子のことです。どうせ止まらなかったのでしょう」

「はは……はははは」

まずい方向に話がいった。

義母が言っているのは夜のことだ。

一応、初日に我慢しよう的なことは提案してみたものの、結局いつも通り抱かれていたので笑うしかなかったのだが、それで義母は答えを知ってしまったようだ。

「やはり……！　全く、他国でくらい控えればよいものを……リディ、身体は大丈夫でしたか？」

「わ、私は平気です。ほら、今も元気ですし！」

わざとらしいかなと思いつつも、元気そうなポーズを取ってみる。

実は昨夜は一睡もしていないのだが、それを言えば、義母は怒り狂うだろう。それが分かっていた私は『元気』だという事実だけを告げた。

エッチに関しては、わりと地雷だらけなのが義母なのである。

「……」

じっと義母が私を見つめてくる。誤魔化すようにえへへと笑った。

義母には申し訳ないが、私はフリードが好きなのである。だから嘘《うそ》は吐《つ》かないまでも、彼の印象が悪くなることは避けたいし、大体、フリードとは同意の下でエッチしているのだから、彼だけを責められないと思っていた。

——本当に嫌なら断ればいいんだものね。

応じてしまった時点で、私は被害者ではない。……断れたかどうかは別にして。

「リディ」

うんうんと頷いていると、笑顔のフリードがやってきた。

しかしいつもながら、タイミングが悪い。いや、フリードの姿が見えたからこの話になったのだから、時期は関係ないか。

過去に絶倫国王と色々あった義母は、息子が性生活を少々行きすぎなほど謳歌《おうか》しているのが気に入らないのだ。……義娘が自分と同じ目に遭わないか心配という意味で。

私は何度も大丈夫だと言っているのだが……まあ、確かに心配されてしまうのも仕方ないくらいの回数はしている気がする。

このままでは義母に、絶倫エロ息子と罵《ののし》られる日もそう遠くないのではないか。それは彼の名誉のためにもできれば避けたいところだが……もう手遅れなのかもしれない。

「フリード」

椅子から立ち上がり、彼を迎える。フリードは嬉しげに私を抱き締めた。

「兵たちに聞いたら、中庭に向かったって言うから。迎えに来たんだ。さっきカーラとも会ったよ」

「お話はもう終わったの？　仕事は？」

話の後は執務室に戻るものと思っていた。尋ねると、フリードは上機嫌で答えてくれた。

「父上が今日は休みでいいと言って下さったんだ。だからリディを探してた」

「そうなんだ」

どうやら今日は休日になったらしい。十日間、外国で頑張ってきた息子に休息を与えようという国王の配慮のようだ。

フリードは私の髪に己の顔を埋めながら言った。

「リディ、お茶会はもういいでしょう？　部屋に戻ろう。せっかく休みになったんだから、二人きりで過ごしたいんだよ」

甘ったるい声でフリードが誘いを掛けてくる。それに私は申し訳ないと思いつつも断った。

「駄目。まだお義母様とお茶をしてるから。私、お義母様のお話をもっと聞きたいの」

国王と義母。

私が今、一番気になり、なおかつ推しているカップルである。その二人のことをせっかく聞けているのだ。これで終わりになどしたくなかった。むしろもっと情報が欲しい。

「リディ」

「フリードのお誘いは嬉しいけど、ごめんね」

推しの情報を集めたいのだ。

大変残念だが、今は義母とのお茶会を優先させたい。

お願いという気持ちで見つめると、フリードはポツリと言った。

「リディってほんと、母上のことが好きだよね」

「え？　うん、好きだよ」

何を当たり前のことを。そう思い、フリードを見ると、彼は複雑そうな顔で言った。

「私としてもリディが母上と仲が良いのは嬉しい。でも、母上にリディを取られるのは嫌なんだけど」

「いやいや、取られてないし。お義母様は、フリードのお母さんだからね？」

ムスっとしているフリードを可愛いと思ってしまう。

「……リディは私のものだ」

「うんうん、その通りだから落ち着いて。ね？」

抱き締められた腕の中、踵《かかと》を上げ、その頬に口づける。彼にだけ聞こえるように「フリードだけが好きだよ」と言うと、彼は嬉しそうな顔をした。どうやら機嫌を直してくれたようで、何よりだ。

一連のやり取りを見ていた義母が冷ややかな声で言う。

「相変わらず、母にまで嫉妬ですか。見苦しいですね」

「母上」

フリードが視線を義母に向ける。

「リディを迎えに来ました」

「迎え？　何を言っているのです。まだお茶会は始まったばかり。見て分かりませんか？」

「分かるも何も。夫が迎えに来たんです。快く解散するのが筋でしょう」

「どうせイルヴァーンでも四六時中《しろくじちゅう》べったりしていたでしょうに何を言っているのだか。たかだか数時間のお茶会くらい待てないのですか」

「待てません。母上こそどうして私が待てると思ったのですか？」

「……」

フリードが正直すぎる。

はっきりと待てないと言い返したフリードに、義母は頭痛がするという顔をした。

「これがヴィルヘルムの王太子とは。……全く、情けない」

「父上だって似たようなものでしょう。私だけが言われるのは納得できませんが」

「……」

国王の話題を出されると弱いのか、義母は苦い顔をして黙り込んだ。

「多分父上も、もうすぐこちらに来られると思いますよ。そろそろ休憩の時間ですから」

「さ、リディ。今日のお茶会はここまでにしましょう。私は部屋に戻ります」

「あ、はい」

国王が来るのは嫌だったのか、義母は勢いよく掌《てのひら》を返し、サクッとお茶会の終了を告げた。

……まあ、嫌だろうなとは思う。

何せ義母的には今日は色んなことがありすぎたのだ。

頑張って手を繋いだとも言っていたし、あとは額にチュウ。もしかしたら他にもあったのかもしれない。

これだけ色々あれば、今日の彼女は閉店というのもよく分かる。実際、今の義母にこれ以上を求めるのは酷だと思うし、ひとりでゆっくりしたいだろう。

しかし国王ももう少し考えてくれればいいのに。

義母は繊細な人なのだ。そっとする時間も必要だということを分かって欲しい。

とはいえ、以前に比べれば大分進歩しているとは思うのだが。

私はフリードの腕から逃《のが》れると、彼女に言った。

「お義母様。短い時間でしたが今日は楽しかったです。是非また誘って下さい」

「ええ、私も楽しかったですよ。邪魔が入らなければもっと良かったのですが、それは言っても始まりませんからね」

国王が来る前に引き上げるのが、義母のためにも良いだろう。

さっさと辞去の挨拶《あいさつ》を済ませ、この場を去ろうとしたが、ひとつ言っていなかったことに気がついた。

「あ、お義母様。実は私、イルヴァーンで包丁を買ったんです。近いうち、何か作ろうと思っているのですが、その時はお義母様をお誘いしても構いませんか？」

食べてくれる人はたくさんいる方がいい。それに義母にはまだ和菓子しか披露したことがなかったから、別の料理も試して欲しかった。

私の誘いに義母は驚いたようだったが、すぐに笑みを浮かべてくれた。

「ええもちろん。楽しみにしていますよ」

「良かった！」

了承の言葉をもらい、ホッとした。義母とはその場で別れ、フリードと一緒に中庭を出る。

「リディ」

お茶会が終わりそうな気配を察してからは大人しかったフリードが、声を掛けてきた。

キュッと手を握られる。その手を握り返し、フリードを見上げた。

「何？」

「……ごめん。結果的にリディの邪魔をしてしまった。言い訳になると分かっているけど、邪魔をするつもりはなかったんだよ。最初は」

最初はというところが実に正直である。

「二人が仲良くしているのを見たらつい……」

「フリードはヤキモチ焼きだもんね。仕方ないって」

クスクス笑っていると、フリードが聞いてきた。

「リディ、嫌じゃなかった？」

「ん？　別に。どうせ陛下が来られたら終わりだったろうし。むしろ情報を教えてくれて助かったくらいだけど」

フリードのヤキモチには慣れているし、義母に逃げる時間を与えることができたのだから万々歳だ。

そう言うと、フリードは複雑そうな顔をした。

「だからどうしてリディはそんなに母上のことが好きなのかな」

「え、だってすごく可愛らしい方じゃない」

「……」

フリードが嘘だろ、みたいな顔で私を見てくる。

いや、あんな可愛らしい人、早々いないと思うのだけれど。

そしてその息子であるフリードも私は可愛いなあと思っているのである。

そう、フリードは格好良くて可愛い。

惚れた欲目だろうと指摘されれば、そうですけど何か!?　と全力で言い返す所存だ。

「そういえばさっき、母上に料理を作るって言ってたね。あれは私も誘ってもらえるのかな？」

「もちろん」

フリードを誘わないなんてそんなことあるわけがない。

むしろ一番に食べてもらいたいのが彼だ。そう言うと、彼はあからさまにホッとした。

「良かった。母上だけ、なんて言われたらまた嫉妬してしまうところだったよ」

「そんなこと私が言うわけないじゃない」

呆れたという顔をしてフリードを見る。

フリードは分かりやすく上機嫌になり、思い出したように言った。

「あ、そうだ。さっき宰相に、オフィリア王女の部屋の内装について、リディの意見を聞くように言っておいたよ」

「え、本当？　ありがとう！　お父様、良いって？」

「うん。王女が来るまで一週間しかないからね。すでに準備は始まっているらしいから、暇ができたらカーラに声を掛けるといいよ。話は通しておくから。それと王女の滞在場所だけど、現在使用されていない別館か塔になるって言ってた」

「別館か塔……。うん、そうだね。その方がレイドも落ち着けるかも」

長期滞在になるのだ。プライバシーを重視した結果だろう。彼女にはヴィルヘルムで楽しく過ごして欲しいと思っているので、その意見には賛成だ。

「ありがとう。できるだけ早めにカーラに聞いてみる」

「うん」

「で、フリードは今日は休みなんでしょう？　今からはどうする？　久しぶりに町に出る？」

まだ時間は昼過ぎだ。ワクワクしながら尋ねると、彼はにっこりと笑った。

「実はね、休みは今日だけではなく明日もなんだ。だから町には明日行こう。薬の魔女にも依頼の品を届けないといけないし」

「そうだね……！」

デリスさんに頼まれていた花の種。それを持っていくのなら、せっかくだから手土産用のお菓子も作りたい。そう思った私はフリードの提案に頷いた。

「朝はお菓子を作りたいから昼から行くってことでいいかな。デリスさんにはお世話になってるから、手ぶらでいくのは避けたいの」

「分かった。じゃ、そうしよう」

話は決まった。降って湧《わ》いたフリードの連休にニコニコしつつ、私はあれ？　と気がついた。

「フリード。今からはどうするの？」

明日の予定だけが埋まってしまい、今日これからは空白だ。

本気で疑問だったので尋ねたのだが、フリードがこれ見よがしな笑みを浮かべたのを見て、「あ、これは昼間から抱かれる流れ……！」と何かを言われる前に察してしまった。

さすがフリード。

今日も彼は元気に平常運転のようである。

4・彼女とお出かけ

「ふっふふふーん」

たっぷり夫に愛されたものの、夜は比較的早い時間に解放してもらえた私は、次の日、朝から厨房《ちゅうぼう》に籠《こ》もっていた。睡眠がきちんと取れたので元気いっぱい。そんな私が作っているのはおはぎであった。

どうしておはぎを選んだのかと言えば、和カフェでも定番メニューとして提供して、わりと年配者に人気の品だからだ。まだデリスさんには食べてもらってなかったと思い出し、作ってみることにした。

大福が好きなら、もしかしたらおはぎも好きかもしれない。

常に新しいものを提供していきたい私は、デリスさんに喜んでもらおうと朝から頑張っていたというわけだった。

「師匠、おはぎですか？」

「ええ、そうなの」

私が作業をしていると、料理人たちが自然と集まってくる。彼らは私の手元を見て、すぐに何を作っているのか察したようだ。

「お世話になっている方へのお土産《みやげ》にしようと思って。少し年配の方だから」

「なるほど。確かにおはぎは年配の方に好まれることが多いですからね。私も好きですけど。あ、師匠、そのおはぎ、こしあんですか？　私は粒あん派なんですけど」

「残念。これはこしあんよ。んー、そうね。中身も半殺しじゃなくて、皆殺しにしておこうかしら」

「え」

周囲の動きが止まった。

「？」

何かおかしなことを言っただろうか。首を傾《かし》げていると、話していた料理人がおそるおそる問いかけてきた。

「師匠、その……半殺しとか皆殺し、というのは？」

「ああ！」

なるほど、皆はそれを気にしていたのか。納得した私は笑顔で言った。

「ええとね、おはぎって中にもち米が入っているでしょう？」

「ええ、そうですね」

「そのもち米を粒が残るように潰《つぶ》したものを『半殺し』、粒を残さないようにしたものを『皆殺し』って呼ぶのよ。和カフェでは半殺ししか出してないけど、皆殺しも食感が変わって美味《おい》しいわよ」

「……半殺しに皆殺し、ですか。ものすごく物騒ですね。でもそうか、それならいつも私たちが食べているのは半殺しになるわけですね？」

「ええ」

確かに物騒だなと思いながら頷《うなず》く。私も前世で初めて聞いた時はとても驚いた。

その時私は子供だったのだが、物騒だったし面白かったから、今まで忘れなかったのだけど。

強烈な思い出というのは、長く覚えているものなのだ。

「いつも思うのですが、師匠って色々知っていますよね。おはぎってどこかの地方で作られていたりするのですか？」

「さあ？」

この世界は、前世の文化と似たものが多い。だからあるかもしれないし、ないのかもしれない。

だけど少なくとも私は知らないから、「さあ」としか答えられない。

答える気がないことが分かったのか、彼は仕方ないという顔をした。色々秘密にして申し訳ないが、
今のところフリード以外に前世話をするつもりはないのだ。

ヴィルヘルムの王太子妃は頭のおかしい女と思われるのはごめんなのである。

「ごめんなさい。でも、言えないから」

「いえ、色々守秘義務があるのだろうと思います。こちらこそ申し訳ありませんでした」

素直に引き下がってくれるのが有り難い。

しかし、おはぎ――ぼた餅《もち》とも呼ばれるこの和菓子は、皆の好みが見事に分かれて面白い。

こしあん派に粒あん派。更に言うなら、きなこに青のりなど、皆、それぞれ妙に拘《こだわ》るのだ。

「俺《おれ》は絶対に粒あん派」

「私はこしあんがいい」

「きなこが一番ですけど？」

などなど。

ちなみに和カフェでは、日替わりでおはぎの種類を変えている。常連さんなんかは、おはぎを選ぶ時は、今日はなんのおはぎか聞いてくるくらいなのだ。

「和カフェでも皆殺しバージョン、出してみようかしら。ますます好みが分かれてしまうと思うけど」

それはそれで面白そうだ。そんな風に思っていると、私の作業をじっと観察していた料理人たちが真剣な顔で頷いた。

「とりあえず、私たちはその皆殺しがものすごく気になります。一度食べてみたいんですけど」

「じゃあ、余った分はあなたたちにあげるわね」

デリスさんに持っていく分はそんなに多くない。元々余るだろうと思っていたので消費してもらえるのは助かる。

「やった！」

私の返答を聞いた料理人たちがガッツポーズをする。

嬉《うれ》しそうな彼らの様子に頬《ほお》を緩めながら、私は用意しておいた木箱を出し、おはぎを丁寧に詰めた。

作ったのはこしあんときなこの二種類。色合いが綺麗《きれい》だと思い、両方作ったのだが、なかなか上手《じょうず》くできたのではないだろうか。

「よし……完成」

蓋《ふた》を閉め、リボンではなく綺麗な色の紐《ひも》を掛ける。デリスさんは喜んでくれるだろうか。大福のように気に入ってくれるといいのだけれど。

「師匠、片付けは私たちがやっておきます。おはぎの残りをいただけるのですから、それくらいやらせて下さい」

「そう？　じゃあ、お願いするわね」

普通に有り難かったのでお願いする。エプロンを外し、おはぎの入った木箱を持って、厨房を後にした。

「リディ」

「フリード、迎えに来てくれたの？」

厨房を出たところで、旦那《だんな》様が待っていた。

中に入らなかったのは、料理人たちに気を使ったからのようだ。王太子である彼が来ると、料理人たちは恐縮することが多い。小走りに駆け寄ると、フリードは私が持っている木箱を見て、「それが持っていくお土産？」と聞いてきた。

「うん、そう。デリスさん、まだおはぎ食べたことなかったと思うから。フリードもなかったっけ？」

「そうだね。その名前も初めて聞いたかな」

フリードは甘味が苦手なので、和菓子もあまり食べてもらっていない。

ただ、今まで食べたものの感想を聞くだに、あんこは嫌いではなさそうなので、もしかしたらおはぎも大丈夫かもしれない。

「今度、フリードにも作るね。食べてくれる？」

「リディが作ってくれるものならなんでも」

即座に返してくれるフリード。彼が本気で言ってくれているのは分かっているので、「ありがとう」とお礼を言った。

そのまま城門の方へ向かう。昨日決めた通り、デリスさんのところへ行くのだ。だから今日は着ている服もドレスではなく町用の外出着だった。フリードも外に出ても浮かない程度の格好をしている。手に麻袋を持っているのだが、中身はデリスさんに頼まれた花の種だ。

「よ」

「あ、カイン」

城門を出たところで、黒目になったカインが合流した。昨日までのイルヴァーンスタイルではなく、いつもの『ザ・忍者』な格好である。

久々に見た彼の普段の姿に、なんとなく「おお」と思ってしまった。うん、やっぱりこの格好のカインの方がしっくりくる。

「ばあさんのところへ行くんだろう？」

「そのつもり」

基本護衛を付けたがらないフリードだが、カインだけはついてきても怒らないので（自分の管理下にないし、私の安全をより確保したいかららしい）イルヴァーンでそれに気づいた兄は、すっかりカインに「あの二人を頼む」と護衛の任を押しつけるようになっていた。

元々私の側《そば》を離れる気がなかったカインはそれを引き受け、堂々と私たちの側にいる権利を得たのである。

「さっきもアレクに、『あいつらを見張っててくれ』って言われたしな。頼まれなくてもオレは姫さんの護衛だからついていくけど、公認なのはやりやすくていいよな」

「確かにそうだね」

カインならデリスさんのところに一緒に行っても大丈夫だし（なんならたまに住んでいるのではないかと思う時すらある）彼に隠していることなど殆《ほとん》どない。フリードもカインなら文句を言わないので、こちらとしても助かるのだ。

私が王太子妃と知られているので意味がないような気もするが、一応目立たないようにとフリードは髪色を黒く変えた。

三人で歩く。フリードと私は手を繋《つな》ぎ、後ろにカインが続いた。

一緒に出かけることはよくあるけれども、フリードもデリスさんのところに行くというのは新鮮だった。

「こんにちは！」

いつものように秘密の通路を通り抜け、デリスさんの家に着く。

ノックをしてから扉を開けると、薬草の匂《にお》いがした。

どうやら薬を作っていた最中だったらしい。大釜《おおがま》を大きな棒でかき混ぜていたデリスさんが顔を上げ、「下りておいで」と招いてくれた。

階段を下り、彼女の側に行くと、デリスさんは大釜の中身をかき混ぜるのをやめた。

「すみません。もしかして邪魔しちゃいましたか？」

私たちが来たせいで失敗……なんてことになったらと心配だったが、デリスさんは笑って否定した。

「いや、これで完成なんだ。あとは冷《さ》ますだけさ」

「それなら良かったですけど。あ、良い匂い」

ラベンダーに似た香りは心地良いものだったが、当然、ラベンダーそのものではないのだろう。

「ほら、椅子《いす》に座りな」

デリスさんに言われ、いつも座っている場所を見る。

「あ」

四人掛けのテーブルが六人掛けのものへと変化していた。

一列に三人座れるタイプだ。これは、もしかしなくてもフリードを連れてくると思ったから用意してくれていたと、そういうことなのだろうか。

「デリスさん……」

「連れてきてもいいって言ったろ。席がないなんて嫌がらせはしないよ」

「ふふっ、ありがとうございます」

フリードを歓迎してくれているのが分かり、嬉しかった。フリードは面食らったような表情をしていたが、すぐに頭を下げた。

「訪問の許可をいただきありがとうございます」

「別に。元々来るなと言った覚えはない。それだけだよ。ほら、それより頼んでおいたものがあるだろう。早く出しな」

ほれほれと手を出すデリスさんに、フリードは苦笑しつつも持っていた麻袋を袋ごと渡した。

中身を確認し、デリスさんが頷く。

「確かにライレリックの種だね。しかも結構量がある。これなら庭で栽培する分と薬に使う分と分けることができるか」

「……ちょっとした疑問なんですが、デリスさんの家って庭があるんですか？」

疑問に思ったので聞いてみる。

何せ靄《もや》の中に家があるような状態なのだ。

庭と言われてもピンとこなかったが、デリスさんはあっさりと答えた。

「もちろんあるとも。貴重な薬草をたっぷり育てているんだ。誰《だれ》にも見つけられない場所に作ってある」

「へえ」

少しだけ見てみたいなと思ったが、大事な薬草を間違って傷つけたり踏んでしまっては大問題だ。

私はわりとうっかりなところがあるので、やめておいた方が無難だろう。それに説明してもらったとしても理解できないだろうし。

「興味あるかい？」

「ないと言えば嘘《うそ》になりますけど、私おっちょこちょいなので、踏みそうで怖いからいいです……」

正直に告げると、デリスさんは目を丸くして、大声で笑った。

「ははは っ！　まさかそんな理由だとは思わなかったよ。でも確かに、あんたならやりそうだねえ。まあ、いいさ。ほら、茶を淹《い》れてやるから座りな」

「はい。あ、これ良かったらどうぞ。デリスさんにはまだ食べてもらっていなかったなと思って作ってきたんです。『おはぎ』って言うんですけど」

「ほう？」

持ってきた木箱ごと彼女に渡すと、デリスさんはすぐに蓋を開け、中身を確認した。興味深げな顔になる。

「……初めて見るね」

「ええ。デリスさん、大福がお好きでしょう？　これも餡子《あんこ》を使ったお菓子なので好みかなと思いまして。中にもち米が入っているんです」

「ふむ。それなら皆で食べようか。せっかくリディが作ってくれたんだからね。よし、とっておきのお茶を淹れてやるから待ってな」

「ちょ、ばあさん待ってくれ！」

張り切った様子のデリスさんにカインが待ったを掛けた。

「淹れるっていうのは、あの美味《うま》い方の茶だよな？　飲んだら吐きそうになるえげつない茶じゃねえよな？」

「ほう？　あんたは吐きそうになる茶が良いと、そういうことかい？」

「ちげーよ！　それだけはやめてくれって言ってんだ！」

本気で焦っているカインをデリスさんが笑いながらいなし、隣の部屋へと続く扉を開けた。

「せっかくリディが菓子を作ってきてくれたんだ。ちゃんとした茶を出してやるさ」

「……本当だろうな。ったく、ばあさんは結構愉快犯なところがあるから」

ブツブツ言うカイン。

デリスさんとカインの気軽なやり取りを初めて見たフリードは驚いていた。

「……吃驚《びっくり》した。カインと魔女はずいぶん仲が良いんだね」

「そうなの。孫と祖母って感じに見えない？」

「見えるね。あのカインが完全に子供扱いだ」

「うん。でも、多分、そういうのがカインは嬉しいんだと思う」

カインはその生い立ちからして、『普通』に扱われることがなかった。だからこそ、自分を暗殺者ではなくただの十代の子供として扱ってくれるデリスさんに素直に突っかかっていくのだと思う。

信頼関係がなければできないことだ。

「私、カインとデリスさんの会話を聞くの、すごく好きなの」

「うん、分かる気がするよ」

「……そこ、保護者みたいなことを言わないでくれ」

フリードと話していると、カインが口をへの字にしながら文句を言ってきた。

「ごめんね。そんなつもりはないんだけど。ただ、好きな人が好きな人と仲良くしているのを見ているのは楽しいってだけだから気にしないでくれると嬉しいかな」

「……別に良いけど。ほんっと姫さんて『好き』とか平気で口にするよな」

「？　そりゃそうでしょ」

カインの疑問に首を傾げた。どうしてそんなことを言われるのか分からなかったのだ。

『好き』は言わなければ伝わらない。それは私の中では常識である。

ただ想っているだけで相手に分かってもらおうなんて、甘いのだ。義理の両親を見ても、その必要性は分かると思う。

「言わなくても分かってくれるだろうってのは勝手な思い込み。言ってくれなきゃ分からない」

「リディ、愛してる」

カインに微笑《ほほえ》みかけると、何故かフリードが突然私の腕を引き、耳元で囁《ささや》いてきた。

「フリード？」

いきなりなんだと彼を見る。フリードはにっこりと笑って私に言った。

「私もリディに私の気持ちを伝えておこうと思ってね」

「ん？　フリードが私を好きなのは知ってるよ？」

これで知らないと答えたら、私はどんな鈍感女だ。毎日、全力で愛を伝えてくれるフリードを疑ったことなんてないし、きっとこれからも疑わない。そう確信できる自分が、本当に幸せだなと思うのだ。

「それでも、だよ。それともリディは知っているのなら、たまにでいい？　毎日好きって言ってもらいたくない？　私は言われたいけど」

「言われたいです」

全くもってその通りだったので、私はあっさりと掌《てのひら》を返した。毎日言われたって全然飽きないし、毎回嬉しい気持ちになるのを実感として知っている。『好き』はいくら言ってくれてもいいと思う。

フリードの言う通りだ。

「だから言ったんだよ。愛してるってね」

耳に優しく響く言葉に自然と笑みが零《こぼ》れる。

でも、私は知っているのだ。フリードがいきなり「愛してる」と言い出したのは、私がカインとデリスさんのことを「好き」だと言ったのが気に入らなかったからだと。

自分の方を見てもらいたくて参加してきたことに気づいていた私は、彼に気づかれないように小さく笑った。

——本当、ヤキモチ焼きなんだから。

デリスさんの家だから、ブチブチ言ったりはしないが、それでも黙っていられないのがフリードらしい。

——でも、そういうところも好きなんだよね。

どんな時でも私を独占したがる彼を愛してしまったのだから、もうどうしようもない。

「私もフリードのこと愛してる。大好き」

「うん、知ってる。嬉しいよ、リディ」

「フリード……」

愛《いと》しい人と見つめ合う。キラキラした海のような瞳《ひとみ》に吸い込まれそうだ。

うっとりとしていると、フリードの顔が近づいてくる。そこでカインが呆《あき》れたように言った。

「それくらいにしとけよな。忘れてるかもだけど、ここ、ばあさんちだから」

「あ」

至極尤《もっと》もな突っ込みに、我に返った。

パチパチと目を瞬かせる。

「そういうのは、頼むから自分の部屋でやってくれ……ばあさんも困ると思うぜ」

「……そ、そうだよね！　ごめん！」

慌ててフリードから離れる。彼は残念そうではあったが、比較的素直に私を解放してくれた。その代わりと言わんばかりに小声で念を押される。

「……リディ、帰ったら、いい？」

とても分かりやすくお誘いが来た。反射的に子宮が疼《うず》く。

すっかり彼にしつけられてしまった身体《からだ》は、簡単に期待を始めてしまうのだ。

深い場所を穿《うが》たれる感覚を思い出し、顔が熱くなる。

「う、うん……帰ったら……ね」

私の返事を聞き、フリードが上機嫌になる。

「良かった。楽しみにしてる」

「も、もう……」

私は誤魔化すように咳《せき》払いをし、デリスさんに勧められた椅子に座った。私の右隣にフリードが、左隣にカインが座る。

タイミング良く、扉が開いた。

「おや、イチャつくのはもういいのかい？」

トレイを持ったデリスさんがニヤニヤしながら私たちを見ている。彼女は人数分のコップと皿をテーブルに置き、おはぎをとりわけ始めた。

餡子ときなこをひとつずつ。コップの中は覗《のぞ》いてみたが、おそらくは以前出してくれた緑茶なのだと思う。

「別に私は気にしないから、思う存分イチャついてくれていいんだよ」

「そ、そういうわけには……」

隣の部屋にいたのに、どうして知っているのか。不思議に思ったが、彼女は魔女だし、ここはデリスさんの領域内。私たちが何をしているかくらいお見通しというわけだろう。

「相変わらず仲が良くて結構なことじゃないか。ふむ、じゃあこのおはぎというのをいただこうかね」

「は、はい！　是非！」

デリスさんも座り、全員でお茶タイムになった。

期せずして、デリスさんだけでなく、フリードやカインにもおはぎを食べてもらえることになったのはラッキーだ。彼らが一体どんな反応をしてくれるのか、とても興味がある。

――どうかな。おはぎ、美味しいって思ってくれるかな。

ドキドキしながら皆の様子を観察する。

まずはデリスさんが、こしあんのおはぎを口に入れた。咀嚼《そしゃく》し、一言。

「ほう……」

「ど、どうでしょうか？」

緊張する。いつだって、最初の一口が一番気になるのだ。

声が勝手に震えるのを抑えながら尋ねると、デリスさんは頬を緩め、私に言った。

「口当たりがすごくいい。中の餅米との相性がバッチリだよ。ああ、これは美味いねえ。なんとも優しい味わいだ。不思議と懐かしい気持ちになる」

「っ！」

――やった！

デリスさんの口から美味しいという言葉が自然に出たのを聞き、小さくガッツポーズをした。

大福を好むデリスさんならきっと喜んでくれると思ったのだ。

琥珀糖《こはく》や羊羹《ようかん》は美味しいとは言ってもらえたものの、そこまでの反応を引き出せなかったので、実は大福と同じレベルかそれ以上に好きだと思うものをなんとしても見つけたいと思っていた。

「甘みがちょうどいい。これは毎日食べたい味だね」

デリスさんの表情は柔らかく、美味しいと思っているのが一目で分かるような顔だった。

これは久しぶりに大当たりを引いたかもと喜んでいると、フリードも「へえ」と好意的な声を上げた。

「……悪くないね。甘いのは苦手だけど、控えめでくどくない。うん、これなら私も平気かな」

「本当!?」

なんと、フリードもおはぎは大丈夫なようだ。俄然《がぜん》興味が出てきたのか、きなこのおはぎに目を向ける。

「こっちは？　何の味なの？」

「えと、きなこ」

「ふうん」

そちらも食べ、フリードは頷いた。

「私はこっちの方が好きかな」

「！　そうなんだ！」

フリードはいつも和菓子を楽しんで食べてくれるが、はっきり「好き」と言われたのは初めてかもしれない。

——フリードはきなこのおはぎが好きなんだ。

夫の好みを心に刻みつける。デリスさんはきなこよりも餡子の方がお好みのようで、美味しそうにそちらを頬張っていた。

「……うーん」

「あ、カインは駄目だった？」

微妙な顔をしていたのはカインだ。彼は何故か、外側の餡子を剥《は》がして中の餅米だけを食べていた。まるで子供みたいな食べ方につい笑ってしまう。

「なんでこんなに餡子が絡んでいるんだ？　中の白い餅米部分は美味いんだから、薄くすれば食べれないことないのに」

「それじゃあ意味がないからね。カイン、大福は大丈夫なのにおはぎは駄目なんだ。変なの」

彼は何度か大福を食べていたが嫌がる様子はなかった。それなのにおはぎは駄目とはどういうことなんだろう。

「んー、分かんねえけど、これは好きじゃない……」

一生懸命餡子を剥がしているカインを見ていると、デリスさんが彼の皿を取り上げた。

「あ！」

「あんたが食べないなら、私がもらうよ。この餡子の部分が美味いのにそれが分からないなんて、あんた人生損しているんじゃないのかい？」

「んなことないって……でも、食べてもらえるのは助かる……かな。姫さん、悪い」

「いいよ。誰にだって苦手な食べ物はあるんだから」

本当に苦手だったのだろう。自分の前から皿がなくなったことにカインはホッとした様子だった。口の中からおはぎの味を消したいのか、デリスさんが用意してくれたお茶を一心不乱《いっしんふらん》に飲んでいる。

「はあ……。今回ので分かったけど和菓子ってオレ、苦手かもしれない」

「大福も和菓子だからね？　それに和菓子って言っても色々あるから、中にはカインが好きなのもあるかも。でも無理はしなくていいよ」

餅米は好きだったようだし、三色団子とかならカインも喜ぶかもしれない。とりあえず私としては、デリスさんとフリードが気に入ってくれただけで大満足だ。

「今回はこしあんにしましたけど、おはぎは他《ほか》にも種類があるんです。今度は別のを持ってきますね」

「別の？」

粒あんバージョンや、中の餅米にも皆殺しや半殺しがあるのだと説明すると、フリードが言った。

「私は粒あんが気になるかな」

「私は半殺しというのが気になるね。青のりも食べてみたいが」

二人のリクエストに頷いた。

「人それぞれ好みがありますからね。次、また別の種類を作ってきますから、デリスさんが一番好きなのはどれだったのか教えて下さい。フリードにもまた作ってあげるね」

「ほんと、あんたの作ってくるものにはハズレがなくて楽しいよ」

デリスさんが楽しそうに言う。

「今まであまり食に興味はなかったんだけどね。あんたが和菓子を持ってきてくれるようになってから、すっかり楽しみになってしまった。実は昨日、少し面倒なことがあってイライラしていたんだけどね、それもどうでもよくなった。大したもんさ」

「面倒、ですか？」

話の流れで尋ねた。

とはいえ、別に無理に聞き出そうとは思っていない。デリスさんは魔女という特殊な立場だ。私たちには言えないことも多いだろうと分かっているし、それは私たちも同じだからだ。

お互い気持ちよく付き合うためには、そういう線引きも大切。言いたくないなら流してくれて構わないのだ。だから、デリスさんが話を続けたのは意外だった。

「……昨日、魔女が来たんだよ」

「魔女？　えと、メイサさんのことですか？」

以前会った『結びの魔女　メイサ』。彼女のことを思い出して尋ねると、デリスさんは首を横に振った。

「違う。あいつとは違う魔女さ。聞いたことはないかい？　鉄の魔女という名前を」

「鉄の魔女、ですか」

魔女は世界に七人いると言われているが、それぞれに異名がついている。

デリスさんなら『薬の魔女』。メイサさんなら『結びの魔女』、という風に。

とはいえ、魔女が七人いることは知られていても、その異名やどんな存在かまでは知らない人が殆どだ。私も全員の名前や異名までは知らない。

その『鉄の魔女』という人物についても聞いたことがなかった。

「フリード、知ってる？」

王太子である彼なら何か知っているかも。そう思いフリードに目を向けると、彼は首を横に振った。

「残念ながら。そういう異名を持つ、魔女がいるということくらいしか知らない」

「変わり者の偏屈だよ。急にヴィルヘルムに住むって言い出してさ。私の方が先に住んでいたから、筋を通すために挨拶《あいさつ》に来たんだけどね……一体何があったんだか」

「ヴィルヘルムに魔女がもうひとり、増えるってことですか？」

「ああ。基本的に同じ国には住まない、避けるようにするっていうのが暗黙の了解なんだけどね。それは分かっているけどどうしてもこちらに越してきたい……というかすでに越してきたらしいんだ」

「へえ！」

三人目の魔女がヴィルヘルムに住むという話に目を輝かせた。

一体どんな人なのだろう。ワクワクしているとデリスさんが面倒そうに言う。

「会うことはないと思うよ。王都ではなく海辺の町に住むって言ってたし」

「海辺の町、ですか」

「ああ。あいつは職人なんだよ。ものを作る職人。だから水が大量にある場所が好ましいらしいんだ」

「そうなんですね」

三人目の魔女は『鉄の魔女』と呼ばれていて、職人。とても興味はあったが、あまり根掘り葉掘り聞くのも失礼だろう。

ほんの少しだけどデリスさんもイライラしているようだし、その魔女のことを歓迎しているわけではなさそうだから話を続けるのはやめておいた方がいいと思った。

「全く……最近は水晶玉を覗いても見るたびに未来が変わる。先が予測できなくて苛《いら》ついている時に、あいつまでこっちに来るなんて……魔女が移動なんてしたら、もっとおかしくなるっていうのに」

「デリスさん、ええっと、おはぎ、まだありますからどうぞ」

ブツブツ言うデリスさんにさっとおはぎの追加を差し出した。どうやら相当苛ついているようだ。少し落ち着いてもらうためにも甘いものを食べた方が良いと思う。

「……いただくよ」

デリスさんはこしあんのおはぎを取り、もぐもぐ食べ始めた。

食べているうちに落ち着いたのか、お茶を飲み、ほうと息を吐く。

「済まなかったね。少し気が立っていたんだ」

「いいえ」

「悪い奴《やつ》ではないんだけどね。こんなことは初めてだったから」

「はい」

返事をすると、デリスさんは笑みを浮かべた。その表情は今までのイライラしていたものとは違い、いつもの彼女のもので、その笑顔を見た私は心からホッとした。

「ああ、そうだ。忘れていたよ。報酬を渡しておかないと」

「報酬？」

いきなり話が変わり、首を傾げた。デリスさんを見る。おはぎを食べ終わった彼女は立ち上がると、薬棚の方に歩いていった。迷いなく薬瓶を取り上げる。

「……これだね。ほら」

「えっ」

ぽいっと薬瓶を放《ほう》り投げられ、慌てて立ち上がり、キャッチした。

見覚えのある瓶。いつも私がデリスさんからいただいている体力回復薬である。

「あ、これ……」

説明されずとももらったものがなんなのか理解した私に、デリスさんがにやりと笑う。

「種を取ってきてくれた礼だよ。遠慮なく持っておいき」

「ありがとうございます」

心から礼を言った。体力回復薬だけはいくらあっても困らない。

というか、フリードと結婚した私にはむしろ必須《ひっす》アイテムなのだ。基本は王華《おうか》があるから大丈夫なのだけれど、たまに王華があっても追いつかない時があって、そういう時はとても重宝する。

丸一日、ベッドで転がっているなんてごめんなので、デリスさんの薬はいつも有り難く使わせてもらっていた。

「リディ、それ、何の薬なの?」

いそいそと薬をしまっていると、フリードが立ち上がり、私に尋ねてきた。

しまった。彼がいることを忘れていた。

「えっ……えっと」

「リディ？」

「ああと……その……」

焦りすぎて思考が空転する。

何せ私がフリードに対して持っている唯一の秘密。それがこの体力回復薬のことなのだから。

何故、秘密にしているのか。

それはとても簡単だ。だってフリードのことだ。私がこんなものをもらっていることを知ったら、間違いなく「じゃあ、もっとできるね」的な展開になるとは思わないか。

ただでさえ、おかしいだろうと言いたくなるような回数をこなしている現状、これ以上というのは本気で避けたかった。

——フリードのことは大好きだけど、ごめん。これだけは秘密にさせて……！

お互いが楽しく暮らすためなのだ。

だからフリードに薬のことは言わないと決めていたし、今も言っていないのだが……。

——デ、デリスさーん！

このタイミングで薬を渡してくるとか、あまりにも酷《ひど》すぎる。

私が助けを求めて彼女を見ると、デリスさんはウィンクをしてきた。

その顔はニヤニヤしていて、絶対私が何に困っているのか正確に把握している。

そして話を振るだけ振って、助けてはくれないらしい。

——ど、どうしよう。

一体何と答えればいいのか。

必死で考える。

暴露するというのは問題外だ。知られてしまえば、今まで薬で乗り切っていたことがバレてしまう。ずっと秘密にしていたと怒られるのは嫌だったし、私も自分の身を守るために黙っていたのだ。決して、悪意があったわけではない。

ならば、どう言えばこの場を切り抜けられるのか。

少なくとも嘘は吐《つ》けない。

だってフリードは嘘が嫌いな人だ。私は彼に嘘を吐かないと約束をしたし、彼の地雷だと知っているから、それだけはしてはいけないと分かっている。

——うあああああ！　なんて、なんて言えばいいの！

嘘を吐かず、だけども上手く言い逃《のが》れる。

何か良い方法はないものか。

内心頭を掻《か》きむしっていると、予想もつかないところから助けの手が差し伸べられた。

「姫さんの体調を整えるための薬だってオレは聞いたぜ？　前からもらってるんだよな？」

「えっ……」

声の主はカインだった。彼を見る。カインは頰杖《ほおづえ》をついた格好で、私にだけ見えるように任せておけと言わんばかりに頷いた。

どうやら私が困っていることを察知して、助けようとしてくれているらしい。

なんてことだ。私の忍者がこんなにも頼もしい。

──ありがとう！　ありがとう、カイン！

心からカインに感謝していると、フリードが驚いた顔で聞いてきた。

「そうなの、リディ？　全然知らなかったんだけど」

「えぇーと。う、うん。そんな感じ」

急いで頷く。カインが平然と言った。

「ほら、王太子妃って大変だろう？　姫さんなんて新米だしさ。体調を崩すこともあるんじゃないかって、ばあさんが事前に薬を処方してくれたんだよ。あんただって、姫さんに倒れられたら困るだろう？」

すらすらとカインの口から語られる嘘とも言いきれない言葉に感動した。

確かに、確かに体調を整えるという言い方は間違っていない。

(フリードに抱かれすぎて) 体調を崩さないように (体力を回復する) 薬を処方してくれている。

すごい。これなら嘘を吐いたことにならない。カインの素晴らしい機転に感動した。

「そ、そうなの！　おかげでずっと体調がいいっていうか。イルヴァーンでも (フリードに抱かれっぱなしでも) 元気だったし！」

「そうだったんだね。言ってくれれば良かったのに……」

「べ、別に言うほどのことでもないかなって思って。だってほら……どこか具合が悪いわけじゃないし。栄養剤みたいなものだから」

「まあ……それもそうか」

フリードが納得している。こうなったらもうこの流れでいくしかない。

デリスさんを見ると、彼女は声を押し殺して笑っていた。どうやら私が必死なのが楽しいらしい。

彼女は笑うのをやめると、フリードに言った。

「ま、そんなところだね。変な薬ではないから安心しな」

「もちろん、リディの友人であるあなたを疑ったりはしませんが……今の言い方では、わりと長い期間服用しているような感じでした。薬なのでしょう？　長期間の服用に問題はないのですか？」

「一週間に数度くらいなら問題ないさ。リディ、どれくらいの頻度で飲んでいるんだい？」

「え、えと……一週間に一回くらい、でしょうか」

以前は抱かれるたびに服用していたが、王華が変化してからはよほどフリードが頑張った時くらいしか薬を使うことはなくなった。

それでも一週間に一回はあるのかと突っ込みを入れたくなるのだが……まあ、二週間に一回の時もあるし、使う頻度はこれでもかなり減ったと思う。

私の返答を聞き、デリスさんは頷いた。

「それくらいなら全く気にする必要はないね。まあ、毎日使ってるって言うなら、さすがに私も処方を変えるが……」

「そ、そんなに使いません！」

毎日、体力回復薬を飲む羽目になるのはさすがに勘弁してもらいたい。

ブンブンと首を横に振ると、デリスさんは「なら大丈夫だ」と笑った。フリードも安心したような顔をする。

「良かった」

「あ、そうそう、薬は妊娠しても使えるものだから、安心しな」

「ぶっ……！」

ものすごく余計な一言が付け加えられた。

いや、有り難いけど！　とても有り難い情報だけど、当たり前のように妊娠しても必要だろうと思われているのが恥ずかしすぎる。

羞恥《しゅうち》に震えた私だったが、フリードは真剣だった。

「助かります。妊娠とは非常にデリケートなものだと聞いていますし、リディにも胎児にも影響があっては困りますから」

「フリード……」

私の身を真面目《まじめ》に案じてくれている彼の表情に、とても現金だとは思うがキュンときた。

私が妊娠するのがいつになるのかは分からないが、こんな風に言ってくれる旦那様の子を早く授かりたいなと思ってしまう。

——だって、生まれてくる子もきっと幸せになれると思うもの。

生まれる前から心配してくれるくらいなのだ。フリードはいいお父さんになるだろう。

自らの幸せを噛《か》み締めていると、デリスさんが私を見た。

「リディ、あんた顔が真っ赤になっているよ」

「……えっ」

指摘され、頬を押さえた。確かに熱い。

ようやく気づいた私に、デリスさんは呆れたように言う。

「ついでに教えてやるけど、さっきからずっとニマニマしているよ」

「あ」

口元を触ってみると、口角が上がっていた。どうやらかなりだらしない顔をしていたらしい。なかなかに恥ずかしい話だ。

――嬉しいのが顔に出てたってそういうこと？

相変わらず私はフリードのことが大好きで仕方ないらしい。まあ、知っているけど。

フリードが私を見る。

「リディ？」

「……フリードに愛されて幸せだなって思ってたの。それだけなんだけど」

「それでそんなに可愛《かわい》い顔になっていたの？」

「可愛いって……」

だらしないの間違いではないだろうか。だがフリードはニコニコとしていた。

「可愛いよ。真っ赤になって口元がむにむにと緩んで。それが私に愛されて幸せだから、なんて言われたら、堪《たま》らない気持ちになるよ」

「フリード」

フリードが手を伸ばしてくる。熱くなった頬に優しく触れられた。

自分のものではない指の感触にぞくりとする。

「本当だ。すごく熱いね」

声が蕩《とろ》けそうなほど甘くて、それが嬉しくて全身が熱くなった。分かりやすい反応をした私に、フリードが目を細める。

「ああ……リディは本当に可愛いな」

「……まーた、始まった」

うっとりしていると、カインが溜息《ためいき》を吐きながら言った。

「この二人、四六時中《しろくじちゅう》こんな感じなんだぜ、ばあさん」

「仲が良くて結構なことじゃないか。お前の主《あるじ》も幸せそうだし何か問題があるのかい？」

「別にないけど、こう、なんて言うか、二人の世界って言うか……」

「愛し合っている恋人たちなんて、どこもこんなもんだよ。特に新婚だからね。大目に見てやりな」

「姫さんたちの場合、新婚じゃなくなっても変わらないような気がする……」

「おやおや」

デリスさんがクツクツと笑う。

「確かにこの二人はずっとこんな感じかもね。私は結構見ているのも好きなんだが、まだ若いあんたには刺激が強すぎるかい？」

「いや、さすがにもう慣れたっつーか、慣れざるを得なかったけど。なんつーかさ、姫さんたちのやり取りって、砂糖に蜂蜜《はちみつ》と練乳をぶっかけて、おまけに粉砂糖を積もるくらい振りかけたみたいな感じ？　甘みに更に糖分をこれでもかって追加したような。何も食ってなくても口の中がジャリジャリと甘い感じがするんだよなぁ」

「それなら新しい茶でも淹れてやろうか？　お前の大好きな苦い茶を。きっと糖分も飛んでいくと思うよ」

冗談めかして言ったデリスさんに、カインは真顔で頷いた。

「……普段なら絶対にいらないんだけど、今は欲しい気がする」

「ははっ、あんたが私の茶を欲しいと言うなんて、こりゃあ重症だねえ」

カインとデリスさんが軽口を叩《たた》き合う。私はといえば、どうやらまたやってしまったと悟り、天を仰いでいた。

「うう……ごめん、カイン。気をつける」

イチャイチャするつもりはなかったのだ。だが、どう考えてもさっきのやり取りは『イチャついていた』としか言えない。それに気づいてしまえば謝るしかできなかった。

カインが苦笑しながら私に言う。

「気にすんなって。もう慣れたから。それに姫さん、無意識でやってるだろ？　気をつけるって言っても難しいんじゃないか？」

「う」

尤もすぎる指摘には、そうですねと言うしかない。

——だって……仕方ないじゃない！　フリードが格好良くって素敵で、笑顔が優しくて……つまりは大好きなんだもん！

「リディ、気にすることないよ」

同罪のはずのフリードが何故か私を慰めてきた。

「わざとやっているわけじゃないんだし。でも、リディが気になるって言うのなら、私も気をつけるようにするよ」

「本当？」

フリードが気をつけてくれるのなら何とかなるのかもしれない。

期待して彼を見ると、フリードは優しく微笑んでくれた。

「もちろん。可愛い奥さんのためだからね」

「フリード、好き！」

愛おしさを全面に押し出した麗しい微笑みに胸を打ち抜かれてしまった私は、衝動的にフリードに抱きついた。彼が両手を広げ、私を受け止める。

ああ、私の旦那様が今日もこんなに素敵で格好良い。大好きだ。

「言ってる矢先からこれだ。気をつけるとか夢のまた夢じゃないのかい？」

デリスさんが大笑いをする。そしてカインはといえば、「……駄目だこりゃ」と額に手を当てていた。

5・彼女と予期せぬ再会

デリスさんと楽しくお茶をし、家を出てきた私たちは、のんびりと町中を歩いていた。

ちょうど午後のお茶の時間。今から和カフェに立ち寄っても良いかもしれないと思っていると、フリードが言った。

「リディ、悪いんだけど詰め所に寄ってもいい？」

「詰め所？」

詰め所というのは、町を警備している兵士たちが集まっている場所だ。警備隊と呼ばれる彼らは基本、町中を巡回したり、犯罪者を取り締まったり、住民の悩みを聞いたりしており、前世でいうところの警察みたいな役割を担っている。上司は近衛《このえ》騎士団に所属する騎士たちで、更にそのトップは団長のグレン。

王都の警備の総責任者はグレンなのだ。

詰め所は各町に五カ所ずつある。そのうちのひとつにフリードは向かっていた。外門の近くにある南の町で一番大きな詰め所だ。彼と手を繋《つな》ぎながら首を傾《かし》げる。

「珍しいね、詰め所なんて。何かあったの？」

「昨日、少し気になる報告を受けていてね。直接話を聞こうと思って」

「え、それ、私も一緒で良いの？」

仕事の話なら私がいない方が良いのではないだろうか。なんだったら終わるまで和カフェで待っているけどと思っているとフリードは言った。

「リディにも来てもらいたいんだ」

「私も？」

「うん」

「……分かった」

フリードの意図は分からないが、彼は意味のないことを言う人ではない。それを分かっていた私は素直に頷《うなず》いた。

あと、純粋に詰め所に興味があった。

詰め所がどんな場所なのか、どこにあるのかは知っていても、お世話にならなければ近づくことはない。警備兵たちの姿はよく見るが、彼らの拠点となる詰め所には行ったことがなかったのだ。

どんな場所なのだろうと好奇心が疼《うず》くくらいには気になった。

黒髪のフリードに手を引かれ、詰め所を目指す。外門のすぐ近くに二階建ての建物があった。屋根には近衛騎士団を示す白百合《ゆり》と竜を描いた旗が翻《ひるがえ》っている。

入り口には兵士が二名、立っていた。

兵士たちは制服に身を包んでいたがそれは近衛騎士団のものではない。紺色の制服と制帽、そしてマントは、警備隊を示す皆も知る服装なのだ。

「……」

「リディ、行くよ」

キョロキョロしていると、フリードに促された。詰め所の入り口に立つ兵士たちのところへ行く。

彼らは近づいてくる私たちに気づき、首を傾げ、しばらくしてから「あ！」と大きな声を上げた。

「殿下！　ご正妃様！」

黒髪だったので一瞬フリードのことが分からなかったのだろう。とはいえ、彼らも城に出入りしているし、自国の王子の顔は知っている。すぐに気づき、頭を下げてきた。

フリードが顔を上げさせ、警備兵たちに尋ねる。

「警備隊長はいるか？　昨日受けた報告について詳しい話を聞きたいのだが」

「すぐに呼んで参ります！　ああ、申し訳ありません。殿下にご足労いただかなくてもお呼びいただければすぐに馳《は》せ参じましたのに……！」

「妻とのデートのついでに寄っただけだから気にしなくていい」

「さようですか。そ、その……後ろの男は？」

どうやら彼らはカインとは面識がなかったらしい。質問にはフリードが答えた。

「リディの専属護衛だ。少々若いが、腕は立つ。もちろん父上たちもご存じのことだ」

「申し訳ございません。出すぎたことを申しました」

国王も知っているという言葉を聞き、兵士は恐縮したように再度頭を下げた。

しかし偶然だったがこうなってくると、国王たちにカインを紹介しておいたのは良かったと思ってしまう。おかげでどこにでも堂々と彼を連れていけるのだから。

「こういう時に隠れなくて良いって、なんか変な感じだよな」

「ね。いつもこっそりついてきてくれていたもんね」

カインとこそこそ会話していると、館《やかた》の入り口が開き、中から皆とは色の違う制帽を被《かぶ》った男性が飛び出してきた。彼の顔は見たことがある。

以前、町で襲撃された際、駆けつけてくれた警備隊長だ。

「殿下！」

焦った様子で警備隊長はその場に跪《ひざまず》いた。彼を立たせ、フリードが言う。

「お前が城に上げた報告書について聞きたい。構わないか？」

「も、もちろんでございます。中にお入り下さい！　ご正妃様もどうぞ」

「ありがとう」

警備隊長の案内で中に入る。

初めて入った詰め所は新鮮だった。中に入るとすぐにカウンターがあり、兵士たちが座っている。町の人からの相談をそこで受け付けたりするのだろう。建物内は派手な装飾や置物はなく、必要最小限のものだけが置かれていた。薄い絨毯《じゅうたん》が敷かれ、簡素なテーブルと椅子《いす》がいくつも並べられている。石造りの壁には掲示板が張られ、連絡事項などが書かれていた。

警備隊長の後ろを歩く私たちに気づいた兵士たちが次々に頭を下げる。中には私たちが誰《だれ》か分からない者もいたが、近くにいた兵士に頭を押さえつけられていた。

新人なら黒髪のフリードに気づかなくても仕方ない。

とはいえ、彼らはあとで先輩に怒られるのだろうけど。髪色が変わったくらいで自国の王子に気づかないとは何事だ、と叱《しか》られるであろう新人たちを思うと少し可哀想《かわいそう》だけれど、顔が変わっているわけではないのだから、やっぱり気づかないのは問題だと思う。

「こちらです」

警備隊長の案内で、カウンターの奥にある細い階段を上る。二階に上がってすぐの個室が彼の部屋だった。

「あれ？」

てっきり一番奥の部屋かと思っていたので吃驚《びっくり》していると、私の前を歩いていたフリードが振り返り言った。

「奥は城から来る騎士たちの部屋になっているんだよ。ここの責任者は確かに彼だけど、城からも近衛騎士団から数名ずつ騎士を派遣しているからね。私たちとの繋ぎ役という面が大きいんだけど立ち位置的には上司となるから」

「なるほど。グレンもたまに来たりするの？」

近衛騎士団団長の名前を出すと、私たちを案内していた隊長（ハウルという名前らしい）が震え上がった。

「と、とんでもない！　団長がお見えになることなどありません！　団長と連絡を付けたい時は常駐している騎士にお願いするのが普通ですので」

「そうなんだ」

「ですから今も、まさか両殿下方が直接来られるとは思わず……お迎えが遅れ、申し訳ありませんでした」

「連絡していなかったのだから気にしなくていい」

「え、フリード、連絡してなかったの？」

てっきり彼が行くことは通達済みだとばかり思っていた。フリードが肩を竦《すく》める。

「昨日は休みだったからね。時間があった時に報告書だけざっと目を通したんだ。その中で彼の出してきたものが特に気になって。リディと町に出る予定だったから時間があれば寄ろうかなと考えていたんだ。連絡する暇はなかったし、確定した予定でもなかったから」

「ふうん。どんな内容だったの？」

私に一緒に来て欲しいと言うくらいだ。聞いても構わないのだろうと思い尋ねると、フリードは「それは部屋に入ってからね」と答えた。

その言葉に頷き、隊長室の中に入り、来客用のソファに座る。私とフリードの後ろには当然のようにカインが立った。

フリードが手を組み、「それで」と口を開く。

「ハウル隊長。申し訳ないが説明をして欲しい。昨日、城に上げた報告書の内容を最初から、妃《きさき》にも分かるように。構わないか？」

「は、はい……！」

隊長が頷く。そうして緊張しつつも言葉を紡いだ。

「実はですね、少し前くらいからなのですが、王都の外。ちょうど外門を出てすぐの辺りに獣が現れるようになったのです」

「獣？」

獣という言い方に首を傾げた。

「魔獣、とかではないの？」

「どうでしょう。もしかしたらそうかもしれませんが、魔法を使っているという報告は受けておりませんので、獣と。ですが人語を操るという話も聞いております。全身が黒っぽい毛皮に覆われており、大きな姿で、悪意や害意を持つ者に警告と攻撃をするのだとか。仲間はおらず、常に一匹だけで行動しています。最初、噂《うわさ》になった時、質《たち》の悪い冗談だと思い相手にしていなかったのですが、実際に被害を受けた者が出始めました。密輸をしようとしていた商人でしたので、結果的にこちらは助かったのですが、最近、こういうことが続くようになりまして、殿下にご報告差し上げた次第です」

「人語を操る獣……」

どこかで聞いたことのある話だ。そう思ったところで、以前お茶会で友人のティリスが話していたことを思い出した。

「あ」

「リディ？」

フリードが私に視線を向ける。私は眉《まゆ》を中央に寄せながら答えた。

「ティリスが前に言ってたの。悪意のある者が王都に近づくと、わけの分からないものから攻撃を受けるって噂があるって。人語を操るけど人ではないようで、中には王都の守り神だ、なんて言っている人もいるって言ってたかな。死人も出てないし、被害に遭うのは悪人ばかりだから警備も放置してるって聞いたけど」

「け、決して放置していたわけでは！」

ティリスから聞いたことを告げていると、警備隊長が大声を上げた。

彼を見ると、警備隊長は気まずげに視線を逸《そ》らす。

「そ、その……あまりにも妙な話でしたので、先ほども申し上げました通り、冗談だと、単なる民の噂だと思っていたのです。ですが、実際『そういうものがいる』と認識するようになってからは兵の人数を割《さ》き、その正体を確かめるべく日夜努力しております！　決して放置していたわけではありません!!」

仕事をサボっていたわけではないと必死に主張してくる彼に、フリードは頷いた。

「大丈夫だ。お前たちが業務放棄しているとは思っていない。妻がそういう話を聞いた、というだけだ。そうだよね、リディ」

「うん」

「で？　お前たちはその獣を駆逐しようと考えている、と昨日読んだ報告書には書いてあったが」

フリードに話の続きを促され、警備隊長はそろそろと話し始めた。

「は、はい。確かに今の段階では、その獣は罪人にしか牙《きば》を剥《む》いておりません。ですが、所詮《しょせん》は獣です。その獣が何を思って動いているのか分かりませんし、いつ罪のない人々を襲うようになるやもしれません。いる場所も王都のすぐ外で、大勢の人が通る場所です。……守り神だという者もいるのは承知していますが、民の安全のために駆除する方向で考えています」

「なるほど」

腕を組み、頷くフリードの隣で私もそうなるのは仕方ないのかなと思っていた。

外門は王都への入り口だ。王都リントヴルムにやってくる皆が通る道。そこに危険な獣がいると思われるのは色んな意味で宜《よろ》しくない。

「その獣とお前たちは接触することができたのか？」

フリードの問いかけに、警備隊長はグッと言葉を詰まらせた。

「い、いえ……噂に聞いた場所を色々調べましたが出てきません。おそらく相当賢い獣なのだと思われます。とはいえ、民の中には獣の姿を見かけた者も何人かいるので、情報がゼロというわけではないのですが」

「その情報というのは？」

「黒と灰色の体躯《たいく》。犬のようだったという者がいましたが、犬にしては大きすぎるとのことです。狼《おおかみ》ではないかと言う者もおりました。犬科の獣、ということで間違ってはいないかと。身を隠しながら行動するので、あまりはっきりとは分からないのですが……曖昧《あいまい》な情報しか伝えられず、申し訳ありません」

警備隊長が小さくなる。フリードが私に目を向けてきた。

「と、いうことなんだ。リディ」

「ん？」

――どういうこと？

どうしてここで私に振るのか。首を傾げると彼は言った。

「リディ、少し前、リディは話してくれたよね。とある動物の話。見世物小屋の主人から買い取ったある生き物を解放し、王都の外に放したって」

「あ！」

色々ありすぎて、すっかり忘れていた。だけどここまで言われればさすがに分かる。

「もしかして、あの時の子が事件を起こしてるの!?」

フリードの目が正解という風に細まる。

「可能性は十分にあると思ってる。リディから聞いた狼の体色や彼を解放した場所。単独行動している点もそうだし、噂が出始めた時期も一致する。噂の『獣』は、リディが以前助けた生き物ではないのかなって」

「で、でも……人語なんて話さなかったよ？」

こちらの言葉を理解している節は見えたが、話しかけたりはしてこなかった。そう言うと、フリードは「警戒していたんじゃないかな」と答える。

「警戒？」

「リディならずっと酷《ひど》い目に遭って、解放されたばかりの状態で、いくら助けてくれた人物とはいえ、何もかもを信頼できる？　黙っていたと考えるのが普通だと思う」

「……そっか」

それはとてもありそうな話だ。

それにあの狼は見世物小屋にいた。見世物小屋というのはその名の通り、動物を見世物にするのだ。仕込んだ芸を見せるのもそのひとつ。

もしかして、彼は人語を操るという『芸』ができたのではないだろうか。

主人らしき人物は、あの子のことを『世にも珍しい』と思って買ったと言っていた。あと、それなのに『何もできない』とも。

主人のことが気に入らなくて、買われたものの何もしなかっただけで、本当は人語を操れたのではと考えれば辻褄《つじつま》は合うと思った。

「あり得る」

「うん。だからリディを連れてきたんだ。もし彼がリディの助けた子だったら、知らない間に処分されていたなんて聞きたくないでしょう？」

「絶対に嫌」

生き延びてくれるようにと願って首輪を外し、自由にしたのだ。それがヴィルヘルムの兵たちに処分されたなんて聞かされた日には後悔してもしきれない。

報告書から獣の正体を予想し、私を連れてきてくれたフリードには感謝するしかなかった。

「……でも、どうしてまだ王都の近くにいるんだろう。とっくに自分の住む場所に帰ったと思ったのに」

だからこそ、あの子と結びつかなかったのだ。

私の中では、彼はもうヴィルヘルムを遠く離れている。そう思い込んでいたから。

「遠くから連れてこられて、帰りたくても帰れなかったのかもしれない。悪者ばかりを攻撃しているのはもしかしたら彼なりに、リディに恩返しをしているのかもしれないよ」

「私に？」

思いもしないことを言われて驚いた。フリードが優しく微笑《ほほえ》む。

「彼にとってリディは命の恩人になるわけだからね。帰ることもできない。それなら恩人のためにできることをしようと考えたのかも。恩人の住む場所を守ろうってね。人語を操れる賢い獣なら、それくらい考えることもあると思う」

「……そんなことしなくていいのに」

私はただ、彼が無事に仲間の元へ帰ってくれればそれで良かったのに。

帰れなかった彼は、それでも私に恩を返そうと一匹で頑張っていたのだろうか。そう聞くと胸が締め付けられるように苦しかった。中途半端な助け方をしてしまって申し訳ないとさえ思った。

「フリード。お願い。私、あの子を助けたい。処分なんてしないで」

彼がまだ王都の近くに留《とど》まっているのは私のせいかもしれないのだ。そしてそのために彼が処分されてしまうなんて許せなかった。

「すごく賢い子なの。罪もない人を襲ったりなんてしないと思う。お願い……」

フリードの服の袖《そで》を引っ張り、縋《すが》り付く。

噂の獣があの狼だというのなら、絶対に助けたかった。

フリードの目をじっと見つめる。彼は私の頭をポンと撫《な》でた。

「……こんなに噂になってしまった後では、自由にさせるのも難しい。城で引き取ろう」

「え、良いの？」

フリードの言っていることを理解し、目を見開いた。

人語を理解するらしい巨大な狼。それを城で飼っても良いとは本気だろうか。

犬ならまだしも、狼を許可してくれるとは思わなかった。

「陛下とか、城の皆、嫌って言わないかな」

「私の馬の世話をしてくれている男に任せるつもりだよ。彼は動物全般が得意だし、悪いようにはならないと思う。父上たちは……うん、リディがお願いしたら大丈夫だと思うよ。特に父上は母上のことがあってリディには頭が上がらないだろうから、絶対に頷いてくれると思う」

「利用するみたいで嫌だけど……でも、背に腹はかえられないよね。私、一生懸命お願いする」

「最初は隔離して様子を見るという形になると思うけど、リディもそれでいいね？」

「もちろん」

賢い子だ。きちんと言い聞かせれば、城の皆を噛《か》んだり傷つけたりはしないだろう。

だけど皆はそれを知らないのだ。突然大きな狼が城に居座ったら……普通に怖いと思う。

皆にはゆっくり慣れてもらわなければ。そう思いつつフリードに礼を言った。

「ありがとう、フリード。まさかあの子がまだこの辺りに残っているとは思わなかったの。迷惑を掛けてごめんなさい」

騒ぎが起こったのは、私が不用意に狼を解き放ったせいだ。そのまま帰ってくれるだろうというのは私の希望的観測でしかなかった。迷惑を掛ける、誰かを傷つける可能性がある、などもう少し考えるべきだったと思う。

「迷惑とは思っていないから構わないよ。それにリディから話は聞いていたからね。報告書を見てすぐにピンときたんだ」

私はすっかり忘れていたというのに、さすがはフリードである。

そして私は報告は大事と改めて思っていた。

今回だってフリードに狼のことを話していたから、知らないうちに処分されるのを免《まぬが》れたのだ。今後もこういうことがないとも限らない。

報連相はきちんとしよう、と私は心に刻み込んだ。

「……あの子、城に来てくれるかな」

飼い主である男に逆らっていた狼を思い出す。

彼は私に飼われることをよしとしてくれるだろうか。城に繋ぎ止められることを頷いてくれるだろうか。それだけが気になった。

「命の恩人であるリディの側《そば》にならなら喜んで来るんじゃないかなって私は思うんだけど。勝率はかなりあると思ってる」

「そ、そうかな。それなら嬉《うれ》しいけど……」

帰れないのなら、引き取りたい。狼は群れを作る生き物だ。仲間もいないたった一匹で生きていた彼の近くに、許されるのならいてあげたいと思った。

「喋《しゃべ》れるのなら、故郷の場所を聞いて送るっていうのもありかな……。城で飼われるよりいいよね」

そう話すと、フリードも頷いた。

「その人語を理解するというのがどれほどのものか分からないから何とも言えないけど、もしコミュニケーションを取れるのならそれも良いかもしれないね。彼だって生まれ育った場所に帰れる方が嬉しいに決まってるんだから」

「うん」

深く同意する。話が決まった。フリードがこちらの様子を窺《うかが》っていた警備隊長に言う。

「その獣、こちらで引き取ろう。悪いが殺すというのは待ってくれないか」

「も、もちろん。殿下がそうおっしゃるのなら……。まだ一般人に対して問題を起こしたというわけでもありませんし、数日待つくらいでしたら全然……」

「十分だ。こちらで対応すると皆には通達しておいてくれ。リディ、時間もまだあるし、早速行ってみようか」

「うん」

フリードが立ち上がり、私に手を差し出してくる。

警備隊長が慌てて言った。

「宜しければ、現場までご案内します。その……会えるかは分かりませんが」

「……そうだな。頼む」

その方が無駄がなくて良いだろう。私たちは彼の言葉に有り難く甘えることにした。

◇◇◇

警備隊長、そして兵士十人ほどと一緒に外門までやってきた。外門を潜《くぐ》り、王都から出る。真っ直《す》ぐ続く道と緑が広がっていた。岩や草むらもあるので、身を隠す場所には困らなさそうだ。

「どこにいるのかな」

「リディはどの辺りで彼を放したか覚えてる？」

「覚えてない。……カインはどう？」

あの時はカインに連れてきてもらったので、場所なんて分からない。カインの名前を呼ぶと、彼は東を指さした。

「あっちだな。とはいえ、同じ場所にいるはずもないし、目撃情報が多い場所から探すのが妥当じゃないか？」

カインの言葉にフリードも同意する。

「確かに。隊長、獣の目撃情報はどの辺りが多い？」

「もう少し先です。茂みが多く、身を隠しやすい場所となっています。今までに数件、目撃情報が寄せられています」

「よし、そこまで行ってみよう」

ぞろぞろと全員で歩く。十名以上も人が集まればどうしたって目立ってしまう。しかもその殆《ほとん》どが警備兵の制服を着ているのだ。

カインは「目立つ……嫌すぎる……これなら隠れて護衛している方がマシだ……」と乾いた笑いを零《こぼ》していたし、私たちを見た王都へ向かう人々はギョッとしていた。

通常ではあり得ない状況に、ひとりの行商人が兵士に声を掛ける。

「ど、どうしたんですか？　今日はずいぶんと大勢いらっしゃるようですが……何か事件でもありましたか？」

「事件はないから気にしなくていい。殿下とご正妃様がいらっしゃるので、その護衛だ」

「殿下とご正妃様が、王都の外に!?」

驚愕《きょうがく》の声を上げ、行商人が先頭を歩いている私たちを見る。大きな声だったので、彼だけではなく周りの人たちにも「えっ？」という顔をされてしまった。

目立つのは慣れているけれども、こういうのはちょっと恥ずかしいかもしれない。

フリードを見た行商人が戸惑いの声を上げる。

「え、黒髪？　殿下は確か金髪では……」

「目立たないように髪色を変えていらっしゃるだけだ」

「そ、そうですか……本物……」

「もちろん本物に決まっている。隣にご正妃様もいらっしゃるのだ。当然だろう」

「はあ……」

　視線が痛い。

　驚いている人たちには申し訳ないなと思いながら歩く。王都を歩くくらいなら、最近ではよく声を掛けられるし吃驚されたりはしないのだが、やはり外に出ると違うようだ。王都の外からやってきた人たちが私たちに気づき、その度に立ち止まる。

「……なんかものすごく大ごとになってる気が。私たちだけで来た方が目立たなかったんじゃない？」

　小声で言うと、フリードも苦笑した。

「私もそうしたかったんだけどね。アレクたちとは違って『カインを連れていけばまあいい』なんて目こぼしはしてくれないから」

「そうだよね……」

　兄はカインの実力が飛び抜けていることを知っているし、わりと緩いところがあるので『仕方ない』で済ませてくれるのだ。

　だが、末端の兵士たちはそうはいかないだろう。

　自国の王太子が碌《ろく》に供も連れずに王都の外に出ると聞けば、ついていこうとするのは当然のことなのだ。でなければ責任問題というか、普通にあり得ない。

「ここです」

　警備隊長が立ち止まる。

場所は外門を出て、十五分ほど歩いたところだった。こんな近くに獣が出るなんて、王都に来る人たちにも悪影響を与える。噂だけならともかく、本当に獣が出るのなら、早く何とかしなければと考えるのは当たり前だった。

「いないなあ……」

辺りを軽く見回して見るも、狼らしき影は見えない。近くの茂みも覗《のぞ》いてみたが、あの子の姿はなかった。

「どこかに上手《うま》く隠れているのかもしれないね」

「うん……」

フリードの言葉に頷く。せっかく人手があるのだ。ついてきた兵士たちにも頼み、狼を探してもらう。皆で散らばって捜索していると、王都に向かっている一組の親子の声が聞こえてきた。

「ねえ、お母さん。あの人たち、何をしているの？」

髪をお団子にした可愛《かわい》らしい女の子と若い母親だ。二人で遊びにでも来たのだろうか。

質問された母親は、女の子に優しく答えていた。

「最近、この辺りに出るようになった獣を探してるという話よ。あなたも聞いたことあるでしょう？　あの獣を捕まえて下さるんだって」

母親の言葉に、子供は顔を真っ青にした。目を大きく見開き、母親に言う。

「ええっ？　守り神様を？　悪い人から私たちを守ってくれる守り神様だよ。捕まえるなんて駄目だよ！」

どうやら子供の方に『獣=守り神』的な話が浸透しているようだ。母親は「守り神？」と首を傾げている様子からも、何も知らないことが窺える。

「守り神様を捕まえてどうするの！　殺しちゃうの？　そんなの駄目！」

子供の訴えに、母親が困ったような顔をする。

自分に訴えられても、というところだろうか。気持ちはよく分かる。

「リディ？　どこに行くの？」

「うん、ちょっとね」

フリードが止めたが、私はてくてくとその親子の方に歩いていった。親子がポカンと私を見つめる。

兵士が焦った様子で「ご正妃様だ！　ご無礼があってはいけない！」と大声を上げた。

「ご正妃様……王太子殿下のお妃様？」

女の子が尋ねてくる。身を屈《かが》め、彼女と目線を合わせた。

「ええ、そうなの。初めまして。リディアナよ。あなたのお名前は？」

私を見返してくる女の子にニコッと笑ってみせる。警戒心を解いてくれると良いなと思って待っていると、返事がきた。

「……ベルだよ」

「ベル。とてもいいお名前ね。守り神様のことを知りたいんだけど教えてくれる？」

子供といえども侮れない。大人《おとな》の知らない情報を持っている可能性は十分にあるのだ。

そう思い尋ねると、ベルは「守り神様のこと？」と可愛い顔で聞いてきた。

「ええ、そうなの」

「こ、これ、ベル！　王太子妃様に向かって失礼な口の利き方を……！」

「子供だもの、気にしないわ」

「で、ですが……」

泣きそうな顔になる母親に、申し訳ないなと思っていると、ベルが「ええとね」と口を開いた。

「守り神様は、守り神様だよ。ベルたちに嫌なことをする人を追い払ってくれるの」

「そうなんだ」

「黒くって大きくってね。すぐに消えちゃうからどんな姿なのか分からないんだけど、ベルたちを守ってくれるから守り神様。ねえ、守り神様を捕まえたりしないよね？」

心配そうに聞いてくるベルに、私は微笑みながら答えた。

「ごめんなさい。捕まえないとは言えないかな。でも、それは守り神様におうちに帰ってもらったり、危険が及ばないように移動してもらうためだから、許して欲しいの」

「……守り神様、おうちに帰るの？　もう、ベルたちを守ってくれないの？」

不安そうな声。私がこの場所に解き放った彼は、いつの間にか子供たちのヒーローになっていたようだ。

「あなたもおうちに帰れなくなったら嫌でしょう？　ずっと外で危険な目に遭うのは嫌でしょう？　安全な場所にいたくない？」

「……いたい」

「それにあなたたちのことは、ここにいる兵士たちが守ってくれるから大丈夫よ。ね？」

「は、はいっ！」

私に話を振られ、兵士たちが慌てて返事をする。

実際、彼女たちを守るのは彼らの仕事なのだ。守り神様がいないと安全に過ごせないなんて思われるようでは困る。

「……守り神様、いなくなっちゃうんだ。でも、おうちに帰りたいよね」

しょぼんとしつつも、女の子は納得したようだった。

「守り神様に会いたいなら、今よりももう少し早い時間の方がいいと思う。場所もね、ここより外壁の近くの方が良いと思う」

「あ、ありがとう」

ベルからもたらされた情報に、皆がざわついた。母親も驚いている。

「ベル……」

「守り神様、多分、外壁の辺りで休んでるの。出てきてくれるかは分からないけど」

ベルがじっと私を見つめてくる。その目を見つめ返した。

「守り神様に酷いことしないでね。ちゃんと幸せにしてあげてね」

「ええ、約束するわ。ありがとう」

頷くと、ベルもコクンと首を縦に振った。立ち上がり、側に来ていたフリードに言う。

「フリード、出直した方が良いかも」

「そうだね。明日、もう少し早い時間に、外壁の方を見てみよう」

「殿下、ご正妃様！　子供の言うことを信じるのですか？」

兵士のひとりが驚いたように言う。それに頷いた。

「ええ、もちろん。信じない理由がないもの」

「子供の言うことです。嘘《うそ》を吐《つ》いている可能性だって……」

「ベル、嘘なんて吐いてないよ！」

兵士の言葉に、ベルが怒りを露《あら》わにする。私も「そうね」と彼女の横に膝《ひざ》をついた。

「ベルは嘘を吐いていない。ちゃんと分かっているから大丈夫よ。私を信じてくれたから、守り神様のことを教えてくれたのよね？」

「そうだよ！」

ふんすと怒るベルが可愛かった。

「……ですが」

まだ疑わしげな兵士。その気持ちも分からなくはないが、多分この子は嘘を吐いていないと思う。

フリードも兵士に言った。

「お前たちが信じたくないというのならそれはそれで構わない。強制するようなことでもないからな。だが、たかが子供の言葉と侮っていると、いつか痛い目を見るぞ。自分が子供の時、どうだったのか考えてみるといい」

「殿下……」

「大人も子供も、肝心なところで人を騙《だま》そうとはしないものだ。それともお前は違ったか？」

フリードに問いかけられ、兵士は黙りこくった。恥ずかしげな顔をする。

「そう……そうですね。確かにその通りです。お嬢ちゃん、疑うようなことを言って悪かったな」

そうしてベルの頭を撫でた。

ベルはむうっと頬《ほお》を膨らませていたが、兵士が本気で謝っているのを感じたのか機嫌を直した。

「ベル、嘘を吐いてないよ」

「ああ、分かってる。オレが悪かった」

「うん」

それで納得し、母親にぺたりとひっついてしまう。母親は何度も私たちに頭を下げ、ベルを連れて外門を潜っていった。どうやら王都に買い物に来たらしい。王都の近くの町や村からはよくそういう買い物客がやってくる。

王都には自分たちの村や町にはないものがたくさんあるのだ。それを求めてちょっとしたお出かけ気分で王都まで足を運ぶ者は多い。

二人を見送り、フリードを見る。彼は頷き、警備兵たちに言った。

「皆、私たちは明日、出直すことにする。明日のことだが、お前たちは来なくて良い。通常通りの任務をこなすように。あと、獣が出た時は、すぐさま城に連絡をすること。万が一戦いになった場合だが、傷はつけるな。分かったな？」

フリードに命じられた兵士たちが了承の言葉を異口同音《いくどうおん》に告げる。

私はそれを聞きながら、明日はあの狼に会えるといいなと思っていた。
——元気にしているといいけど。
慣れない土地で暮らしているのだ。ひもじい思いはしていないだろうか。
「リディ、帰るよ」
フリードが手を差し出してくる。
とにかく続きは明日だ。明日に備え、私たちは城へと帰った。

6・彼女と準備（書き下ろし）

次の日も、私は朝から行動を開始した。

狼《おおかみ》の捕獲は午後からなので、フリードは仕事に行っている。私はカーラに連れられて、とある場所に向かっていた。

今日は来週やってくるレイドの部屋。その内装の打ち合わせなのだ。

「レイドの部屋はどこになるのかしら？　フリードからは別館か塔になると聞いているけど」

ワクワクしながら尋ねる。カーラは笑顔で答えてくれた。

「南東にある塔になりました。ここ十年ほどは使われていないのですが、そちらを開放するようにと」

「へえ」

「元々、身分のある方が長期間逗留《とうりゅう》されるために作られたものなのです。昔は今より国家間での留学が盛んに行われていましたから。ですが最近ではそういうこともありませんでしたので閉めていたのです。そちらをご用意するよう承っております」

「そんな場所があるのね」

城の中は、わりとウロウロしていたと思っていたが、それは知らなかった。

「こちらです」

カーラが案内してくれたのは、城の二階。目的の塔には橋を渡らなければ行けないようになっていた。橋と言っても丈夫で、幅も十分すぎるほどあるので怖くない。

「こちらの五階建ての塔を丸々お使いいただく予定です。広さは十分にあるかと」

塔の中に入ると、すぐに階段があった。その奥には扉がある。

「わ、結構広い」

試しに最初の部屋を覗《のぞ》いてみると、思っていたよりも広かった。

「こちらは三階になります。客間ですね。上層階が身分のある方の個人部屋。二階は連れてこられるであろう使用人の部屋、一階が厨房《ちゅうぼう》や洗濯室となっております」

「レイドの部屋は四階と五階ということになるのね」

「はい」

なるほど。十分な広さだ。

各階には女官たちがいて、手作業と魔法の両方を使って掃除をしていた。

「魔法を使っているの？」

「今回は殿下が来られるまで一週間しか時間がありませんので、広いところは魔法を使っても良いと許可をいただいております。その代わり、細かい場所は手作業で進めますので」

「そう」

カーラの説明に頷《うなず》く。

掃除は魔法で行うことも多いが、貴族たちは大抵大勢のメイドを雇い、手作業をさせている。

お手軽にできる魔法より、時間の掛かる手作業の方が好まれるのだ。きちんと作業すれば、魔法を使うより仕上がりが綺麗《きれい》になるという理由もある。

平民たちは魔法で、貴族たちは人を雇って、というのがこの世界では一般的なのだ。

魔法の発達した世界では、手作業の方がもてはやされる。変な感じだが、分かるような気もする。

ぱっと一瞬でやってしまうより、手間暇掛けたものを尊びたいし、価値があるように思えるのだ。

それはお金を持っている一部の人たちだけに許された贅沢《ぜいたく》だけれども、きちんと対価を払って人を雇っているわけだから、別にそれはそれでいいと思っていた。

もちろん私も公爵家出身なので、人の手による掃除を基本として生きてきた。王家に嫁いでからもそれは同じ。部屋の掃除は女官たちが毎日丁寧に手作業でしてくれる。

「上の階をご覧になりますか？」

「そうね」

カーラの言葉に頷く。

最上階の五階を見せてもらったが、高い場所だからかとても眺めが良かった。五階は寝室になっていて、居心地の良い空間が楽しめる。とはいえ、置いてある家具類はいまいちだったけれども。どう見ても、レイドの好みとは思えない。

眉《まゆ》を顰《ひそ》めた私を見て、言いたいことを察したのか、カーラが申し訳なさそうな顔をした。

「家具などは一新する予定です。それで——オフィリア王女殿下はどのようなものがお好みなのでしょうか。ご正妃様とオフィリア殿下はご友人と伺っております。お手数ですがぜひ、忌憚《きたん》のないご意見をいただければと」

「そうね」

招かれたことのあるレイドの部屋を思い出す。彼女の部屋はすっきりとしていて甘さというものが一切なかった。

「部屋の中は茶色と緑で統一されていたわ。女性が好みそうなものはなかったわね。華美なものではなく、実用的なものを選ぶ傾向があるように見えたわ。女性の部屋と言うより、男性の部屋と言った方がいいんじゃないかって思うくらいには、女性の匂《にお》いがなかったの。いっそ、王子が来るという感覚で調《ととの》えた方が良いのかもしれないわね」

もちろん女性特有の必要なものとかは別だが、家具のデザインなんかはその方がいいと思う。

私の話を聞いたカーラは、自分ではどうしようもないと悟ったのか、家具を選んで欲しいと頼んできた。

「ちょうど王家に出入りする商人たちを呼んでおりますので、できましたら」

「いいわ。予算はどのくらいなのかしら」

カーラから家具の予算を聞き、頷く。予算内で全《すべ》てを決めなくてはならなかったが、教えてもらった金額は十分すぎるほどだったので、困ることはなさそうだ。

塔の中に商人たちを呼び寄せ、彼らの持つ家具のカタログを見せてもらう。カタログにはベッドやソファの絵が書かれており、その下には価格が表示してあった。

最初彼らは女性が好みそうなものばかり勧めてきたが、私がそうではない機能重視のものばかり見ていることに気づくと、すぐに希望に合ったものを見せてきた。

私が商品を選ぶと、彼らは魔術を使い、実際はどんなものなのか立体映像で見せてくれる。

前世でいうところのホログラフィみたいなものだ。

もちろん現物を見せてもらうのが一番手っ取り早いのだが、家具となるとそうもいかない。実物を持ち込みづらい商品を取り扱う商人たちがよく使う手法だった。

公爵家にいた時も何度か彼らのような商人から買い物をしたことはあるので、戸惑うこともない。

「絨毯《じゅうたん》はこれ。ああ、この模様、レイドが好きそうね。あ、テーブルは……これがいいかしらね。そうだ、イルヴァーン製のものがあるのなら、そちらも見せてちょうだい。レイドはイルヴァーン人だから母国の家具に囲まれる方が落ち着くと思うの」

有り難いことに商人たちの中にはイルヴァーンと交易を行っているものがいて、倉庫にイルヴァーン製の家具があると、手を挙げてくれた。

そちらもカタログを見せてもらい、実際の映像を見てから慎重に購入を検討する。イルヴァーン製であればなんでもいいわけではないのだ。彼女の好みそうなものを選びたい。

勉強をしたいと言っていたことと、彼女の部屋の大きな執務机を思い出し、机は大きめのシンプルなデザインを選択した。私がそれを指さした時、商人たちには「本当にそれで良いのですか？」と驚かれたが、似たようなものが彼女の部屋にあったのだ。絶対喜ぶと自信があった私は「大丈夫」としっかり頷き、購入を決めた。輸入品だったので少し値は張ったが、良いものを買えたので満足だ。

「ふう……」

「お疲れ様でした」

カーラが労りの言葉を掛けてくる。一通り家具類を選び終わった時には、すでに時刻は昼前になっていた。

仮として置いてあるソファに腰掛ける。さすがに疲れたと思っていると、カーラがお茶を淹《い》れてくれた。

「助かりました。私たちだけではお手上げでしたから」

カーラが言っているのはレイドの好みのことだ。私は紅茶を一口飲んでから彼女に言った。

「役に立てたのなら良かったわ。レイド、喜んでくれると良いのだけど」

「ご正妃様が手ずからお選びになったのです。きっと、お喜びいただけると思います」

「だったら嬉《うれ》しいわ」

家具類は新たに発注するのではなく、あるものの中から選んだので、あとは商人たちが運び入れるだけだ。それまでに女官たちは掃除を済ませておく。普通なら家具の搬入だけでも大変なはずだが、魔法や魔術が発達している世界ではそれも簡単に行える。

一息吐《つ》き、また紅茶を飲む。ぼうっとしていると、カーラが話しかけてきた。

「ご正妃様。その……ひとつご相談なのですが、オフィリア王女殿下は女官を連れてこられるのでしょうか」

「……」

即答はできなかった。

だって私はレイドがほぼ全てをひとりでこなしていたのを知っている。覚えている限り、彼女の側《そば》に女官がいたのを見たことはなかった。

そんな彼女が遠い異国にまで女官を連れてくるだろうか。答えは否だ。

「多分だけど、連れてこないと思うわ」

理由は説明しなかったが、カーラは詳細を求めてはこなかった。代わりに真剣な顔で聞いてくる。

「こちらでご用意しておくべきでしょうか」

「……そうね。基本レイドはひとりで全てを済ませてしまう人だけど、女官の手がいることだってあるものね。でも、せっかくのひとりの空間にヴィルヘルムの女官がいるのは、嫌ではないかしら」

私もイルヴァーンには自国の女官を連れていった。向こうに行けば貸してもらえるのはわかっていたが、寛《くつろ》げないと思ったからだ。実際、普段世話をしてもらっている彼女たちを連れていったのは正解だったと思っている。

気兼ねない時間を過ごすのに、彼女たちは必要不可欠な存在なのだ。

私の懸念が分かったのだろう。カーラも困った顔をして言った。

「そうですね。余計なお世話になってしまうかもしれません」

「……一応、二、三人、準備しておいてちょうだい。彼女が必要だと言ったらあなたに伝えるから」

「分かりました」

レイドの意思を確認するのが先決だろう。必要ないと言われたら、退《ひ》けばいいだけのことだ。

カーラと話を決め、時間を確認してから立ち上がる。

そろそろ昼食の時間。フリードも仕事を終えて、部屋に戻ってくる頃《ころ》だろう。

「カーラ、部屋に戻るわ」

「承知いたしました」

カーラが、心得たように頭を下げた。

彼女は当然のように私についてこようとしたが、私はそれを止めた。

「いいわ。ひとりで戻るから」

「ですが」

困惑の表情を浮かべるカーラに微笑《ほほえ》んで見せる。

「部屋に戻るだけだもの。大丈夫よ。ここから王族居住区は近いし」

「はい……」

元々城内ならひとりで行動してもいいと許可をもらっていることもあり、少し抵抗はされたが、カーラも納得してくれた。

彼女をその場に残し、塔を出る。行きは塔の場所を知らなかったから同行してもらったが、私は基本ひとりで行動したい派なのだ。

部屋に戻ってご飯を食べて、そうしたらあの狼を捕まえに行かなくては。

「あれ?」

これからの予定を頭の中で組んでいると、ちょうど王族居住区の入り口近くで見覚えのある人物たちが二人、言い争いをしているのが見えた。

　近くにいる兵士たちも困ったような顔をしている。

　それもそのはず。喧嘩《けんか》しているのは、外務大臣のペジェグリーニ公爵と、その息子であるウィルだったのだから。

　二人は珍しくも声を荒らげて言い合いをしている。人通りが少ない場所ではあるが、それでも王族居住区の前で親子喧嘩とは一体どうしたのだろうと思っていると、偶然こちらに目を向けたウィルと視線があった。

「あ」

「……ええと、こんにちは、ウィル」

　気まずげな顔をされたが、気づかれた以上無視するわけにもいかないだろう。それに部屋に戻るには、どうしたって彼らの前を通らなければならないのだ。

　ペジェグリーニ公爵も私に気づいたようで、やはり気まずそうにしている。

　それでも姿勢を正し、挨拶《あいさつ》をしてきた。

「これは妃殿下。お見苦しいところをお見せいたしました」

「別に構わないけど、兵士たちが驚いているから、親子喧嘩は自分の屋敷でしてね」

　ウィルは幼馴染《おさなな じ》みだが、ペジェグリーニ公爵とは親しく付き合っているわけではない。

　そんな二人の仲裁なんてできないし、おそらくは家の問題で揉《も》めているのだろう。

　そうなると私が口を挟むのはお門違い。関わらないようにさっさとこの場を切り抜けてしまうのが賢明。

そう思った私は急いで立ち去ろうと思ったのだが、何故《なぜ》かペジェグリーニ公爵に引き留められた。

「お待ち下さい、妃殿下」

「えっ……」

「ここで妃殿下とお会いできたのは僥倖《ぎょうこう》。ぜひ、妃殿下に聞いていただきたい話があるのです」

「えっ、えっ……？」

ウィルと親子喧嘩をしていたのではなかったか。

困惑し、ウィルを見る。ウィルもこの展開を理解できないようで、訝《いぶか》しげな顔をしていた。

「父上？　リディに話とは……」

「妃殿下。少々お時間をちょうだいしても？」

「え、ええ。それは構わないけど」

ペジェグリーニ公爵が何を考えているのか分からない。

だけど、最近少しずつ関わるようになったこの人が、悪い人でないことは知っている。

私とフリードのことも祝福してくれたし、私に対しても敬意を持って接してくれる彼に悪感情を抱いてはいないので、素直に頷いた。

「ありがとうございます。感謝します。……お前たち、少し離れていてくれ」

近くにいた兵士たちにペジェグリーニ公爵が命じる。

暗に話を聞かれたくないのだと言われたことを理解し、兵士たちが声の聞こえない場所まで下がった。姿は見えるが、小声で話せば何を言っているのか分からない。それくらいの距離だ。

兵士たちが離れたことを確認し、ペジェグリーニ公爵が私に言った。

「ひとつ、お伺いしたいことがあります」

「？　何かしら」

「妃殿下は、我が息子、ウィルの結婚についてどう思われますか？」

「ウィルの結婚？」

「はい、今ちょうどその話をしておりまして」

パチパチと目を瞬かせた。

そういえば、私が結婚する少し前にもそんな話が出ていた。

その後、何も話を聞かなかったので流れたのかと思っていたが、そういうことではなかったようだ。

「ええと……」

「父上！　何故、リディにそんなことを聞く必要が！」

ウィルが怒りを露《あら》わにし、父親に詰め寄る。それをペジェグリーニ公爵はあっさりといなした。

「何を言う。妃殿下にお聞きするのが一番だろう」

「……っ！」

ウィルが何故か悔しげに唇を噛《か》み締めた。そうして私を縋《すが》るように見る。

その様子に首を傾《かし》げながらも、私は自分が思うところを正直に答えた。

「どう思うも何も、ウィルも公爵家の跡取りだし、遅かれ早かれ結婚して子を残す義務があると思う

のだけど」

それが王侯貴族というものだ。

特にウィルはペジェグリーニ公爵家という歴史ある家の跡取り。結婚しないなんて普通にあり得ない。

それにウィルは私より五つ年上だから、十分結婚適齢期なのだ。

フリードも二十一歳という若さで婚約し、その半年後に結婚したが、彼は王族だし、なかなか子供のできにくい家系ということから元々早めの結婚が望まれていた。その彼の妻である私もまだ十八歳。子供ができるのに十年掛かっても何とかなる年である。

王族は特に正妃が子を産むことに意味があるから、嫁いだ段階で十代というのはよくある話なのだ。女性で十八歳なら結婚適齢期である。

前世の世界では考えられない話だが、世界が違えば常識も変わる。

そういうものだと割り切るしかないのだ。

「その通りですな」

私の答えを聞いたペジェグリーニ公爵が満足そうに頷く。

「ウィルには公爵家嫡子としての義務がある。まさにその通り。息子には妻を娶《めと》ってもらい、嫡子を儲《もう》け、ペジェグリーニ公爵家の更なる発展に従事してもらう必要がある」

「ええ、そうね」

だからそれがなんだと言うのだ。

まるで誰《だれ》かに言い聞かせるかのような言い方をするペジェグリーニ公爵に首を傾げる。ウィルがギュッと拳《こぶし》を握り締めていることに気づいた。

「ウィル？」

「僕は——僕は結婚なんてしたくない」

「そうなの？」

ウィルの口から飛び出した言葉を聞き、目をぱちくりさせた。

彼に以前、結婚のことを尋ねた時、「見合いもしないし、その予定もない」と言っていたが、結婚自体が嫌だったのか。

今まで彼と付き合ってきて、一度もそんなことを言われたことがなかったから気づかなかった。

多分、私がずっと王族と結婚したくないと愚痴っていたから、自分の悩みを話せなかったのだろう。

申し訳ないことをした。

だが、ウィルは想い人がいる、みたいなことを前に言っていなかっただろうか。

彼自身は否定したが、あの時の彼の様子を見れば、その存在は明らかだ。

ということは、身分的に結婚が難しい相手なのだろうか。

結婚したい相手がいるが、できないから『しない』と言っていると考えれば辻褄《つじつま》は合うと思えた。

——もしかして、身分がかなり低い相手だったりするのかな。

公爵家ともなると、低すぎる身分というのも問題になる。

最低でも爵位持ち。平民となれば……うーん、どこかの貴族に養子縁組してというのが普通だけれど……でもそういうことをペジェグリーニ公爵は許しそうなタイプではなかった。

ものすごく血筋とかに拘《こだわ》っているような感じがするのだ。

しかし不憫《ふびん》だ。

今でこそ幸せだがグレンも叶《かな》わぬ恋に身を焦がしていたし、兄弟揃《そろ》って望みの薄い恋をしているとか悲しすぎる。

——応援してあげたいけどなあ。

幼馴染みの恋だ。私で協力できるのなら、協力してあげたい。

「……ウィルも望む人となら結婚してもいいって言うんじゃないの？」

「っ⁉」

何故かウィルとペジェグリーニ公爵、二人にギョッとした顔をされた。

「えっ……？」

「い、いえ。確かに妃殿下のおっしゃる通りですが、それは不可能ですので。息子には我が家に見合った相手と結婚してもらう必要があるのです」

「そうなの」

口ぶりからして、ペジェグリーニ公爵もウィルの想い人のことを知っているようだ。

ウィルを見る。彼は私と視線が合うと、焦ったように目を逸《そ》らしてしまった。

「ウィル？」

「な、なんでもない！　と、とにかく僕は結婚なんてしません。父上、僕たちの問題にリディを巻き込まないで下さい！」

「全くの無関係というわけでもなかろう。とにかくウィル、お前の結婚したくないという我が儘《まま》は受け入れられない。妃殿下も結婚は貴族の義務だとおっしゃっておられただろう。それともお前は妃殿下の言葉を否定するのか？」

「っ！」

何故か痛いところを突かれた、みたいな顔をしてウィルが黙り込む。

「すでに候補者は絞った。近いうち、見合いの席を設けるから逃げるなよ？」

「ぼ、僕は……」

ウィルが俯《うつむ》く。彼の答えを待ち、しんとする廊下に別の声が響いた。

「リディ！」

「フリード」

私を呼ぶ声の主を間違えたりなんてしない。反射的に声のした方を向くと、廊下の奥からフリードが歩いてくるのが見えた。

どうやらちょうど、仕事が終わったらしい。

彼は私の側まで来ると、当たり前のように腰を引き寄せる。

「ちょっと仕事が長引いてしまって。待たせてごめんね。……でも、珍しいね。ウィルはともかくペジェグリーニ公爵とリディが話しているなんて」

「私が引き留めてしまったのです。申し訳ありません」

ペジェグリーニ公爵が頭を下げる。フリードは「そう」と頷き、公爵に言った。

「で？　リディを連れていってもいいかな？　午後から出かける用事があるんだ」

「もちろんです。妃殿下、お引き留めしてしまって申し訳ありませんでした」

「リディ、行こう」

「う、うん」

流れるように歩き出すフリード。慌てて私も彼に倣《なら》った。

王族居住区に入る。煌《きら》びやかな廊下を黙って歩いていると、フリードが言った。

「で？　ペジェグリーニ公爵たちと何の話をしていたの？」

「え？　ウィルが結婚するって話」

「ウィル、結婚するの？」

驚いたように言うフリードに首を横に振る。

「ウィルにその気はないみたいだったよ。でも、ペジェグリーニ公爵としてはそういうわけにもいかないから、それで揉めていたみたい。どうして私が巻き込まれたのかはいまいち分からないんだけど」

「ペジェグリーニ公爵に何か言われた？」

「言われたっていうか、聞かれた。ウィルの結婚についてどう思うかって」

「で、リディはなんて答えたの？」

真剣な顔でこちらを見てくるフリードに、私は先ほど言ったままを答えた。

「どう思うも何も、結婚は貴族の義務だって答えたよ」

私としては当然の回答だったが、フリードは痛ましげな顔をした。

「少しだけ、ウィルが可哀想《かわいそう》だって思ったよ」

「？　どうしてウィルが可哀想なの？　……あっ」

もしかして、フリードもウィルに想い人がいることを知ってるのではないだろうか。

私はウィルにはっきりと『好きな人がいる』と言われたわけではないから、彼に想い人がいるかもというのは私の想像でしかない。（ペジェグリーニ公爵の言葉からほぼ確実に『いる』と思われるけれども）だからフリードに確かめたりなんてことはしないが、想い人がいるのに、その人以外と結婚しなければならないなんてウィルが可哀想すぎる。きっとフリードはそう思ったのだろう。

確かにその通りだ。

もっと自由な世の中なら、彼も苦しまなくて済んだのに。

だけど現実問題として、結婚は目の前にある。

そして彼は公爵家の嫡男。

どうしたって結婚からは逃げられない。ウィルがそれを望まなくても。

「ウィル、誰と結婚するのかなあ」

「……リディはウィルが結婚するの、嫌じゃない？」

「なんで？」

フリードの質問の意図が分からない。

私は立ち止まり彼に言った。

「嫌だなんて思うわけないじゃない。さっきも言ったけど、貴族である以上、結婚は義務なんだから。逃げられるものでもないし」

「……うん。そうだね」

「変なフリード」

本当に変なことを聞いてくる。

大体、ウィルは私の幼馴染みというだけであって、彼の結婚をどうこう言えるような立場にない。

「ウィルも、幸せになって欲しいんだけどなあ」

できれば好きな人とハッピーエンドを迎えて欲しいのだけれど、どうにも話を聞くだにそれはとても難しそうだ。

だけど魔術オタクな彼を理解し、側にいて支えてくれる女性がいればいいのにとは思う。

ウィルはちょっと脆《もろ》いところがあるから、彼を一番に考えてくれる人がいるのは悪いことではないはず。

そういうことを真面目《まじめ》に言うと、フリードは微妙な顔をしつつも「そうだね。私も彼には幸せになって欲しいと思うよ」と言いつつ、何故か私を力強く抱き締めた。

7・幼馴染みと行き場のない恋（書き下ろし・ウィル視点）

「じゃあね、ウィル」

　話の途中でやってきた殿下に連れられ、リディが僕たちの前から去る。二人が仲良く王族居住区に向かうのを確認した父が、僕を見て忌々しげに言った。

「全く。お前よりよほど妃殿下の方が分かっておられる」

「……」

「結婚は貴族の義務。その通りだ。妃殿下はあの忌々しいルーカスの娘だが、物の道理は理解しておられる。その辺り、ルーカスは上手《うま》く育てたのだろうな」

　父が宰相を褒めるなんて、明日は雪でも降るのではないだろうか。

　そう思いながら、父を睨《にら》んだ。

「趣味が悪いです」

「お前の想い人に、結婚について聞いたことがか？　お前がいつまで経《た》っても結婚に対し、前向きにならないからだろう。終わった恋をしつこく引き摺《ず》りおってからに。我が息子ながら情けない」

「……」

「まあ、先ほどのお言葉を聞けば、妃殿下がお前のことをなんとも思っていないのはよく分かったが。完全なお前の片恋ではないか」

「……分かっています」

好き放題言う父が憎かった。それでも言い返すことはできない。何故《なぜ》なら父が言っていることは真実だから。

僕の片恋。ああ、その通りだとも。

幼い頃から僕がたった二人で持ち続けている恋なのだ。相手に受け取ってもらえることのない恋。

それを破れたあとも、僕はひとりで抱え続けている。

「念のため言っておくが、想い合っているお二人の邪魔などするでないぞ。せっかく仲睦《むつ》まじいご様子なのだ。お世継ぎのこともある。お前は大人《おとな》しく身を退《ひ》き、妻《めと》を娶り、子を成すように。分かったな？」

「……」

返事はしなかった。

だけど嫌だとも言えなかった。

先ほどのリディの言葉が胸に突き刺さっていたからだ。

——結婚は貴族の義務。

ああ、その通りだとも。

リディだって王族と結婚したくないと言っていた時、『王族』と結婚したくないとは言っていても、結婚自体を拒絶してはいなかった。

貴族の家に生まれた以上、どこかに嫁がなければならないと彼女は分かっていたのだろう。

そしてそれを厭《いと》う様子はなかった。

ただ、『王族』とだけは嫌だと。リディはずっとそう言っていた気がする。

そんな彼女を知っているから、先ほどの言葉は本心なのだと頷《うなず》けた。そして義務だと分かっているのに拒絶している僕のことを彼女がどう思ったのか、考えるだけで吐き気がする。

――リディに幻滅されたら……。

耐えられない。頭が鈍痛を訴えてくる。

「分かったのならいい。いつまでもこんなところで話している内容でもないな。ああ、見合いだが早ければ来月にでもと考えている」

「はあ？」

「お前も妃殿下にがっかりされたくなければ逃げぬことだ。ではな」

そんな話聞いていない。

ギョッとしたが、すでに父は歩き出しており、引き留められるような雰囲気でもなかった。

呆然《ぼうぜん》としていると、話が終わったと悟った兵士たちが持ち場に戻ってくる。

じっとしているままなのもどうかと思い、僕もノロノロと歩き出した。

「見合い……」

恐れていた時がやってきてしまった。

ずっと父に言われ、それとなく避け続けてきたこと。

いつかは逃げられない時が来ると思っていたが、まさかそれがこのタイミングだなんて。

『妃殿下にがっかりされたくなければ――』

先ほどの父の言葉が頭を過《よぎ》る。

なるほど、父は正しく僕が何に弱いのか分かっているらしい。

使えるものは何でも使おうとする父が憎かった。

「リディ……」

公爵家などどうでもいい。

きちんと貴族の義務を理解している、そして実践しているリディには申し訳ないけれど、僕にとってはペジェグリーニ公爵家などなんの価値もない。

家のために、好きでもない女を娶り、子を儲《もう》けることに何の意味があるのか。

リディと結婚できないなら、せめて独《ひと》り身のまま生きていきたいと思っているのに、その願いさえも叶《かな》えられないなんて。

いっそペジェグリーニ公爵家から出てやろうとも考えるが、実行すれば今のように城に出入りすることもおそらくはできなくなる。僕は魔術師団の団長という職をいただいているが、ペジェグリーニ公爵家の人間だから選ばれたという可能性を完全に否定することはできないからだ。

ペジェグリーニ公爵家の人間でなくなった僕は、城にいられなくなるだろう。

殿下が助けてくれるかもしれないが、色々な意味で針のむしろに座っているような状況になるはず。

現実的ではない手段だ。

それに、城にいるリディとも会えなくなってしまう。

つまり、家を出るという手段は取れない。

弟に家を継いでもらえればそれが一番良かったのだが、弟は新たな爵位を得ることで話が進んでいる。そして何より父の方にその気がない。

父は僕にペジェグリーニ公爵家を継がせたがっているのだ。

家なんてどうでもいいと思っている僕に。

どうしてこんなことになったのか。

僕はただリディを愛し、彼女と結婚したかっただけなのに、現実は無情だ。

たったひとりと定めた女性は、別の男に恋をし、その恋を実らせた。

誰《だれ》がどう見ても『正しい』相手を『正しく』選び、望まれるままに王太子妃となった。

そうして彼女はさらに鮮やかに輝き、魅力的な存在になっていく。

僕の恋心を奪ったまま。望みなんて欠片《かけら》もないのに、その心を奪って放さない。

いっそ嫌いになれれば良かったのに。

いつまで経っても、僕は馬鹿《ばか》みたいにリディに恋《こ》い焦がれている。

届かない星に手を伸ばし続けている。

報われる日が来ることはないと知りながら。

僕の隣に彼女が来ることはないと分かっているのに。

「ほんと、馬鹿みたいだ」

それでも手を伸ばすのをやめられないのだから、愚かの極み。

「……見合い、か」

父は来月だと言っていた。

逃げることは許されない。だけど、誰も幸せにならないと分かっているのに、素直に受ける気にはなれなかった。

僕は、相手を好きにならない。その相手を抱ける気もしない。

つまり結婚したところで子ができるはずもないのだ。

不幸の連鎖しか見えてこない。こんなもの、馬鹿らしくて受ける気にもならない。

どうにかしてこの局面を乗り切らなくては。

僕が僕としてあり続けるために。

僕の想いを、何も知らない第三者に、勝手に断ち切られることのないように。

僕の想いは、僕だけのものだ。

彼女への恋を枯らすのも捨て去るのも、大事に持ち続けるのも、全部僕が決めること。

他《ほか》の誰にも触らせない。

「……」

見合い相手には申し訳ないけれど、絶対に破談にする。僕は改めてそう決意した。

8・彼女と番犬

フリードと一緒に昼食をとったあと、私たちは城を出て、外門へと向かった。

昨日のうちに国王には、狼《おおかみ》のことを話してある。

事情を説明すると驚かれたが、周囲に被害を出さないことを条件に許された。

問題を起こしたら、一発アウト。

誰彼《だれかれ》構わず攻撃するような存在を城に置いておけないというのだ。

それは当然だと思ったし、許可をもらえただけで有り難かったので、素直に頷《うなず》いた。

フリードの馬を世話している人にも挨拶《あいさつ》をしに行き、事情を話した。

狼を連れてくると言うと驚いていたが、それ以上に楽しみだと請け負ってくれた。彼は動物全般が好きで、世話をしたことのない狼に非常に興味があるようだ。

準備を整え、狼を確保しようと意気揚々《いきようよう》と外門を出た私たちは、昨日ベルが教えてくれた辺りを集中的に捜索した。

一緒にいるのはフリードの他《ほか》にはカインだけだ。

昨日の内に話し合い、少数精鋭でいこうと決めたのだ。

あの子はかなり大きかったし、捕まえるのは大変だろう。フリードとカインで無理なら誰にも捕まえられないと思うし、彼らの邪魔をされるのも困るので三人だけでの捕獲作戦となった。

「いないね」

ベルの教えてくれた場所は、茂みや立木が多かった。もしかして隠れているのかもと思い、茂みの中を覗《のぞ》き込んでみたが、空振りだ。

きっとすぐに見つかるだろうと軽い気持ちでいたのだが、考えてみれば警備兵たちも見つけられないと言っていたのだ。彼を発見するのは意外と時間が掛かるかもしれない。

「フリード、カイン、そっちはいた？」

「いないね」

「いない」

二人から返事が返ってくる。

今日のフリードは普段町に出る時よりも更に簡素な格好をしていた。すっきりとしたジャケットと細身のパンツ。首元には細いリボンを巻いている。じゃらじゃらとした装飾は狼を捕まえるのに邪魔だからという理由だったが、元々スタイルが良いので、逆に格好良さがいつもよりも際立っている。腹筋のシックスパックは伊達《だて》ではないのだ。まあ、あれは私のものだけれども！

カインはいつも通りの格好。私はカーラが用意してくれたワンピースを着ていた。袖《そで》がヒラヒラとしていて可愛《かわい》く、とても気に入っている。

可能性のありそうな場所を手当たり次第、三人で探す。

小一時間ほど捜索したが、狼らしき姿を見つけることはできなかった。がっかりしていると、遠くの方から誰《だれ》かが走ってくるのが見えた。警備隊の制服を着ている。

私たちに何か用事でもあるのだろうか。

兵士は私たちの目の前で立ち止まると、その場に膝《ひざ》をついた。

「どうした?」

「警備隊の兵士?」

フリードが声を掛ける。兵士は深く頭を下げた。

「隊長から伝言です。先ほど、例の獣が姿を見せました。城に連絡をと思ったのですが、こちらに殿下がいらっしゃるとお聞きしていましたので、私が代表してお知らせに走った次第です」

「っ! あの子が?」

探していた狼が見つかったと知り、私はフリードに目配せをした。彼も頷き、跪《ひざまず》く兵士に問いかける。

「案内してくれ」

「はい。こちらです」

兵士が立ち上がり、小走りで先導する。その後を追おうとすると、フリードがひょいと私をお姫様抱っこした。抱えて走ってくれるつもりだと気づき、慌てて言う。

「フ、フリード? 私、自分で走れるよ?」

深窓の令嬢というわけではないのだ。運動は苦手だが平均程度の体力はあるし、走るくらいはできる。だがフリードは私を下ろしてはくれなかった。

「駄目。どのくらい距離があるかも分からないし、鍛えている成人男性に追いつけるほどではないでしょう?」

「う……それは」

フリードの言う通りだ。

置いていかれる可能性は高い。先導しているのは普段から鍛えている兵士だと考えると、フリードに従うのが賢明だということは分かった。

「お、お願いします」

「うん。落としたりしないから、心配しないで。しっかり捕まっててね」

「わっ……」

私を抱えたままフリードが走り出す。思わず首に抱きついた。フリードの走りは、人ひとり抱えているとは思えないほど安定している。

――うう。フリードが格好良い。

私を抱えたまま、真っ直《す》ぐ前を見て走る旦那《だんな》様が格好良すぎる件について。

真剣な目をしたフリードはドキドキするくらい素敵で、夫にベタ惚《ぼ》れの私はひとりでときめいていた。

――きゃー! フリード、素敵!

相変わらず私の脳内は大騒ぎである。併走していたカインが、呆《あき》れたような目で私を見てきた。

「姫さん……」

「べ、別に見惚れていたわけじゃないから!」

「オレ、何も言ってないんだけど」

「っ！」

自分から墓穴を掘ったことに気づき、赤くなった。フリードがくすりと笑う。

「フリード？」

「なんでもない。ただ、リディは今日も可愛いなと思っただけだよ」

「フリードが格好良いんだもん……」

なんだか恥ずかしくなった私はキュッとフリードに抱きついた。

話をしながら走っているにもかかわらず、フリードの息は乱れず、平然としている。

鍛えていればこれくらいは当たり前なのだろうかと思ったが、多分、フリードがチートだからだなと思い直した。

兵士の後を追いながら、フリードが彼に尋ねる。

「ひとつ聞いておきたい。先ほどお前は獣が現れたと言ったが、どんな風に現れたのだ？」

「実は警備隊で王都から逃げ出した盗人《ぬすっと》を追っていたのです。盗人は足が速く、見失いそうになったのですが、噂《うわさ》の獣が現れ、盗人の行く手を遮ってくれて」

なんと、あの子は警備隊の手助けをしていたらしい。本当に賢い子である。

「それで？」

フリードが続きを促す。兵士が「はい」と返事をした。

「盗人は捕らえました。獣も去ろうとしたんです。ですが、アレを殿下がお探しだという話を存じておりましたので。本日、殿下がこちらに来ておられることも分かっておりましたから、隊長の命を受けて私が連絡に来ました。隊長たちは今頃《いまごろ》獣の足止めをしていると思います」

「なるほど。逃げられてはいないだろうな？」

せっかく行っても、逃げられましたでは話にならない。フリードの質問に、兵士は自信たっぷりに答えた。

「大丈夫だと思います。昨日、捕獲用の魔具が皆に配布されましたので。今頃それを使って捕らえているかと」

どうやら彼らはずいぶんと本格的にあの子を捕まえる準備をしていたようだ。多分、それはフリードの役に立ちたいという気持ちから出たものなのだろうけれど、手助けしたのに捕らえられそうになるとか、あの子の気持ちを考えると、早く行ってあげなくてはと思ってしまう。

「フリード」

「分かってる。急ごう」

フリードが私をしっかりと抱え直す。少しでも負担を掛けずに済むよう、ギュッとフリードに抱きつきながら、私はあの子と無事再会できますようにと祈っていた。

◇◇◇

「殿下！」

私たちが到着したのは、兵士たちがちょうどあの子に向かって黒い網のようなものを投げていた時だった。

網に捕らえられた彼は、それでも戦意を失わない。彼は全力で暴れ、なんとか網から逃《のが》れようと荒れ狂っていた。

その姿は確かに私があの日、見世物小屋の主人から買い取った狼で、予想していたこととはいえ、妙にショックを受けてしまった。

――帰って、なかったんだ。

分かっていたつもりだった。

フリードに、あの子がいるかもと聞いてから、再会をずっと待ち望んでいた。

だけど仲間の元に帰れず、まだヴィルヘルムにいたあの子を実際に目の当たりにすると、自分がどれだけ身勝手なことをしてしまったのか、それを突きつけられたような気持ちになった。

見世物小屋に売られて、ヴィルヘルムにやってきたのだ。見知らぬ場所で解放されても、帰り道なんて分かるはずがないのに。

――私があの子を買って、解放したんだもの。ちゃんと私が、責任を持たなきゃ。

唇を噛《か》み締める。

「リディ」

フリードが私の名前を呼んだ。その意味を正確に理解した私は、彼に抱えられたまま頷いた。

「うん、間違いない。あの子だよ」

「分かった。それなら予定通り、捕獲しよう。リディの言うことなら聞く確率が高いから、声を掛けてみて」

「そうだといいけど……」

無傷で保護したい。そのためにできることは何でもやるつもりだけど、まずあの子が私を認識してくれるか、それが問題だと思っていた。

フリードが私を下ろす。あの子を十人くらいの兵士たちが取り囲んでいた。

どうやら網の罠《わな》は無事狼を捕らえることに成功したらしい。

これなら話しかけるのも容易かと思っていると、兵士たちが切迫した様子で叫んだ。

「力が強い！　このままじゃ逃げられるぞ！」

「嘘《うそ》だろ！　これ、魔術が掛かった特殊仕様の網だぞ！　そう簡単に逃げられるものか！」

「だが、ヤバい。網が破られる！」

網に閉じ込められ、全力で暴れる狼。魔術の掛かった網はあの子を捕らえていたが、確かにそれも時間の問題のように思えた。

「お願い！　大人《おとな》しくして！」

思わず大声を上げる。なんとか私に気づいて欲しい一心だった。

この機会を逃せば、きっとあの子は二度と人前に出てこないだろう。

人を助けたのに、こんな酷《ひど》い目に遭ったのだ。私たちはあの子を保護したいだけだけど、あの子には私たちの目的なんて分からない。殺されると思い、自らを守るために隠れてしまう可能性は十分すぎるほどあった。チャンスは多分、この一回しかない。

「ご正妃様！　危ないですからお下がりください！」

前に出た私を兵士が止めたが、私は退《ひ》かなかった。逆に狼の近くに行く。

私を覚えているか分からないけど、まず、気づいてもらわなければ話にならないと思ったのだ。

「グルルル……！」

「ねえ！」

網から出ようと暴れ、威嚇《いかく》する狼の目の前まで来た。狼は前傾姿勢で唸《うな》り声を上げている。怒りを抑えられない。そんなオーラが全身から立ち上っている。

私は必死で話しかけた。

「覚えてる？　私のこと。前は名乗らなかったけどリディだよ。あなたを助けに来たの。ごめんね。前回は中途半端な助け方をしてしまって。こんなところでひとりにされても困ったよね。気づかなくて本当にごめん。今更って思うかもだけど私、あなたを迎えに来たの」

「……」

狼が唸るのをやめ、何かを確かめるようにじっとこちらを見つめてくる。灰色の瞳《ひとみ》だ。角度によっては光って銀色に見える。とても綺麗《きれい》だった。

「このままだとあなたは処分されてしまうの。皆に危険を与える可能性があるからって。でも私、そんなことになって欲しくない。それはあなたも同じでしょう？　だから、私と一緒に来て欲しいの。絶対に悪いようにはしないって約束するから。お願い……！」

前に少し関わっただけでも彼がとても賢い子だというのは分かっていた。

人語を話すというのは私は見ていないので何とも言いようがないが、少なくとも今、私が話している言葉は理解しているような気がした。

「私と一緒に来て……」

もう一度お願いする。気づけば狼は、いつの間にか怒りを消していた。代わりにふんふんと盛んに鼻を動かしている。

どうやら私の匂《にお》いを確認しているらしい。

もっと近づいた方が良いかと思ったが、後ろに来ていたフリードに止められた。

「いくらなんでもこれ以上は駄目だよ」

「でも……」

「怒りは解けたみたいだけど、まだ完全にこちらに気を許したわけじゃない。リディに何かあったら私が生きていけない。だからそれ以上彼に近づかないで」

「……うん」

そうまで言われてしまえば、我が儘《まま》は言えない。

危険があるかもと警戒するフリードの気持ちも分かるのだ。

「……私と一緒に来て。お願いよ」

近づけない代わりに手を伸ばす。狼は私とフリードを見て、それから己を取り囲んでいる兵士たちを見た。

「わぅん」

その吠《ほ》え方が、まるで「いいよ」と言っているような気がして、私は目を丸くした。

「い、良いの？　私と一緒に来てくれる？　その、本当は故郷に帰してあげられたらいいんだけどそれは難しそうだから、できればお城であなたを飼いたいって思ってるんだけどいい？」

「わん」

同意するように返事が返ってくる。私は振り返り、フリードに言った。

「フリード！　飼っても良いって！」

「ええ……？　いや、確かに私にもそういう風に見えたけど……」

「良いって言ったもん。ね！　お城に来てくれるんだよね？」

「わんっ！」

元気な声で返事があった。

「ほら！」

ね、と言うと、フリードは唖然《あぜん》とした様子で言った。

「……リディについてくるとは思っていたけど、ここまで意思疎通ができるとは思わなかった。……そういえばこの狼は人語を話すと聞いたが？」

フリードが周りの兵士たちに聞くと、彼らは一様に首を横に振った。

「私たちもその噂は存じておりますが、聞いたことはありません。何せ、実物を見たのはこれが初めてなもので……」

「そういえばそうだったな。……話せるのか?」

フリードが狼に話しかける。狼は「わんっ」ともう一度元気よく鳴いた。とてもいいお返事だ。

「……こちらの言うことを理解しているような素振りはあるが……人語を話すようには見えないな」

「そちらに関しては、本当に単なる噂で真実ではなかったのかもしれませんね」

兵士に言われ、フリードも納得したような顔をした。

「しかし……狼というのは『わん』と鳴くのか」

真顔で呟《つぶや》くフリードに、私は前世の知識を披露した。

「人に飼われてる子とかは、そういう風になっていくらしいよ。この子はある程度人間とコミュニケーションが取れるみたいだし、元は見世物小屋にいたんだから鳴き方を覚えたんじゃないかな」

ちなみにこれは、動物園で得た知識である。展示されている説明を読んだことを覚えていたのだ。

私はお婆ちゃんの知恵袋的に、細かい知識を得るのが好きだった。それが今、こうして活《い》きているのが面白い。

「へえ、リディはよく知ってるね」

「豆知識的なのは、昔から調べるのが好きなの」

私の言葉に頷き、フリードは兵士たちに言った。

「特に問題はなさそうだ。お前たち、網を外してくれ」

彼の命令に驚いたのは、陣頭指揮を執っていた警備隊長だった。

「で、殿下。本当に宜《よろ》しいのですか?」

「ああ、どうやらリディを認識しているようだからな。暴れたり逃げたりはしないだろう」

「しかし……畜生です。認識していると言ってもどこまでのものか……」

警備隊長は懐疑的な様子だった。当たり前だと思うけど。

私は狼に話しかけた。

「お願い。綱を外すから、大人しくしててくれる？」

私の言葉を聞いた狼はパタパタと尻尾《しっぽ》を振った。そうして分かったと言わんばかりに元気よく返事をする。

「あんっ」

「ほら！　大人しくしてくれるって」

「……だそうだ」

フリードが微妙な顔をしながら警備隊長に告げる。警備隊長も何と言って良いやらという表情になった。

「いや……それは……ええ？　本当に宜しいのですか？　殿下」

「リディが大丈夫だと言っている。何かあれば私があの狼を止める。問題は起こさせない」

「殿下がそこまでおっしゃるのでしたら……分かりました」

完全に納得したわけではなかったようだが、警備隊長は皆に綱を外すよう命じた。

大きな網が兵士たち五人掛かりで外される。完全に網が取れるまで狼は私の言った通り、非常にお利口さんにしていた。ひたすらじっとしている。

兵士たちは警戒しながら作業していたが、狼は身体《からだ》が自由になっても逃げる素振りを見せなかった。お座りのポーズをしたまま、私を見つめている。

——賢いなあ。

しかし、前も思ったが大きい。大型犬……いやもっとあるかもしれない。

スタイリッシュなシルエットは格好良く、猟犬《りょうけん》といった感じだ。狼だけど。

尻尾はモサモサで触ってみたい気持ちになった。

基本私は、動物の耳や尻尾に弱いのである。人間にはない部位に心が引かれるというか、堪《たま》らない気持ちになるのだ。

お利口さんにしている狼が可愛く、側《そば》に近づこうとしたが、それはフリードに止められた。

「駄目だよ」

「フリード」

ゆっくりと首が左右に振られる。

「この狼は長い間、野良だったんだ。何か病気を持っていないとも限らない。触りたいなら、獣医から許可が下りてからにして」

「……あ、うん。分かった」

真剣な声音に、私は首を縦に振った。カインも同意する。

「姫さんは王太子妃だからな。何かあっても困るし。代わりにオレがそいつを連れていくぜ。多分、それが一番良いだろ」

「そうだね……お願い」

見た感じ、病気などは持っていないように見えるが、実際に調べてみなければ分からない。二人が警戒するのもよく分かるし、間違いなくこの三人の中で、一番抵抗力が低いのは私だ。

何かあった場合、この子が責任を取ることになってしまう。それは嫌だったので、素直に同意し、狼に言った。

「ごめんね。カインと一緒に来てくれる？　カイン、覚えてるでしょう？　あの時、私と一緒にいた忍者」

「わん」

「だーかーらー、ニンジャじゃないんだよなあ。なあ、いつまでこのやり取りを続けるんだ？」

「さあ？」

私の中でカイン＝忍者という認識が消えない限り、この下りは何度でも繰り返す気がする。

カインには悪いが諦《あきら》めてもらおう。元々、契約の時、忍者になってくれるのならいいと答えたはずなのだから。

カインのことを狼は覚えていたようで、特に反抗することなくむしろ自分から彼に近づいた。カインが事前に準備してきた首輪を狼に見せる。

「がう……」

狼は嫌そうな顔をしたが、しぶしぶ彼の前に己の首を差し出した。

それが本当にイヤイヤという態度で、ものすごく申し訳ない気持ちになった。

「ごめんね。首輪は嫌だろうなと思ったんだけど、他の人が怖がるから、慣れるまでは許してね。これ、普通の首輪だから。強い衝撃があれば外れるし、危険はないから」

元々マジックアイテムの首輪で従属させられていた彼にとって、首輪は嫌な思い出しかないだろう。だが、城に連れていくのに、何もつけないというわけにはいかない。

ケージに入れるよりはマシかと思い、断腸の思いで昨日首輪を用意したのだが、やはり彼は嫌だったようだ。

「きゃうん……」

嫌だというのがヒシヒシと伝わってくる様子に罪悪感が刺激された。

とても可哀想《かわいそう》だ。できれば外してあげたいが、それは難しいだろう。

どうやら彼は喋《しゃべ》れないらしいし、そうなるとどこから来たかも分からないままだ。

つまり、城で飼うことが決定しているのだ。そんな彼を首輪なしでなどいさせられるはずがない。

犬猫でも怖いという人だっているのだ。素の状態の狼がのしのしと歩いていたら、悲鳴どころの騒ぎではないだろう。

徐々にその存在を皆に慣らしていって、安全な子だと心から納得できるまではどこかに繋《つな》いでおくなり、限られた場所だけを行動させるなりしなければならないと分かっていた。

何せ、問題を起こせば追い出されてしまうのだ。できるだけ慎重にいきたい。

カインが首輪にリードを付ける。そうしていると本当に犬みたいに見える。ハスキー犬みたいだ。ちょっとでかすぎるけど。準備ができたところでフリードが警備兵たちに言った。

「昨日も言った通り、彼はこちらで引き取る。協力、感謝する」

「はっ！」

全員が同じタイミングで敬礼をする。

予定通り狼を保護できた私たちは、警備兵たちと別れ、まずは王都に戻った。

私たちが連れている狼を見た町の人たちがギョッとする。

露店を経営している知り合いのおばさんが、城に戻る途中の私に声を掛けてきた。

「リ、リディちゃん。そ、それを一体どうするつもりだい？」

「ええと、お城で飼おうかなって思ってます」

「飼う、だって!?」

耳をダンボにして聞いていた町の人たちが素っ頓狂《とんきょう》な声を上げる。まあ、そういう反応が返ってくるだろうなとは思っていた。

「あ、大丈夫ですよ。ちゃんとリードだって付けていますし。それにこの子、すごく賢い子ですので。こちらの言いたいこと、大体分かってくれますから」

「そ、そうかい……？　ま、まあ、犬とかでも賢いのはこっちの言うことを理解するって言うからそうなのかもしれないけど……本当に大丈夫なんだろうね？　リディちゃんが怪我《けが》するようなことになるのは嫌だよ」

「大丈夫です」

「そ、そうかい。なら、いいんだ」

即答すると、少しだけホッとしたのか、おばさんは胸に手を当て、長い息を吐いた。

「心配掛けてすみません」

「分かっているのなら、あまり突拍子もないことはやめておくれ」

真顔で心配され、私は「気をつけます」と神妙に返した。

なんだろう。最近町の人たちも、私に対して過保護というか、心配性に拍車が掛かっている気がする。

「姫さんが何をしでかすか分からないから心配なんだろ」

「……」

声に出していないのに、カインから答えが返ってきた。

なんで分かったんだろう。

「相変わらず、全部顔に出てる」

ズバリ言ったカインの言葉に同意するように、フリードがクスクス笑う。

「気にしなくていいよ。リディのいいところだと思ってるから」

「そうそう。長所だって」

笑いながら言われても、いまいち信用できない。

がっくりと項垂《うなだ》れつつ、まあ仕方ないかと気持ちを切り替えた。基本私は、物事を引き摺《ず》らないタイプなのだ。

町の人たちの注目を集めながら城に帰る。

その間、狼は一度も声を出さなかった。努《つと》めて大人しく振る舞っているように見えた。

やっぱり賢い。

彼が協力的だったおかげで、必要以上に怖がられずに済んだ。

「殿下、ご正妃様、お帰りなさいませ……って、うわっ⁉」

城に戻ると、城門でまた一悶着《ひともんちゃく》あった。まあそうだろうなと分かっていたので、事情を説明し、国王の許可をすでに取っていることを告げる。

怖々とではあるが、中に通してもらい、そのまま厩舎《きゅうしゃ》のある方へ向かった。

厩舎の前では、フリードの愛馬『ヴェンティスカ』を世話する馬番が、私たちが来るのを今かいまかと待っていた。

つなぎのような灰色の服と長靴を履いた小柄なお爺さんだ。名前はムーアという。

ムーアは狼を見ると、分かりやすく笑顔になった。

「おお、待っていましたぞ！　ほほう！　それが噂の狼ですな！」

世話をお願いすることになると告げた時も彼は二つ返事で引き受けてくれたが、本当にすごい喜びようだ。まるで少年のように目を輝かせている。

カインからリードを受け取り、その身体を点検する。狼に触れる手つきはさすが専門家という感じで安心感があった。

「かなり汚れてはおりますが、ふむ……健康そうですな。まずは洗ってやって……餌《えさ》と、あとは寄生虫などの検査もしなければ……」

段取りを呟きつつ、狼の目を見る。

「灰色……いや、銀色の目か？　角度によって見え方が変わるのか……綺麗じゃなあ……」

感嘆の声を上げるムーア。自分に対し、好意的なのが分かるのだろう。狼は仕方ないという顔をしていた。

ムーアが身体に触れても特に抵抗しない。全身を確認してから、ムーアは頷いた。

「怪我をしているとかはなさそうですな。殿下、ご正妃様。本当にこの狼を私にお預けいただけるので？」

「ああ、お前に任せたいと思っている」

フリードの言葉に私も頷いた。

彼の馬の世話を引き受けている人になら任せられる。そう思うからだ。

「しばらくは厩舎付近でのみ行動させるようにして欲しい。まずは皆にその存在を知ってもらう必要があるからな」

「なるほど。その通りですな。ところでこいつの名前は？　雄なのは見れば分かりますが、名前は付けておられるのですか？」

問いかけられ、「あ」と思った。

「考えていなかったわ」

でも確かに、飼うつもりなら名前は必要だと思う。

「……どんな名前が良いかな。フリードは何か良い候補がある？」

「その狼は、きっと私ではなくリディに名付けてもらいたがっていると思うよ」

「え？　そう？」

狼を見た。彼は私たちの会話を理解しているのか「わぅ」と返事をするように鳴く。

フリードが小さく笑った。

「ほら、やっぱり。リディが良いってさ」

「……私でいいなら考えるけど」

「いやはや、賢い子ですな」

驚いていると、ムーアが感心したように唸った。

「殿下の馬のヴェンティスカもとても賢い馬ですが、それ以上な気がしますな。目に叡智《えいち》の輝きがある。明らかに一定以上の知能を持っているように見えます」

「その子、最初から私たちの言っていることを理解しているような感じだったの」

見世物小屋から買い取った下りから今までを説明すると、ムーアはなるほどと頷いた。

「人語を話す、ですか。噂ということらしいですが、もしかしたら本当やもしれませぬな。今はまだ、様子見をしているだけ、とか」

「そうなの？」

狼を見る。彼は知らないという顔をして、ふいっと顔を背けた。

普通にコミュニケーションが取れるのが凄《すさ》まじい。

「……気のせいで済まないレベルよね。ああ、でも名前……名前……そうだ！」

ピンときた。

「グラウ。この子の名前はグラウにする！」

グラウというのは灰色という意味だ。

目が綺麗な灰色をしているし、体色にも灰色がまじっている。それを名前にしたいと思った。

フリードもカインも頷く。

「いいんじゃないかな」

「賛成」

ムーアも異論はなさそうだ。

私はグラウと名付けた狼に言った。

「あなたの名前、グラウってしたいんだけど、いいかな？」

本人が嫌がるようならやめた方がいいだろう。尋ねると、狼は少し間を置いたあと、「わぅ！」と元気よく吠えた。ムーアがにっこりと笑う。

「気に入ったようですな」

「本当!?　良かった！」

「わぅ！　わぅ！」

嬉《うれ》しそうに吠えるグラウは、見た目は格好良い精悍な狼なのだが、私には妙に可愛く見えた。

「可愛い……」

「分かりますぞ、ご正妃様！　さて、私は今からこいつの世話をしますでな。申し訳ありませんが、お部屋でお待ちいただけますか」

「分かったわ。お願いするわね」

今のままでは私は彼に触れることすらできない。色々診《み》てもらってOKが出たら、彼を思いきり構いたいと思っていた。

「グラウ。これからムーアがあなたの世話をしてくれるから。まだしばらくはこの辺りから出られないと思うけど、それは我慢してね。……私はないと信じてるけど、もしあなたが問題を起こしたら、ここに置いておけなくなってしまうの。だから慎重にいきたいと思ってる」

「わう」

神妙な声でグラウが返事をする。

分かった、任せろという心の声が聞こえたような気がした。

「ではまずは全身を洗いましょうかな。グラウよ、食事はそのあとじゃ！」

ムーアが元気よく宣言する。

洗うという言葉に、グラウが「きゃん！」とそれこそ犬のような悲鳴を上げたが、助けてはあげられないので、頑張ってと応援するしかなかった。

◇◇◇

「殿下、宜しいですか？」

部屋に戻り、フリードとお茶をしていると、部屋の警備を担当している兵士が扉をノックしてきた。

フリードが返事をする。兵士は恐縮した様子で入ってきた。

「どうした？」

「すいません。厩舎のムーアから連絡がありまして。全《すべ》て問題なく終わったとのことで、できればお二人においでいただきたいとのことでした」

「そうか」

「失礼します」

ムーアからの伝言を告げ、兵士が部屋を出ていく。

問題がなかったということは、グラウは変な病気などは持っていなかったと、そういうことなのだろう。

待っていた連絡が来たことに喜んだ私は彼に言った。

「フリード！　行きたい！」

座っていたソファから立ち上がり、フリードの手を掴《つか》んだ。

フリードと一緒に厩舎に向かうと、ムーアに連れられたグラウが上機嫌な様子で尻尾を振って待っていた。

やはり相当埃《ほこり》っぽかったのだろう。ムーアの手で洗われた彼はとても綺麗になっていた。

体毛は黒で灰色が混じっている程度だと思っていたが、それは汚れていたからそう見えただけのようだ。黒いところもあるが、灰色な部分もかなりある。綺麗な狼で、大分印象が変わった。

「すごい！　綺麗になったわね！」

驚きながらも駆け寄る。ムーアがニコニコしながら言った。

「大人しくしてくれたので、実にやりやすかったですぞ。特に病気などもないようです。念のため、予防系の注射も接種させました。もう触っていただいて、大丈夫ですぞ」

「本当？」

ずいぶんと早い。

そんなに簡単に分かるものなのかと思ったが、どうやら病気の有無などは魔術を使って調べているそうだ。獣医が使う特殊な魔術ということで、フリードの愛馬を世話するムーアはそれらを一通り修めているとの話だった。

「殿下の愛馬に何かあっては困りますからな」

当然という風に告げるムーアは、自分の仕事に誇りを持っているように見えた。フリードが頷く。

「ムーアがそう言うのなら安心かな。リディ、触ってもいいよ」

「やった」

お触りの許可が出た。ドキドキしながらグラウに近づき、彼の目線に合わせてしゃがむ。

一応、本人にもお伺いを立てようと、拳《こぶし》をゆっくり鼻に近づける。これは本来犬に対してする行動なのだが、同じ犬科なのだから似たようなものだろう。しないよりはいいはず。

「触っても、構わないかしら？」

「わう」

手の甲を嗅いでから、いいぞと言わんばかりにグラウが頭を垂れる。これは頭を撫でろということだなと思った私は、それではと彼の頭に手を乗せた。ふかっという音がした気がする。

「……」

様子を窺《うかが》う。

グラウに嫌がる様子はない。

大丈夫そうだと判断した私は、ゆっくりと彼の頭を撫でた。

「くぅん」

気持ち良さそうにグラウが鳴く。目を細めているその姿はなかなかに愛らしいものだ。

「あ、思ったより毛が硬い」

「野良ですからな。いい餌を食うようになれば、毛並みも変わってきます」

「へえ……その辺りは猫とかと一緒なんだ。ご飯はもうあげたの？」

「ええ。それはもう凄まじい勢いでがっついておりましたぞ」

「そうなのね。見たかったわ！」

さぞ、可愛かったことだろう。

グラウを撫でながら、ムーアから話を聞く。注射をする時はさすがに嫌がったが、それ以外は比較的大人しかったらしい。

「こちらの言うことを理解してくれますのでな。とにかく楽でした。動物相手でこんなに楽だったのは初めてです。ヴェンティスカなど、全く言うことを聞いてくれませんからな……」

「そうなの？」

フリードの愛馬の名前が出た。

私も今までに何度か会ったたし、フリードとの二人乗りではあるが、その背に乗せてもらったこともある。白くて美しい馬なのだ。

つまり、フリードは地で『白馬に乗った王子様』ができる男ということで。

馬に乗ってこちらに手を差し伸べてくるフリードは、控えめに言っても破壊力がありすぎて、私はいつもドキドキしている。

だって絵になるのだ。いつか、馬に乗った彼の絵姿を手に入れたいと熱望するくらいには格好良い。

正直、自分が『白馬に乗った王子様』を求めるタイプだとは思っていなかったし、憧《あこが》れる気持ちも分からないと思っていたが、その意見は実物を見た際、見事にひっくり返った。

白馬に乗った王子様。ものすごい攻撃力である。

――あ、これは憧れるわ。惚れる。

納得したし、キュンキュンした。心臓にトン、と真っ直ぐに矢が突き刺さった気分だった。基本私は単純なのだ。王道の攻撃にすこぶる弱い。

そういうわけで、フリードを五倍も十倍も格好良く見せてしまう彼の馬、ヴェンティスカ。

フリード曰《いわ》く気難しい馬で、気に入った相手以外には世話も許さないとか。

やはりとても賢く、戦場に連れていっても堂々としていて、フリードの意図を汲《く》んで動くことができるらしい。

「ヴェンティスカは殿下以外には懐きません。矜持《プライド》の高い馬で、私でなんとか世話をさせてくれる……くらいでしょうか。ご正妃様は例外的に好かれておるようですが」

「あはは……」

その時のことを思い出し、思わず乾いた笑いが零《こぼ》れた。

フリードとまだ結婚していなかった頃、散歩がてら偶然厩舎に訪れた私は、そこで初めてヴェンティスカに会った。その時から、私は妙に彼に好かれているのだ。

しかも、フリードが驚くほど。

「ヴェンティスカはリディがお気に入りだからね。リディを乗せても怒らないのは助かるけど、たまに、リディが私の妻だってことを忘れているんじゃないかって思う時があるよ。あいつのつがいも早く探してやらないと……」

溜息《ためいき》を吐《つ》くフリードには苦笑するしかない。

「ヴェンティスカが私に気を許してくれているのは、私にフリードの匂いがついてるからじゃないの？」

基本、フリードにべったりしている私だ。

毎日抱かれているし、大体は側にいるような状態。動物から見れば、あからさまなくらいに彼の匂いがついていると思う。

そしてその匂いが、自分の主人のものだと分かれば、多少は懐きやすくなるのではないだろうか。

「ヴェンティスカは、そんなことで誤魔化されたりはしないよ。あいつは本当に賢いからね。単純にリディを気に入ってるんだと思う」

「それは有り難いけど」

私も動物は大好きなので、好いてもらえるのは嬉しい。というか、昔から動物には好かれる質《たち》なので、懐かれること自体に不思議はないのだけれども。

「わう！　わう！」

自分を忘れるなとばかりにグラウがアピールをしてきた。分かりやすい少し拗《す》ねた音に、思わず吹きだしてしまう。

「はいはい、ごめんなさい。今はあなたの話をしているところよね？」

「わう！」

その通りだとばかりにグラウが吠える。

しかし人懐っこい子だ。

見世物小屋にいた時の怖い顔はすっかり鳴りを潜め、グラウは目をくるくると輝かせている。

パタパタと尻尾を振っている様は、飼い犬となんら変わらなかった。

もちろん彼が狼だということは分かっているけれども。

「大人しくて良い子」

「ええ、全くですな」

しみじみと頷くムーア。もう一度、今度はグラウの背中辺りを撫でる。

やはりグラウは大人しく、機嫌良さそうに尻尾を振り続けていた。

「フリードも触る？」

「いや、やめておくよ」

「そう？」

私ばっかりグラウに触っているのは申し訳ない。そう思い、フリードに場所を譲ろうとしたが断られてしまった。

「グラウは、リディが相手だから触らせるんだと思う。リディを主人だと思っているんだ。だから、やめておくよ。リディがいるから触らせてくれるとは思うけどね。無理強《じ》いはしたくない」

「え、私が主人なの？」

きょとんとするとフリードもムーアも頷いた。

「命を救ってくれた相手を主人とするのは、人間でも動物でもよくある話ですぞ。特にグラウは賢い。殿下の言う通りで間違いないでしょう。先ほど、私の世話を黙って受け入れていたのも、ご正妃様のお言葉があったからだと思います」

「そうなんだ……」

「わうぅ！」

ムーアの言葉を肯定するようにグラウが鳴く。

どうやら私は、いつの間にかグラウの主人として認められていたようである。そんなつもりはなかったので驚いたが、慕ってくれるのは素直に嬉しい。

「そっか……じゃあ、グラウ。これから宜しくね」

「わう！」

元気に返事をしてくれるグラウ。その様子を可愛いなと思っていた私は、次の日、彼が早速とんでもない事件を巻き起こすとは想像してもいなかった。

◇◇◇

「殿下！　ご正妃様！」

どんどんと扉がものすごい勢いでノックされた。

グラウをムーアに預けた次の日の朝早く、私は尋常ではない兵士たちの声で目を覚ました。

「うう……何？」

寝室は居室の更に奥にある。そんな場所にまで聞こえるくらいの大声に、私は私を抱き締めて寝ていたフリードの腕から抜け出ると、ベッドから身体を起こした。

フリードも目覚めていたようで、同じように起き上がる。掛け布団が剥《は》がれ、見事な腹筋が露《あら》わになった。

言うまでもないが、二人とも裸だ。何も身につけていないし、なんなら二時間ほどしか寝ていないからものすごく眠い。時計を見ると、まだ朝の六時。気分的にはあと五時間くらいは寝たいところだ。

「フリード」

「うん、何かあったみたいだね」

視線を向けると、フリードは何かを確認するように目を閉じた。

「特に、結界に乱れはないみたいだけど……」

結界というのは、フリードが私たちの部屋に張り巡らせている魔術である。

結界を張れば、何者も勝手に部屋に侵入することはできなくなるし、フリードに気づかれないよう近づくというのも不可能。

カインですら、「無理。あの結界はどうしようもない」と真顔で首を横に振るくらいの代物なのだ。

つまり、誰も怪しいものは近づいていない。だけど、扉を叩《たた》く兵士の声は止まらず、今も大声で私たちを呼んでいる。

ちなみに声が聞こえるのは、フリードがそういう風に結界を張っているからだ。

こちらの声は聞こえないように、だけども扉の外からの必要な声は聞こえるように。

普段、カーラの声が聞こえるのもそのおかげ。

必要なことだとは思うが、フリードは相変わらずチートだなと思う次第である。

普通はそんな器用な真似《まね》はできない。

「外で何か起こったのかな。……リディ、悪いけど着替えを取ってくれる？」

「うん」

フリードに言われ、頷いた。扉を叩く音は続いているし、声も必死さを増している。

さすがにこれで二度寝するのは不可能だ。

急いでベッドから下り、クローゼットを開けた。中から下着とドレスを取り出す。フリードの衣装も入っているので、手近にあったものを彼に渡した。

衣装部屋は別にあるが、こういう緊急事態用のために何セットか私たちの服をクローゼットに用意しているのである。

身体はフリードのおかげでべたついていないし、昨夜の情事の形跡も消えている。見苦しくないかざっと全身を確認し、急いで着替えた。後ろについていたドレスのボタンはフリードに留めてもらう。鏡を覗き、人前に出られる程度に手早く髪も整えた。その間にフリードもシャツを羽織り、トラウザーズを穿《は》いていた。クラヴァットを締め、上着を羽織る。

いくら緊急事態と言っても、兵士たちにだらしない格好は見せられない。これは最低限のマナーだ。

「リディ、用意できた？」

「うん。大丈夫」

「念のため、私の後ろにいて」

「分かった」

守ってくれるつもりなのだろう。素直に頷き、後ろに下がった。

寝室を出て、居室に行く。廊下に繋がる扉を彼が開けた。

「どうした。こんな朝早くから。何があった？」

「で、殿下！」

扉を開けた途端、兵士が二人、中に傾《なだ》れ込んできた。

「ひゃっ！」

慌てて後ろに飛び退《の》く。二人とも尋常ではない様子だ。

一体何があったのか。驚いていると、「姫さん」と声が掛かった。

「カイン！　何かあったの？」

兵士の後ろから姿を見せたのはカインだった。私の護衛として認められたせいか、堂々と姿を晒《さら》している。その彼が困ったように自らの背後に目線をやった。

「えーと、あのさ」

「うん」

とりあえず、カインの様子からそう心配することはなさそうだと判断した私は、そろそろとフリードの後ろから出ていき、彼が視線を向けた方を見た。

「え」

「わう！」

そこにいたのは、昨日私たちが連れ帰ったグラウだった。

「グラウ!?」

グラウは、ひとりの男を己の前足で押さえつけていた。成人男性だ。上も下も黒の服を着ているが、全く見覚えがなかった。

制服を着ていないし、城の兵士でないのは明らかだ。

「え、え？　これ、どういう状況？」

「……多分、王太子か姫さんを狙《ねら》った暗殺者」

「へ」

カインの言葉に目をぱちくりさせる。

「私たちを狙った？」

そうしてカインが語った話は驚くべきものだった。

早朝、この男が王城に忍び込んだらしい。

それを敏感に察したグラウが、厩舎を飛び出し、男を追いかけたようだと。

カインは王城内を走るグラウと彼に追いかけられる暗殺者に気づき、様子を見に行ったのだが、城を走る狼と怪しい男の組み合わせに、王城内は大混乱に陥ったのだと。

早朝と言えど、寝ずの番をする兵士はいるし、早くから起きている女官もいる。

廊下のど真ん中を走る狼と、狼に追いかけられ、必死に逃げる暗殺者を見た彼らが絶叫するのは当たり前だった。

暗殺者は逃げながらも目的を果たそうとしたのか、私たちの部屋の近くまでたどり着いた。だが、そこでグラウに追いつかれ、襲われたのだと。

気の毒だったのは、私たちの部屋を警護していた兵士たちだ。

突然現れた狼にも驚いたが、その狼が明らかに侵入者と分かる男を襲ったのだ。訳が分からないまま、呆然《ぼうぜん》と狼が男を襲う様を見ることしかできず、今の状態になってようやく我に返った彼らは私たちの部屋の扉を叩いたというわけだった。

どうして私たちを呼んだのかは、彼らの前に姿を見せたカインがグラウが私の飼い狼だと言ったから。しかも国王にも飼育の許可を得ている。

それを聞けば、勝手に捕まえるわけにもいかないし、彼らは悩んだ挙げ句、私たちを起こす選択をしたのだとか。

なるほど、今のこのカオスな状態は、そうして起こったのか。

理解はしたが、何故《なぜ》こうなったんだと思ってしまう。

しかし、暗殺者とは驚きである。レイドから話を聞いて、そういう可能性もあるとは知っていたが、まさか顔を合わせることになるとは思わなかった。やはり今までは私の知らないうちに全部が片付いていただけだったということなのだろう。敵が全くいない王族というのはあり得ないのだから。怖くないと言えば嘘になるが仕方ない。

「グラウ、不審者を捕まえてくれたの？」

「わう！」

男を前足で押さえつけたまま、元気よく吠えるグラウ。

褒めてくれと目が語っている。

部屋の前にはいつの間にか兵士たちや王族居住区に出入りできる女官たちが集まっていた。

血相を変えたカーラが彼女らしからぬ慌てた様子で走ってきた。

「殿下！　ご正妃様！　ああ、よくぞご無事で！」

「私たちの方は問題ない。何か起こる前にリディの狼が捕まえてくれたみたいだからな」

「そうなの。大丈夫よ、カーラ」

息せき切って駆けつけてくれたカーラを安心させるよう微笑《ほほえ》む。

カーラは胸を押さえながら「良かった」と何度も言い、そうしてグラウに気づくと「ひっ！」という悲鳴を上げた。

「お、お、お……狼！」

「昨日のうちに通達はあったと思うが。リディの狼だ」

フリードの説明に、カーラは「た、確かに聞いてはおりましたが……」と震えながらも頷く。

「そ、その狼が不審者を捕まえたと、そういうことなのですね？」

「ええ、そうみたい。グラウ、ありがとう。お手柄だわ」

「あんっ！」

グラウを褒めると、彼は嬉しそうに尻尾を振り、上機嫌に吠えた。

フリードが集まってきていた兵士たちに命令を下す。

「お前たち、何をしている。グラウが捕まえた不審者を捕らえないか」

「は、ははっ！」

ハッとした様子で兵士たちは動き出した。兵士たちが近づくとグラウは暗殺者を引き渡すように、前足を退《ど》ける。

暗殺者である男がこれからどうなるかは知らない。どこの誰に雇われたとか、そういうこともきっと私には知らされないだろう。だけど私はそれでいいと思っていた。

フリードがそう決めたのなら私は従う。私は夫を信じているのだ。

まだ朝も早かったこともあり、フリードは集まった他の面々も解散させた。

カーラも心配そうにはしていたが、頭を下げ、戻っていく。残ったのはグラウと部屋の護衛の二人。

私とフリード、そしてカインだけである。カインが苦笑しながらグラウを指した。

「こいつ、すごいんだぜ。オレより早くあいつに気づいたんだから」

「やはり獣は侮れないな」

フリードも感心したように頷いたが、私はそれどころではなかった。

昨日、言われたことを思い出してしまったからだ。蒼白《そうはく》になりつつ、慌ててフリードの服を引っ張った。

「ね、ねえ、フリード」

「うん？」

「この子、追い出したりしないよね？」

「？　どういう意味？」

「だって言ってたじゃない。騒ぎを起こしたら追い出すって……」

早朝から暗殺者を追いかけて、王城内を走り回ったのだ。誰がどう見たって大騒動である。とはいえ、私としては情状酌量《じょうじょうしゃくりょう》の余地があるとお願いしたいところだ。

グラウの側に行き、膝をついて彼を抱き寄せる。うるうるとフリードを見上げた。

「リディ」

「嫌だから。グラウは私たちを守ってくれようとしただけで、悪いことをしたわけじゃないから」

厩舎から抜け出したのは確かに褒められたことではないかもしれない。だけどその理由が、私たちを守るためだったと言うのなら、お目こぼしが少しくらいあっても良いのではないだろうか。

お願いという意味を込めてフリードを見る。彼は私の側へとやってきた。そうして同じように膝をつき、私に言う。

「追い出すわけないじゃないか。彼がした行いは皆が分かってる。誰も追い出せなんて言わないよ」

「ほ、本当？」

「うん。だから離れようね」

「……うん？」

ひょいと持ち上げられ、グラウから遠ざけられた。明らかにグラウから引き離されたと気づいた私は、まさかとフリードを見た。

「……もしかしてフリード、グラウに嫉妬《しっと》してるとかそんなわけ――」

「グラウも雄だからね。良い気分にはならないかな」

「！」

フリードの嫉妬が留《とど》まるところを知らない件について。

まさかの雄狼に妬《や》いたらしいと知り、さすがに開いた口が塞《ふさ》がらなかった。

「え、えぇーと、フリード？」

「リディのお願いだから、追い出そうとは思わないし、このまま飼い続けて良いと思ってる。でもね、過剰なスキンシップは駄目だよ」

「過剰、とは……」

ちょっと抱きついただけである。

——フリード的にはどこまでがOKで、どこからがアウトなの？

ちょっと本気で悩んでいると、フリードが言った。

「頭とか身体を撫でるくらいならまあ……獣だし、許容する。でも、抱きつくのは駄目」

「な、なるほど……」

どうやら明確な線引きがあるようだと知り、頷いた。

そうか。フリード的には頭を撫でているのも許容ギリギリだったのか……。

とはいえ、基準を明らかにしてもらえるのは有り難い。

「分かった」

素直に頷くとカインが呆れたような顔をした。

「姫さん。最近、王太子に対して甘すぎないか？　さすがにオレ、今のは怒ってもいいと思う」

「うーん、そうかな」

これくらいならフリードの通常運転だ。

それに彼はなんやかんや言いつつ、結局私の自由にさせてくれているのだから、私にできる範囲内で彼の望みを叶《かな》えることに否やはなかった。

——私ばっかりが好きにするのは違うよね。

フリードも我慢してくれているのだから譲れるところは譲る。今のところ特に問題は感じていないし、それならそれでいいかなと思っていた。

「リディ」

フリードが嬉しそうに私の名前を呼ぶ。それに応《こた》えて返事をした。

「フリードはヤキモチ焼きだから仕方ないよね」

「そうだよ。リディは私だけのものなんだから気をつけてもらわないと」

「うん、分かった」

褒めるように抱き締められる。ついでに額にキスをされた。どうやら機嫌を直してくれたようだ。

「えっと、じゃ、グラウを厩舎に連れていこうか。今は厩舎で暮らしているんだよね?」

狼と馬が一緒に生活できるのかと疑問だが、実際どのように飼われているかまではまだ見ていないので何とも言えない。

ただ、ムーアは信頼できる人だと昨日だけでも十分に感じられたので、その辺りは心配してはいなかった。

「多分。まあ、問題ないと思うよ。その辺りまで連れていけば、ムーアが出てくるだろうから」

「朝早いけど大丈夫かな?」

「彼の朝は早いから、平気。むしろ今頃、グラウがいないことに気づいて慌てているんじゃないかな」

「じゃ、急いで連れていかないとね」

迷惑を掛けるのは本意ではない。表情を引き締め、頷くとカインが話しかけてきた。

「姫さん、オレが連れていくよ」

「カイン」

「まだ朝早いし、姫さんは部屋に戻っておけよ」

「ううん。大丈夫」

有り難い申し出だったが私はそれを断った。

「もうすっかり目も覚めちゃったし、朝の散歩にちょうど良いから。それにグラウがどこで暮らしているのか確認もしておきたいし」

「そうか？」

「うん。フリード、一緒に来てくれる？」

「もちろんだよ。早朝のデートも楽しいしね」

「うん」

すぐさま頷いてくれたフリードに抱きついた。

「グラウ、行くわよ」

グラウに声を掛ける。賢い子だから、すぐに言うことを聞いてくれると簡単に考えていたが、彼は私を見ると、ぷいっと顔を横に向けた。

「えっ……？」

予想外の反応に戸惑う。それでももう一度声を掛けた。

「グラウ？　どうしたの？　厩舎に戻るわよ」

「……」

嫌だというのを全力でアピールしている。

何度声を掛けても、引っ張っても、グラウは頑としてその場から動こうとしなかった。

「グラウ」

「……」

「グラウ、駄目だってば。戻らないと」

つーんとそっぽを向くグラウ。兵士たちも彼を退かそうと協力してくれたが、グラウは抵抗し、少し動いてもすぐに戻ってしまう。まるで自分の定位置はここだとでも言うように、私とフリードの部屋の前に陣取っていた。

「今まで言うことを聞いてくれたのに、どうして急に……」

ほとほと困り果てていると、廊下の向こうから兵士に先導されたムーアがおっかなびっくりという風情でやってきた。フリードが彼を見ながら言う。

「ムーアを呼んだよ。彼が一番適任だと思うから」

「そうだね」

確かに専門家に任せるのが一番だ。やってきたムーアは、私たちの部屋の前にグラウが座っているのを見て、額に手を当てた。あちゃあとでも言いそうなポーズである。

「グラウ。どうしてそんなところに……戻るぞ」

「わう」

嫌だ、という風にグラウがぷいっと顔を逸《そ》らす。ムーアが持ってきたリードを彼の首輪に付けて引っ張ったが、彼はやっぱりその場を動かなかった。

「殿下とご正妃様をお守りしたのはよくやった。だが、そのあとにご迷惑を掛けては意味がない。お前もそれくらいは分かっておるだろう？」

「……わう」

「問題を起こせばお前は追い出される。ここは大人しく厩舎に戻って――」

「わう、わう！」

ムーアの説得もあえなく拒絶された。どうしてもグラウはこの場所を退きたくないようだ。

やり取りを見ていたカインが何か思いついたように言う。

「お前、もしかして姫さんの護衛をするつもりなのか？」

「え……？」

全員の視線がカインに集まった。そんな中、グラウが「わう！」とまるでその通りと言わんばかりの返事をする。

「護衛？　どういうこと？」

カインに聞くと、彼は当たり前のように言った。

「いや、だってさ、さっきも誰よりも早く暗殺者を追いかけていってたし、もしかしなくても、こいつ、飼われるんじゃなくて姫さんを守るつもりで城までついてきたんじゃないかって思っただけなんだけど……」

「へ？」

「だってこいつにとって姫さんは、あの見世物小屋から解放してくれた大恩人なんだ。犬科の動物は、結構義理堅いんだぜ。恩を忘れたりなんて絶対にしない。今までだって、姫さんのいるこの国を守ろうとひとり外で頑張ってたんだ。それが恩人の家に招かれたら？　オレがこいつなら、直接本人を守れる機会だと思って張り切るけどな」

「……」

「多分、ここに陣取るのが一番姫さんを守れると思ったんじゃねえ？　厩舎にいるんじゃ、守りたくてもなかなか難しいし」

全員が驚いたようにグラウを見た。

グラウはまるでその通りだと言わんばかりに尻尾をブンブンと振り、元気よく一声吠えた。

「わん！」

「え……そうなの？」

「なるほど、一理ありますな」

「ムーア？」

ムーアが納得したような声を出す。驚きながらも彼を見ると、ムーアはグラウの頭を撫でながら言った。

「こいつならそれくらいは考えそうですし、実行すると思えますな。何せ、グラウは賢い。遠くからではなく近くでご正妃様を守りたいと考えたとしても納得です」

「だからグラウはここを動かなかったということか」

「はい、殿下」

確認するフリードにムーアが頷く。カインも言った。

「多分それで正解だと思うぜ。暗殺者からして見れば、一番狙いやすいのは自室だし、扉の前に陣取っとけば、まあ追い払いやすいよな」

「……あの、我々の立つ瀬がないんですけど」

いつも部屋の前にいる兵士が複雑な顔で言った。カインが肩を竦《すく》める。

「それはこいつには関係ないだろ。こいつはこいつなりにどうにかして姫さんを守ろうと考えた結果なんだからさ」

「……それはそうですけど」

頼りないと思われているようで微妙だ、とその顔は言っていた。フリードが取りなすように言う。

「お前たちに対し、足りないと思ったことはない。いつもよくやってくれていると思っている」

「殿下……」

直接フリードから褒められ、兵士たちは感激した様子だった。ムーアが「で」と話を戻す。

「グラウの気持ちが分かったところで、殿下。どういたしますかな？」

9・彼女と一家団らん（書き下ろし）

揉《も》めはしたものの、結局グラウはその意思を認められることになった。

頑として部屋の前を動かなかったというのもあるが、暗殺者を殺さずに捕まえたという実績を買われたのが一番だ。

父は胃を押さえていたが、国王は面白がっていたし、なんなら是非彼を見たいとわざわざ見にやってきた。そうして番犬よろしく扉を守る様子を見て、これなら問題ないだろうとむしろ感心していた。

「姫は面白いものに好かれるのだな」

と、そう言って。

そういうわけで、無事に国王の許可を得た彼は、堂々と部屋の前に陣取り、門番として常に目を光らせることとなったのだ。

もちろん、兵士たちを引き上げさせたわけではないので、彼らには気の毒だったと思う。

職場が狼《おおかみ》と一緒とか、とても申し訳ない。

基本的に護衛は希望者を募っているらしいが、誰《だれ》もいなくなったらどうしようとちょっぴり心配している。

部屋にやってくる者たちは、皆、グラウを見て吃驚《びっくり》しているが、国王や父から話は行っているらしく、特に何も言わない。

だが、女性たちはやはり怖いようで、涙目になっている者もいて申し訳なかった。

「ごめんなさい。でも、とても良い子だから」

「は、はい……。分かっています。分かっているんですけど……」

害を与えられるわけではないが、いるだけでも怖い。その気持ちは分からなくもないので、もし、移動を申し出られたら快く了承しようと思っていたのだが、それは早い段階で、とても良い意味で裏切られた。

グラウが思いのほか、皆に対し、好意的かつ人懐っこく接したのである。

彼は女官や兵士たちに、まるで自身が犬であるかのように接した。尻尾《しっぽ》を振り、お手と言われれば前足を出し、待てと言われれば待った。

無駄吠《ぼ》えはせず、大人《おとな》しかった。撫《な》でられれば嬉《うれ》しそうにし、決して噛《か》みついたりしなかった。

その結果、数日もすれば彼は皆に受け入れられ、優しく声を掛けてもらえるまでになったのだ。

多分だけれど、どうすれば自分が受け入れられるのか彼は分かっていたのだと思う。

凄《すさ》まじい賢さである。

そういえばフリードに用事があり、部屋にやってきた兄なんかは何とも言い難い顔をしていた。

「お前……今度は狼を拾ってきたのか……」

「今度はって、私何かを拾ってきたことなんてないけど」

「ん」

来たのが兄だったので特に隠れていなかったカインを兄が指さす。

カインが嫌そうに言った。

「オレと一緒にするなよ」

「危険度で言えば、どっちもあんまり変わんねえだろ」

「そうか？　オレは姫さんが『やるな』って言うならやらないぜ」

「それは向こうも同じだろ。聞いたところ、基本的にリディの命令には絶対って話じゃねえか」

それはその通りだ。

グラウは基本誰の言うことも聞くが、ここぞという時は私の命令しか聞かないし、自分の判断で動く。また敵意や殺意といったものにも敏感で、決してそういう輩《やから》を中に通したりはしないのだ。

まあ、フリードやカインがいて、そういう人たちが近づけるはずもないのだけれども。

前回のことだって、グラウが気づかなくても多分、最終的にはカインが出てきたはずだ。

フリードにカイン、そして新たに加わったグラウ。

どう見ても過剰戦力としか思えない。

「ますますお前らの部屋が鉄壁の要塞《ようさい》状態になっていくな。まあ、その方が安心で俺《おれ》たちとしても助かるんだが。すげえよな。王子と元暗殺者と狼に守られてんのか、お前」

「なんかそう聞くと、ものすごい面々だなって思うね」

「どっからどう見ても、ものすごい面々なんだよ」

真顔で反論が返ってきた。

「ま、いいけど。危険がないんならそれで。護衛が多くて困ることはないいんだし」

「グラウは賢い子だから大丈夫だよ」

「みたいだな。さっき見た」

元々兄は動物好きということもあり、納得したあとはあっさりとグラウを受け入れた。

怖がる様子も見せず、グラウの頭をガシガシと撫で、「妹を宜《よろ》しくな」と言い、笑顔で去っていったが、グラウがそれに対し「わん！」と返事をしたことについては特に疑問に思っていないようだった。

後日それについて尋ねると、「お前らに関して、俺はもう何も驚かないことにしているんだ……こっちの意図を理解する狼くらいで今更ビビるかよ」と遠い目をして言われてしまった。

悟りを開くほど何かしでかした記憶はないのだが、なんとなく兄には申し訳ないと思ったので、労《いたわ》りの気持ちを込めて今度、何か栄養のある美味《おい》しいものでも贈っておきたいところだ。

そうして忙しく過ごしているうちにレイドが来るまであと二日というところまで迫ってきた。

二日後の午後、彼女は転移門を使ってヴィルヘルムにやってくる。

それを私はとても楽しみにしていたが、それはそれとして今現在、とても時間を持て余していた。

「暇だ……」

「姫さん」

フリードも執務に行ってしまったし、レイドの部屋に関して私が口を出す場所はもうない。

昨日のうちに家具類の搬入は全《すべ》て終わり、私の指示通り、準備万端すでに整っているからだ。

そして今日は私はお休みの日で、特にやらなければならないこともなかった。

　つまりはとても暇なのだ。

　私はソファにだらしなくもたれ、溜息《ためいき》を吐《つ》きながら言った。

「仕事……仕事が欲しい……」

　今の台詞《セリフ》を兄が聞けば、年がら年中仕事に追われている彼にこめかみをグリグリされること間違いなしだが、幸いなことに部屋には私の他《ほか》にカインしかいない。

　そのカインはといえば、呆《あき》れた顔で私を見ていた。

「少しくらいじっとしていたらどうなんだ？　毎日、出かけて忙しそうだし、たまの休みくらいのんびりすればいいと思う」

「カインの言う通りだと思うんだけど、なんかね、落ち着かないの」

　貧乏性とでも言おうか。

　ただゆっくりしていろと言われても困ってしまう。

「……久しぶりに刺繍《ししゅう》でもしようかなあ」

　私の趣味のひとつ、刺繍の存在を思い出し呟《つぶや》く。だけどその時、別の案が思い浮かんだ。

　ソファから立ち上がる。

「そうだ！　包丁！」

「姫さん？」

　カインが私を見てくる。私はいそいそと自分用のチェストを開けた。その中にはイルヴァーンで買ってきた包丁がしまってある。

包丁の入った箱を取り出し、テーブルのところまで持ってきた。

「今まで忙しくて箱を開けることもできなかったの。今日は時間があるから、これを使って何か料理でも作ろうかなって。思い出せて良かった」

時間があり余っている今日なら、思いきり料理ができそうだ。

素晴らしい思いつきに上機嫌になっていると、カインが思い出したような顔をした。

「そういえば、イルヴァーンで買ってたな」

「うん。レイドに紹介してもらった職人さんの包丁なの。アマツキさんって名前の女性の職人さん」

「へえ、女性の鍛冶《かじ》職人って珍しいな」

カインは店の中までついてきていないので、アマツキさんを知らない。イルヴァーンの職人、アマツキさんのことを説明すると、やはり女性というところに驚いていた。

箱を開け、カインに包丁を見せる。

「腕は確かだよ。ほら見て、すっごい綺麗《きれい》な包丁でしょう？」

「……確かにすごいな、これ」

包丁の刃《は》を見たカインが感嘆の息を吐いた。

彼は元暗殺者だ。刃物は見れば分かるだろうと思ったが、想像通りだった。

「これを作ったのが女性の職人ってマジかよ」

「本当、本当。もうね、私絶対に手に入れるって思っちゃって。言い値で買いました！　あの決断をした自分を褒めたいくらい。やっぱりアマツキさんの包丁、綺麗」

改めて包丁を見て、惚《ほ》れぼれする。

やはりあの時の私の目に狂いはなかった。買わなければ絶対に後悔すると思った私、正しすぎる。

「この包丁を使って、何か作りたいな。たくさん野菜とか肉とか切りたい。切れ味を楽しみたい
……」

何か良い料理はないだろうか。頭の中にあるメニューを検索する。

今の時間からなら、料理人たちの代わりに夕食を作るのも可能だろう。

そしてそれなら前に約束した通り、義母やフリードにも食べてもらいたいなと思うのだ。

「家族団らんで食事っていうのもいいよね。陛下も、お義母様が来るって言えば来て下さると思うし
……じゃあ、たくさんできるからカレーとかどうだろう」

庶民料理ではあるが、家族だけで食べるならそれもいいのではないだろうか。

それにカレーならたくさん野菜も切れるし、肉も切れる。

包丁を思いきり使いたいという主旨にも反していない。

考えた私は、思いつきを実行するべくすぐにカーラを呼んだ。

「お呼びですか、ご正妃様」

やってきたカーラは丁寧に頭を下げた。

「カーラ、今の時間からなら、私がお義母様たちの夕食を作っても構わない？」

「え？」

顔を上げ、どういう意味かという表情をする彼女に説明する。

私がイルヴァーンで包丁を手に入れたことと、義母とフリードに食事を振る舞う約束をしたことを告げると、彼女は納得したように頷《うなず》いた。

「そういうことでしたか。分かりました。それでしたらまずは王妃様と陛下にご都合をお聞きして参りましょう」

「お二人が良いとおっしゃって下さったら、厨房《ちゅうぼう》にもその旨を伝えてくれる？」

「かしこまりました」

頭を下げ、カーラが部屋を出ていく。

幸いなことにすぐに許可は下りた。約束を覚えていた義母が特に喜び、その反応を見た国王も一も二もなく頷いたからだ。

義母が頷けば絶対に国王は来てくれると思っていたが、想像通りすぎる。

とにかく、約束を取り付けることに成功した私は張り切って包丁を持ち、厨房に向かった。

すぐに料理人たちが集まってくる。

「師匠！　本日の夕食は師匠がお作りになると聞きましたが……」

「ええ、そうなの。実はイルヴァーンで包丁を手に入れて。憧《あこが》れの包丁をたくさん使いたいって思っているから、手伝いはいらないわ」

正直に思惑を話すと、料理人たちからは好意的な声が返ってきた。

「イルヴァーンの包丁を手に入れられたんですか！　あそこの包丁はいいでしょう！　私も一本持っていますが、長持ちするし良く切れるしで最高ですよ！」

「ええ、そうなの。どうしても欲しくて。直接、職人のところに買い付けに行ったの」

職人から直接購入したと言うと、皆からは羨《うらや》ましそうな声が上がった。

「いいですね！　現地での買い付け！　師匠はどんな包丁を買われたんですか？」

「牛刀よ。何にでも使えるものが欲しくて。ほら、綺麗でしょう」

皆に買った包丁を見せる。

やはり皆、プロの料理人だからか、包丁を見る目が真剣だった。

ひとりがほうっと息を吐く。

「これはすごい……」

「師匠、これ、どこの店で買われたんです？　私も是非一本欲しいんですけど」

「私もです……。刃から鬼気迫る職人の気迫が伝わってくるようです。切れ味もすごいんでしょうね」

「友人に紹介してもらった店で買ったの。残念だけど、お店を教えていいのかはちょっと私には分からないわ。その……頑固職人系というか……」

アマツキさんは、女性職人であることを大分気にしていた。多分だけど、私が女性だったから包丁を売ってくれたような気もする。だから彼らが行っても売ってくれるかどうかは疑問だと思った。

「ごめんなさい。紹介できたら良かったんだけど」

色々抱えていそうな人だった。勝手に紹介するのはよした方がいいだろう。そう思い告げると、皆、納得したように頷いてくれた。

「紹介なら仕方ないですよ。そのご友人も、ご正妃様だから紹介して下さったのでしょうし」

「一般ルートから買えないと言われても、むしろ納得しかありませんから気にしないで下さい」

「ありがとう」

「それはそうと、やっぱりイルヴァーンの包丁は特別ですよね。輸入品は高いけど、一本買ってみようかな……」

料理人のひとりがそう零《こぼ》す。

イルヴァーンの包丁はヴィルヘルムにも輸入されているが、関税が掛かっている関係もあり、かなりのお値段なのだ。気軽に手を出せるものではない。

今まで私が持っていなかったのも、それが理由のひとつだったりする。現地に行けたおかげで、買おうという気持ちに傾いたのだけれども。

「俺ももう一本、今度はパン切り包丁を買おうかなあ。師匠の包丁を見てたら、欲しくなってきた」

「俺も」

「私も」

「僕もです」

すっかり包丁の話で盛り上がってしまった。

皆がそれぞれ自慢の包丁を出し、どこで買っただの、あの店が良かっただの、楽しげに情報交換を始める。それを私も楽しく聞きつつ、野菜を切ることに集中した。

「今日はカレーを作るつもりなの。材料だけ持ってきてくれる?」

「師匠、自らがお作りになるカレーですか！　それは国王陛下や王妃様も喜びますね」

「ふふ、だといいけど！」

ライスにすると、ちょっと庶民料理になりすぎると思ったので、思いつきでナンを焼くことにする。

実は、ナンはまだ皆に披露していないのだ。

ナンを作り始めると、見たことがない料理とばかりに、見事に皆が飛んできた。

「師匠！　それ、なんですか！」

「ナンよ。パンの一種なんだけど、カレーにすごく合うの。今回はこっちにしようと思って」

簡単にナンの作り方を説明する。

カレーを作りながらの作業は大変だったが、久しぶりに料理をすることができて、すごく楽しかった。

アマツキさんの包丁は想像以上の切れ味で、切るだけで快感が得られるような素晴らしい代物。

何度でも言うが、本当にこの包丁を買って良かったと心から思った。

「あとは、しっかり煮込めば完成！」

フリードは辛口が平気だが、国王と義母が大丈夫かは分からないので、三種類ほど辛さの違うカレーを作った。

具は、羊と鶏《とり》がメイン。個人的な好みなのだけれど、ナンの時は、この二種類が特に美味しいなと思うのである。

ナンもプレーンから始まり、チーズや玉葱《たまねぎ》、ジャガイモなどを練り込んだものを何種類か用意する。

皆、味見をしたがったが、今日は勘弁してもらった。

多めに焼くほどの余裕はない。

全部の用意を終え、時計を見る。いつの間にか、夕食の時間がすぐそこまで迫っていた。

「よかった。なんとか間に合った」

誘っておいて、間に合いませんでしたではあまりにも格好悪い。

時間になったら侍従たちに食堂に運んでもらうよう皆に依頼する。

ちょうどカーラが様子を見に来たので、伝言を頼んだ。

「カーラ、悪いんだけど、フリードを呼んできてくれる？　直接誘いに行くつもりだったんだけど、ちょっと時間がなくて」

あとで自分で誘おうと思って、まだ彼には夕食のことを伝えていなかったのだ。

事情を説明すると、カーラは快く頷いてくれた。

「承知いたしました。ですがご正妃様。その格好で食堂に向かわれるのですか？　さすがにそれはどうかと……」

「……分かっているわ。今から着替えようと思っていたの」

苦笑しつつ自分の格好を見下ろした。

エプロンこそつけているものの、どこに小麦粉がついているかも分からないし、国王たちと夕食をするのに適しているとはとても言えない。

着替えると告げると、カーラは満足げに頷いた。

「それなら結構です。女官たちにもご正妃様のお着替えを手伝うよう申しつけておきましょう」

「お願いね」

手早くエプロンを外し、厨房の皆に場所を使わせてもらったお礼を言って、外に出た。

「急がないと……」

部屋に戻って着替えて準備をして……。

招く側が遅れるわけにはいかないと、私は足早に自室に向かった。

10・彼とお誘い（書き下ろし）

「殿下、宜《よろ》しいでしょうか」

「カーラか？　構わない。入ってくれ」

もうすぐ執務が終わるという時間、扉の向こうから女官長のカーラが声を掛けてきた。

すでに片付け始めているし、急ぎの仕事は全《すべ》て終わっている。私は快く彼女の入室を許可した。

「失礼いたします」

「どうした？　カーラが執務室まで来るのは珍しいな。リディは？」

カーラはリディ付きだ。その彼女がわざわざ私のところへ来たのは、リディ関連だろうと思い尋ねると、カーラはにっこりと笑った。

「ご正妃様はただいま、お着替え中でいらっしゃいます」

「着替え？」

「はい。先ほどまで、厨房《ちゅうぼう》にいらっしゃいましたので」

「なるほど」

納得した。

リディはとにかく料理をするのが好きで、暇を見つけては厨房へ行ったり、和カフェやハンバーグ店、カレー店へと足を運んでいる。

今日は彼女に特別な予定がなかったから、その時間を利用して趣味を楽しんでいたのだろう。

「で？　それとお前がここに来たことに何か関係があるのか？」

リディが着替えているのは分かったが、カーラがやってきた意味が分からない。

疑問を素直にぶつけると、彼女は笑顔のまま私に言った。

「今日の晩餐《ばんさん》は、ご正妃様がお作りになられました。ぜひ殿下にも召し上がっていただきたいとのご意向でございます」

「リディが？」

「はい。楽しそうにカレーを作っておられましたよ。国王陛下と王妃様のことも誘っていらっしゃいました。お二方とも、必ず行くとのお返事でした」

「そうか」

イルヴァーンから帰国した日、リディは新しく買った包丁で母に料理を振る舞いたいと言っていた。

それを早速実行に移したのだろう。

私のことも呼んでくれると約束していたから、それを果たそうとカーラを寄越したのだと理解した。

「どこへ行けばいい？」

「食堂で、とおっしゃられていました」

「分かった。片付けが終わればすぐに行く。お前はリディのところへ戻ってくれ」

「かしこまりました」

カーラが出ていく。

扉が閉まってから、私は隣の席でまったりしていたアレクを見た。彼はだらしなくも、執務机にべたりと張り付いている。

「カレーかぁ。いいな、フリード。俺《おれ》もカレー食べたい。最近、食ってないんだよなぁ」

アレクがリディの経営するカレー店の常連だということは知っている。

彼はカレーが大のお気に入りなのだ。

「しかも、リディが作ったやつ。つまりはオリジナルってことだろ？　それ絶対美味《うま》いやつじゃん。あいつ、本当、料理の才能だけはあるからなあ。羨《うらや》ましい……」

「なんだったらお前も来るか？　お前ひとり増えたところで、リディは文句を言ったりしないと思うが」

本気で羨ましそうな声だったので誘ってみた。

リディならアレクを連れていっても怒りはしない。むしろ歓待してくれるだろう。

なんやかんや言っても、リディはアレクを大切な家族だと思っているのだから。

少しそれを気に食わないと思うことはあるが、アレクは私にとっても義理の兄に当たる。

元々親友で、今となっては義兄。そんな彼を大事にしたいと思う気持ちは私も強く持っていた。

アレクはうーんと何度も唸《うな》った後、首を横に振った。

「行きたいけど、やめとく。だってあとのメンバーが、陛下と王妃様なんだろう？　無理無理。味わう余裕なんてなくなるっつーの。お前らだけで家族団らんしてこいよ」

「お前だって家族だろうに」

「その前に臣下だからな。さすがに遠慮したい。リディには今度カレーを食べさせてくれって言っといてくれるか？」

「分かった」

それくらいならお安いご用だ。

少し急ぎつつ、片付けを進める。だらだらしていたアレクが、「そういえば」と思い出したように言った。

「お前、知ってるか？　ウィルが見合いする話」

「いや。私は聞いていないが」

目を瞬かせる。

ペジェグリーニ公爵とは今朝も話をしたが、そんな話題は出なかった。

ウィルの結婚。

少し前、リディからもそういう話があることは聞いていたし、ペジェグリーニ公爵家の跡取りであるウィルを、公爵は早く結婚させたいと知っていたから見合いと聞いても不思議には思わなかった。

リディの話では、ウィルは嫌がっているということだったけれど。

「いよいよウィルも結婚か……」

感慨深い気持ちになって言うと、アレクがぼんやりと言った。

「あいつが見合いかあ。なんとなくだけど俺、ウィルは独身を貫くと思ってた」

「いや、それはどう考えても無理だろう」

公爵家の長男に生まれて、独身を貫くなど普通にあり得ないし許されない。

私が絶対に結婚しなければならなかったように、彼にも結婚の義務は存在する。

「結婚は義務だ。それは私だけでなく、ウィルも、お前もだろう？」

「ま、そうなんだけどさ。ウィルはなあ……ほら」

はっきりとは言わなかったが、その表情だけでアレクの言いたいことを理解してしまった。

「……」

黙り込む。私に何か言える権利がないことは分かっていた。

だってウィルは、リディのことが好きなのだ。

それも、幼い頃《ころ》からずっと。多分、今も。

それを知らなかったとはいえ、横から奪い取るような真似《まね》をした形になったのだから、私が彼に言えることなど何もなかった。

とはいえ、たとえ知っていたとしても私はリディに手を伸ばすのをやめなかっただろうけど。

一目で私の全てを奪っていったリディを、その存在を知ったあとで諦《あきら》めるなど私には決してできないことなのだ。

気まずげに目を伏せた私に、アレクの方が困ったような顔をする。

「……んな顔するなよ。お前が悪いわけじゃねえって言ってるだろ。もう結婚してんだし、な？」

「……ああ」

「肝心のリディが、お前を選んだんだ。何かあったとしても、それが全てだろ。それに諦めきれないのはウィルの問題で、お前たちには関係ねえ。気にする必要なんてねえんだよ」

きっぱり断言するアレク。そうして座ったまま足をばたつかせた。

「ま、それはそうとして、見合いとかなあ。あのウィルが、よく受けたよなあ」

「……受けさせられたの間違いだろう」

「違いねえ」

「相手は誰《だれ》か分かっているのか？」

ペジェグリーニ公爵家の夫人となる女性が誰なのか純粋に気になった。

尋ねると、アレクは微妙な顔をする。

「知ってるっちゃあ、知ってるけど……相性は最悪だと思う。絶対に破談になると思うんだけどな。でもペジェグリーニ公爵が許すわけないし、どうなるんだろう」

「誰だ？」

「……秘密。でも、フリードも知ってると思う」

もったいぶった言い方をされると余計に気になる。

「そこまで言うのなら教えてくれ」

「今からカレーを食える奴《やつ》には教えねえ」

笑いながら断られた。これは本気で言う気がないと悟った私は、これ以上の追及を諦めた。

「はあ、分かった。どうせ見合いが実行されれば嫌でも噂《うわさ》は回ってくるだろう」

「そういうこと」

「で、お前は？」

「うん？」

自分は全く関係ない、みたいな顔をしているアレクに話を振る。

己の結婚について聞かれていると気づいた彼は、露骨に顔を歪《ゆが》めた。

「うぇえ。最近、この手の話題、ほんっとうに多いな。あっちこっちで聞かれる……」

「お前も適齢期だからな。当然だろう」

「頻繁に聞かれるようになったのは、間違いなくお前が結婚したからだけどな。お前の子供と同い年くらいの子供を作れって……気が早すぎるっつーの」

ぼやくように言われた言葉には苦笑するしかなかった。

『次代の王の側近候補』を作れと親からせっつかれているのだろう。高位貴族にはよくある話だ。

「悪いな」

「いや、お前が幸せそうだから、別に言われるの自体は全然構わねえけど。相手なんていないっつーの」

「お前ならよりどりみどりだろう」

「それは、お前もだっただろう？　でもリディと会うまで結婚しなかった。違うか？」

「違いない」

アレクの言葉はその通りすぎて、否定するべき要素がどこにもなかった。

王華《おうか》を得なければならないのに結婚を拒否し続けた。それはどうしてか。

女性なら誰でもいいなんて言えなかったからだ。

父からリディという婚約者を紹介された時は、タイムリミットだと分かっていたから受け入れたが、つまり私もギリギリまで粘ったのだから人のことは言えない。

「……まあ、そのうち、な」

「そうか」

アレクの言葉に頷《うなず》く。

彼がその気になれば、すぐさま相手を見つけ、結婚してしまうのだろう。だから本当の意味で心配はしていなかった。

「お前らに子供ができたら……俺もその時は腹を括《くく》るかなあ」

ずいぶんと具体的な期限だ。

とはいえ、それがいつになるかは分からない。

明日かもしれないし、五年後かもしれない。

どうなるか分からないものを指針にするアレクに私は苦笑し、片付けが終わったからと一声掛けて、部屋を出た。

11・彼女とカレー（書き下ろし）

自室に戻り、着替えをしていると、途中からカーラが合流してきた。

「ご正妃様」

「カーラ。フリードはどう言ってた？」

「すぐに向かうと言っておられました」

「そう」

返事を聞き、にっこり笑う。

フリードが来ないとは思っていなかったが、やはり色よい返事をもらえるのは嬉《うれ》しい。軽く化粧を施してから食堂に向かう。途中でフリードと会った。

「リディ」

「フリード。すごい、ばっちりのタイミングだね」

お疲れ様と言いながら駆け寄る。フリードの手を握った。

「一緒に行こう」

「もちろん」

キュッと手を握り返される。歩き出すと、フリードが言った。

「そういえば、アレクが羨《うらや》ましがっていたよ。カレーが食べたかったんだそうだ」

「それなら兄さんも来れば良かったのに」

カレーはたくさん作った。ひとり増えたところで支障はない。私の返答を聞いたフリードが小さく笑う。

「？　何？」

「いや、リディならそう答えるだろうと思ってね、私からも誘ったんだけど断られてしまったんだ」

「そうなの？」

兄なら喜んで参加してくれるものと思っていた。

「なんでも、父上と母上もいるというところが問題だったらしい。今度また機会があれば作って欲しいって言ってたよ」

「ふうん。兄さん、あんまり気にしなさそうなのに……」

国王夫妻と一緒に晩餐《ばんさん》となれば、確かに緊張するだろうが、兄にそれは当てはまらない。

だって兄なのだ。平然と自分のペースでカレーを頬張《ほおば》っている姿が余裕で想像できる。

「まあ、いいけど。でもカレーって大量にできるから、作るならウィルやグレンも誘ってみるかなあ」

そういうのも楽しそうだ。

話しているうちに食堂に着いた。

幸いなことに、義母たちはまだ来ていなかった。国王夫妻を待たせるなどあり得ないことなので内心かなり安堵《あんど》していた。

とはいえ、時間ギリギリだったこともあり、すぐ後ろから義母の声が聞こえたのだけれども。

「リディ」

「お義母様」

振り返ると、義母が笑みを浮かべていた。国王も一緒だ。

「今日はそなたの手料理を食べられると聞いて、楽しみにしてきました」

「来て下さって嬉しいです、お義母様。陛下も是非、召し上がっていって下さい」

「姫の料理は美味《おい》しいとフリードから聞いているからな。私も楽しみだ」

「ありがとうございます」

国王の言葉に礼を言う。顔を上げ、おやと気づいた。

国王と義母、二人の距離が近いような気がしたのだ。これはもしかして手でも繋《つな》いで来たのだろうか。少し前、義母から聞いたことを鑑《かんが》みても、十分可能性はある。

「……お義母様」

義母に近寄り、こそっと声を掛ける。彼女は首を傾《かし》げ、「どうしたのですか？」と聞いてきた。

「……もしかして、今日も陛下と手を——」

「リディ！」

「あ、はい」

慌てて話を遮った義母の顔は赤かった。

これは間違いない。義母は国王と手を繋いでここまで来たのだ。

――うわっ、見たかった！

二人で仲良く歩いている姿を遠くからでも構わないから是非観察したかった。

もう少し遅く来ていたら、見ることができていたのかもしれないと思うと、とても悔しく思えてくる。だが、私やフリードに見られていたらきっと義母は国王に対し素直になれないだろうし、二人の進展のためにはこれで良かったのだ。

私はとても残念だったけれども！

――でも、お義母様、頑張ってる……！　すごい！

ここのところの義母の努力に感動した。国王と碌《ろく》に話もしなかった数ヶ月前を思えば、信じられない進歩である。いや、進化と言っていいかもしれない。義母は本気で国王と向き合っているのだ。

そんな義母に私ができることは、なんだろうか。

色々聞きたいし話したい気持ちはあるけれども、下手《へた》に突かず二人を見守ることに相違ない。

そう結論づけた私は、義母に向かって大きく頷《うなず》いてみせた。

大丈夫です、分かっています。私は何も言いませんよという意味を込めて。

心の中では親指を立てていたけれども。見えないところでしている分には構わないだろう。

義母は顔を真っ赤にしつつもそれならいいとばかりに何度も首を縦に振った。

可愛《かわい》い。

やはり義母は私の推しだ。

萌《も》えすぎて、ぐふぐふとだらしない笑いが出そうになるのを必死で堪《こら》えながら、皆と一緒に食堂の中に入る。中には侍従たちがいて、私たちを座席へと案内した。

全員が座ったのを確認してから侍従に目配せをすると、すぐに他《ほか》の侍従たちが恭しい態度で今夜の夕食を運んできた。

サラダやスープはもちろんだが、その他に二種類のカレーと四種類のナンが並ぶ。

カレー独特のスパイスの匂《にお》いが食堂内に広がった。

国王が珍しそうに目の前に置かれたカレーとナンを見る。

「ほう？　これが姫の作ったカレーというものか……」

「はい。是非、お召し上がり下さい。自信作です。本日は、羊と鶏《とり》の二種類のカレーを作りました。辛さは普通にしてありますが、もしもっと辛いのがいいとかご希望がありましたらお申し付け下さい。用意していますから」

説明すると、フリードがナンを見ながら言った。

「リディ。これは？　私はこんなパン、見たことないんだけど」

「ナンだよ。パンの一種なの。まだカレー店でも出していないから新作になるかな。いつもみたいにご飯の上に掛けるとあまりにも見た目が庶民的かなって思って、こっちにしてみたの」

簡単にではあるが、ナンがどのようなものかを説明する。

平たい、大きな草履《ぞうり》のような形のナンが珍しいのか、皆、じっと見入っていた。

反応次第では、店に出すことも検討しよう。そう思っていると、義母がフリードに聞いた。

「……フリードリヒはカレーを食べたことがあるのですか？」

義母から声を掛けられたことに驚いたフリードだったが、すぐに表情を戻し、頷いた。

「はい、母上。以前、リディと町に出かけた折、彼女の店で一緒に」

「まあ」

「私が食べたものは『カレーライス』というご飯にカレーが掛かったもので、このナンというものは今日初めて見ましたが」

「そうなのですね」

フリードの言葉に義母が頷く。最初はハラハラしたが、親子として普通に言葉を交わし始めた二人に、最後はほっこりしてしまった。

国王と目が合う。彼も妻と息子のやり取りを喜んでいたようで、口元が綻《ほころ》んでいた。

「……」

「……」

なんとなく目と目で会話をする。

『良かった』『良かったですね』と声には出さなくてもお互い通じ合った気がした。国王は優しい目で二人を見ている。

——嫁と息子の不器用な交流を見守る国王か……。

うん、これはこれでいい。やはり私は、ヴィルヘルム王家箱推しなのかもしれない。国王に義母にフリード。そういえばフリードの叔父《おじ》であるガライ様もイケおじだし、そう考えるとヴィルヘルム王家沼はかなり深い。もちろん私の最推しというか一番は、フリードだけれども。

そこは何が起ころうが変わらない。

「リディ。何をニマニマしているの？」

「んんっ、なんでもないよ」

ヴィルヘルム王家沼の温かさにうっとりとしていると、フリードが微妙な顔で私を見てきた。

咳払《せきばら》いをし、微笑《ほほえ》んでみせる。

「また妙なことを考えていたんじゃないの？」

「カンガエテナイヨ」

私の旦那《だんな》様が鋭すぎる。

「リディ」

「本当にフリードが心配するようなことは考えてないって。フリードが一番好きだって思ってただけだから」

「……それは何と比べて？」

「ヴィルヘルム王家全員？」

首を傾げる。フリードが呆《あき》れたように私の名前を呼んだ。

「……リディ」

「だ……だって、皆素敵だから」

「皆、ね。リディ、一応言っておくけど、私は一番より、『だけ』がいいから」

フリードはオンリーワンをお望みのようだ。まあ、そんな感じはするけど。そして間違いなく彼は私のオンリーワンなのだけれども。説明すると長くなりそうだと思ったので、ここは黙っておくことにする。

何だかグダグダになってしまったが、メインはこれから。気を取り直し、私は皆にカレーを食べようと声を掛けた。

どんな反応が返ってくるのか少し心配だったが、幸いなことに義母たちはカレーを気に入ってくれたようで、概ね好評な感想をもらうことができた。

意外だったのが、義母が辛いものが平気で、逆に国王の方が今の辛さでもキツいという反応をしたことだ。

様子を見に食堂に来ていた料理人を捕まえ、義母に辛めのカレーを、国王には甘めのものを持ってくるように伝える。

そうすると明らかに二人とも食べる速度が上がった。

特に義母はナンがいたく気に入ったようで、ジャガイモやチーズを練り込んだナンを美味しそうに食べていた。

「この辛さが堪《たま》りません。ナンともとても相性がいいですね。初めての食感と味ですが、私はとても好きです」

「そうですか。嬉しいです」

義母が上機嫌で食べてくれるのが嬉しくて笑顔になる。

国王も甘口に変えてからは食べやすくなったらしく、ホッとした顔でナンと一緒にカレーを楽しんでいた。

フリードは辛いのが好きと知っていたので、彼だけは最初から義母が今食べているのと同じ激辛カレーにしてある。

辛くしすぎたかなと思ったが、彼にはちょうど良かったようで、食欲が進んでいた。

「前回より美味しいよ。やっぱり、リディが作ってくれたからかな？」

「同じ味だってば。ただ、前回フリードがもっと辛くても大丈夫って言ってたから、辛さを変えてみただけ。ねえ、辛すぎない？　平気？」

「うん。私にはこれくらいの方が食べやすいかな」

「本当に？　やりすぎたかなって少し心配してたんだけど」

フリードと義母の食べているカレーは、実は私には食べられない辛さである。

この二人、味覚も似ているのだろうか。

私は標準の辛さのカレーを楽しんだが、それぞれ辛さの好みが違うのが面白い。

「このナンも美味しいね。私はライスよりもナンで食べるのが好きかな」

「ほほう、思っていた以上に好印象。これはカレー店で出してみる価値があるかも」

フリードの感想を聞き頷く。今度、カレー店の皆と相談してみよう。

楽しい時間はあっという間に過ぎる。

食事が終わり、私がお土産《みやげ》に買ってきた珈琲《コーヒー》を食後に楽しんだ。

すっきりと飲みやすい珈琲を義母だけでなく国王も気に入ってくれたようだ。

「兄さんにも今度、珈琲を出してあげようかな。あと、ナンも」

兄はカツカレーがお気に入りらしいのだが、せっかくだからナンを食べてもらうのもいいかもしれない。イルヴァーンの珈琲も嫌いではなさそうだったし、きっと喜んでくれるだろう。

兄の名前を出すと、フリードが聞いてきた。

「それはさっき言ってた、ウィルやグレンを誘って……ってやつかな？」

「うん。場所は……実家の庭でガーデンパーティー形式にしようかなぁ」

さすがに城でやるには気が咎《とが》める。

そう思い言うと、フリードがムッとした顔をした。

「リディ、公爵家に帰るの？」

「フリード？」

「……まだ結婚して半年も経《た》っていないのに、もう実家に帰るなんて」

どうやら私の旦那様は拗《す》ねているらしい。

分かりやすくムスッとした夫を可愛いなあと思いながら、私は彼に笑顔を向けた。

「大丈夫。ガーデンパーティーが終わったら、すぐに帰ってくるって。それにまだ計画段階だから」

実現するかも分からない。だが、フリードは本気の顔で言った。

「アレクやウィルが参加するパーティーなら私が参加しても問題ないよね。一緒に行って一緒に帰ろう。それなら……まあ」

「ん？　フリードも来てくれるの？」

忙しい人だ。無理に誘う気はなかったのだが、彼は「当然」と頷いた。

「リディが他の男たちと一緒に楽しんでいると分かっていて行かないなんてあり得ないよ」

「言い方」

まるで私が男を侍《はべ》らせているみたいである。

微妙な顔をする私に、フリードが真剣に念を押してくる。

「絶対に、絶対に時間を作るから。リディ、予定を組む時は絶対に誘ってよ」

「う、うん」

今、絶対と三回言った。

フリードの本気を感じ取り、らしいなと笑っていると、珈琲を飲んでいた義母が呆れたように言った。

「フリードリヒ」

「……」

「全く。そなたはリディが絡むと、本当に駄目になりますね」

ふいっと義母から視線を逸《そ》らすフリード。よく見ると、少し気まずそうにしている。どうやら自覚はあるようだ。

私はクスクス笑いながら義母に言った。

「お義母様、大丈夫です。私、こうやって分かりやすく嫉妬《しっと》してくれるフリードが好きなんですから」

ら。

「リディ」

フリードがパアッと嬉しそうな顔をする。別に彼を庇《かば》ったわけではない。これは私の本音だ。フリードが我が儘《まま》を言ったり、ちょっと呆れるような行動を起こすのは、彼が私のことを好きだか

それを分かっている私が、嫌な気持ちになどなるわけがない。

正直に告げると、義母は変なものを見るような目で私を見てきた。

「そなたのことは可愛いと思っていますし、息子と仲良くしてくれるのは嬉しいですが……その、なんというか趣味が悪いですね」

「はは……」

思わず視線を宙に彷徨《さまよ》わせる。

フリードは私にとってとても大事な旦那様だが、行きすぎた嫉妬や普通とはかけ離れた絶倫ぶりを考えると、趣味が悪いと言われても否定できなかったのだ。

自覚があった私は、苦笑いをするしかなかった。

12・彼と情報屋（書き下ろし）

もうすぐイルヴァーンから、オフィリア王女がやってくる。

そのせいもあって仕事に忙殺される日々が続いていた私は、書類から目を離し、軽く肩を回した。

書類仕事をずっとしていたせいか、ゴキという嫌な音が鳴る。少しストレッチをした方がいいかもしれないと思い、椅子《いす》から立ち上がった。

「まだまだ掛かりそうだな」

机の上には未決済の書類がうんざりするほど残っている。さっさと片付けなければ、定時には上がれないだろう。それは愛《いと》しい妻の元へ戻る時間が遅れるという意味で、それだけは絶対に避けたいと思っていた私は、もう一踏ん張りするかと息を吐いた。

執務室にいるのは私だけでアレクはいない。彼は先ほど決済を終えた書類を抱え、急ぎ足で部屋を出ていったからだ。

アレクが戻ってくるまでの間に少しでも仕事を進めておこう。そう思っていると、コンコンと扉をノックする音がした。

「？　どうぞ」

誰《だれ》だろう。

今日の予定に誰かが訪ねてくるとは聞いていない。アレクならノックなどしないし、もしかしたら緊急の用件だろうか。だとしたら、今日の残業は確定だ。

それは勘弁してもらいたいと心から思っていると、扉が開く。ひょいと顔を出したのは、予想外の人物だった。

「よ！」

「……アベル」

部屋に入ってきたのは、元サハージャの情報屋、通称『万華鏡《カレイドスコープ》』と呼ばれるアベルだった。

彼は私に向かって挨拶《あいさつ》するように手を上げると、緊張した様子もなくこちらに歩いてきた。

「依頼料の徴収に来ましたよっと」

彼の言う依頼料とは、私が彼に頼んだ『身代わり』のことだ。イルヴァーンで私に懸想《けそう》した女の目を引きつけておくようにと依頼し、彼はそれを見事に遂行してくれた。

独自にヴィルヘルムに向かうとは聞いていたが、まさか直接執務室までやってくるとは思わなかった。

「驚いたな。どうやってここまで来た？」

正直な気持ちで尋ねたのだが、返ってきたのは頓珍漢《とんちんかん》な回答だった。

「え？　普通に民間用の転移門を使って？　まあ、民間用だからめちゃくちゃ金は掛かったけど、オレ、別にケチなつもりはないから。金に糸目を付けなければ、それなりの早さでヴィルヘルムまで来れる。イルヴァーンの王子様にはたっぷり礼金をもらったから十分余裕はあったしな」

ニコニコしながら言っているところを見るに、わざと答えをはぐらかしているわけでもないのだろう。

「いや、そうではなく。どうやってこの執務室まで来たのかと聞いている。このファフニール城はそれなりに警備が整っていると思っていたのだが」

「ああ、そういうこと！」

理解したという風に、アベルがポンと手を叩《たた》く。

「カインと同じように天井を通って来たのか？　それともヒユマに伝わる秘術でも使ったか？」

アベルとカインは同じ一族出身だ。つまりカインと同じことがアベルにもできると考えられる。私の疑問にアベルは首を横に振って答えた。

「まっさか。そんな面倒くさいことしないって。適当にヴィルヘルムの兵士に変装して、普通に廊下を歩いてきただけ。この部屋の前にいた兵士たちも、快く通してくれたぜ。『殿下に緊急のお知らせがある』って、真面目《まじめ》な顔をすれば一発だ」

「……」

アベルが特に得意とするのは変装術で、それは他《ほか》の追随を許さないほど素晴らしいものだということは知っていたが、実際に苦にした様子もなく私の元にたどり着いたところを見せられると、その能力にゾッとする。

彼の力があれば、どこにでも潜り込めるだろう。以前、ペジェグリーニ公爵に変装していたが、彼らしくない言動がなければ正直、本物だと信じてしまっていたと思う。

あまりにも完璧《かんぺき》な変装術。彼の能力は恐ろしいほどの可能性を秘めている。下手《へた》をすればカイン以上だ。

今はどこにも所属していないフリーのようだが、やはりこんな危険な男は野放しにしておけない。絶対に味方にしておかなければと改めて決意した。

「依頼料、だったな」

彼の目的を思い出し、無造作に執務机の引き出しを開ける。そこには金貨が詰まった袋が入っていた。アベルがいつ来てもいいようにこちらも準備していたのだ。

「持っていけ」

袋ごと、彼に放《ほう》り投げる。アベルはそれを危なげなくキャッチし、そそくさと袋を開けた。

その目が輝く。

「すげー……。えっ、マジでこれ、全部もらっていいの？」

私を見る目は期待に満ちていた。

何せ彼に渡した金貨は、提示していた額の倍ほどあった。アベルが守銭奴だということは分かっているので、多めに用意したのだがどうやら正解だったようだ。驚いた彼に向かって鷹揚《おうよう》に頷《うなず》く。

「ああ、お前には向こうでずいぶんと世話になったからな。それにヴィルヘルムにいるうちは、私に飼われてくれるのだろう？　私は自分に忠実な部下には寛容な男のつもりだ」

「お、おお……さすが大国ヴィルヘルムの王太子。太っ腹だ……オレ、なんかキュンキュンしてきた……金払いの良い男とか、めちゃくちゃときめくんだけど」

「気持ち悪い」

反応が良かったことには安堵《あんど》したが、リディ以外にときめくと言われたところで嬉《うれ》しくもなんともない。私の言葉にアベルは「冗談だって」とヘラヘラ笑った。

「いや、でも最初からこのレベルのお付き合いをしてくれるんなら、オレの方に不満はないっつーか。今日はさ、実際どんな感じでオレを飼ってくれるのかって様子見に来たのもあったんだけど、これだけ評価してくれるんなら十分。今後とも、宜《よろ》しく頼むぜ！」

「ああ、お前が私に忠実であるうちは、お前が満足するだけの賃金を払うと約束しよう」

「忠実であるうちはって付くところが怖いんだよなあ。でもオレ、金が絡んだ約束は破らないから、そこは安心してくれていいぜ。じゃ、そういうことで契約成立っと。で、早速なんだけど」

「ん？」

いそいそと金貨の入った袋をしまい込み、アベルがニッと笑った。そうして窓を指さす。

「窓、開けてもいいか？」

「……構わないが」

一体何をするつもりなのか。頷くとアベルは窓際に行き、カーテンを開けた。窓を開け放つ。そうして何かに向かって大きな声で呼びかけた。

「リッキー！」

「ポッポー！」

何かがものすごい勢いで部屋の中に飛び込んでくる。灰色の塊。それは――。

「……鳩《はと》？」

アベルの呼びかけに応《こた》え、執務室内に入ってきたのは小ぶりの鳩だった。灰色のどこにでもいるような鳩。その鳩はクルクルと室内を飛び回ると、アベルの肩に落ち着いた。

「ポーッ」

「……アベル、それは？」

「リッキーだ」

「……リッキー」

名前を聞きたいわけではないのだがと思いながら彼を見る。アベルは首を傾《かし》げ、私に言った。

「あれ？　死神さんとか王太子妃さんとかから聞いてない？　オレが鳥の言葉が分かるって話」

「あ、ああ……それは聞いているが」

オフィリア王女が誘拐された時、アベルが鳩を使って場所を探し当てたというのはカインからの報告で私もリディも知っている。それを聞いた時はさすがに驚いたし、鳥の言葉が分かるような存在がいるのかと、世の中は広いと感心したものだ。リディは興味津々《きょうみしんしん》で「鳩！　鳩と喋《しゃべ》ってたの？　すごい！」と目をキラキラさせていたが。

「だったら分かるだろ。こいつをオレとの連絡用にする。なんか依頼があれば、リッキーを飛ばしてくれ。リッキーにはそういう風に話を付けてるから」

「……念話契約をすればいいのでは？」

わざわざ鳩を飛ばさなくても、それだけで済む話だ。だがアベルは嫌そうな顔をした。

「え、そんなことをしたら、四六時中《しろくじちゅう》あんたに呼び出されるじゃん。絶対に嫌だ」

「さすがにそんなことをするつもりはないが……」

「……んー、正直な話、オレもまだ絶対的にあんたを信用しているわけじゃないってこと。念話契約をしてもいいいって思えるほど、あんたのことを知らない。それはあんたもそうだろう?」

「私は構わないが」

念話契約は、基本的に余程親しい間柄でないとしないものだ。

だが、この男に信頼を見せるためには必要なことだろうと思い、私の方は最初から契約を持ちかけるつもりだった。

「え、あんた、どこの馬の骨とも分からないオレと念話契約するつもりだったの? マジで? そんな奴《やつ》、今までひとりもいなかったけど」

「その者たちと私では考えが違うというだけだ。私は構わないと思っている」

きっぱりと告げると、アベルはポリポリと頬《ほお》を掻《か》いた。

「……うーん。オレを信用してくれるっていうあんたの気持ちは買うけどさ。とりあえず、今はまだ保留にして欲しいっていうか」

「分かった」

こういうものは双方の同意がなければ意味がない。頷くと、アベルは「そういうことだから、リッキーを置いていくな」と言った。

――ん?

「待て。置いていくというのはどういう意味だ」

「文字通りの意味だけど。オレとの連絡用の鳩なんだから、ここに置いとかないと意味がないだろう？」

「……私に鳩を飼えと？」

「おう、飼ってくれ」

即座に答えが返ってきて、額を押さえたくなった。

つい先日、リディのお強請《ねだ》りで狼《おおかみ》を城に迎えたばかり。そんな中、更に鳩。……鳩。

ポッポーと自己主張するかのように鳴く鳩を見る。

「餌《えさ》は一日一回～二回な。新鮮な水は常に用意しておいてくれ。あと――」

つらつらとアベルが鳩の飼い方について教示してくる。それに頷きつつ、まあ、リディなら喜ぶかもしれないと思い直した。

「っと、注意事項はそれくらいかな。こいつ、元々はイルヴァーンにいた鳩なんだけど、意気投合《いきとうごう》してさ。一緒にヴィルヘルムに来たんだ。仕事は誇りを持ってするタイプだから安心してくれよな」

「……」

最早《もはや》何にどう突っ込めば良いのか分からない。

鳩と意気投合というのもおかしな話だし、鳩が誇りを持って仕事をするというのも意味不明だ。

私はなんとか気を取り直し、アベルに聞いた。

「……そうか。で、お前はどこに住むつもりだ？」

「王都内のどこか、かなあ。こっちに着いたばっかりでまだ決めてないけど、リッキーには分かるようにしとくから」

「分かった」

頷くとアベルは「あ、そうだ」と思い出したように言った。

「そういえばさ、王太子さん、ひとつ聞きたいんだけど」

「なんだ？」

答えられるものなら、という気持ちでアベルを見る。彼は髪をガサガサと掻きながら言った。

「ここに来るまでにさ、城内の構造を把握がてら、色んなところを通ったんだけど。……そのさ、城内に狼がいたなって。さすがに野生の狼が野放しにされてるとは思わないから……飼ってるのか？」

「ああ、リディの希望で」

グラウを見たというアベルに、肯定を返した。どうやら彼は王族居住区にまで入り込んでいたらしい。本当に侮れない男だ。

「マジで？　とことんすごいな、あの王太子妃さん。狼まで手懐けてんの？　つーか、危なくないか？」

「グラウは賢い。害意のないものを傷つけたりはしない」

「へえええええ……」

感心したように目を見張り、アベルは「あの狼がねえ」と言った。

「ん？　知っているのか？」

彼の言い方はまるでグラウを知っているかのようだ。そう思い尋ねると、彼はあっさり認めた。

「ああ。あのでかい狼だろ。知ってる。っつーか、魔女のところで見たんだよな」

「魔女？」

私が知っているのは、薬の魔女であるデリス。そして結びの魔女メイサ。そしてつい最近薬の魔女から聞いた鉄の魔女と呼ばれる存在だ。

そのうちの誰かなのかと思い聞いてみると、彼は首を横に振った。

「オレが契約した魔女とは違う。二つ名は教えてくれなかったから知らないけど、王太子さんが言うその三人って、サハージャにはいないんだろう？　なら別の魔女だ。オレが誰とも契約しなくてもヒユマの秘術を使えるのは、その魔女と契約したからなんだよな。……で、話は戻るんだけど、その魔女を訪ねた時にさ、あの狼がいたなって。鎖に繋《つな》がれてたし、何年も前の話だからもしかしたら別の狼かもしれないけど、多分、同じ奴だと思うんだ。あのめったにないでかい図体もそうなんだけど、灰色と銀が混じった鋭い眼光に見覚えがあってさ」

「……別の魔女」

私たちが知らない魔女と契約したというアベルを見る。彼は笑い、私に言った。

「ま、そういうことでちょっと気になっただけ。魔女のところにいた狼がどうしてヴィルヘルムの城にいるんだろうって」

「……リディから聞いた話では、グラウは見世物小屋にいたそうだ」

「えっ、じゃあ、やっぱり別の狼か……？　あの魔女、狼を鎖に繋いで大分嬲《なぶ》っていたようだったけど、お気に入りはお気に入りって感じだったから、まさか売り飛ばしたりはしないだろうし……」

腕を組み、悩み始めるアベル。だがすぐに面倒になったらしく「どうでもいいか」と投げやりになった。

「ま、オレには関係ない話ってね。じゃ、今日の用事はこれだけだからオレは行くわ。リッキーのこと、宜しくな！　こいつ、城で美味《うま》い飯が食べられるって期待してるから、いいものを食わせてやってくれ」

「……善処する」

鳩の好物など分からないのでそうとしか答えられない。

微妙な顔をする私を見てアベルはひとしきり笑うと、カインと同じように印を組み、その場から姿を消した。

13・彼女と親友の来国

光陰矢のごとしとはよく言ったもので、気づけばレイドが来国する日になっていた。

昼食を食べてすぐ、私はワクワクしながらフリードと一緒に転移門のある部屋へと向かった。

「レイドが来てくれるの、楽しみ……」

たった十日間ではあったが、彼女と過ごした日々はとても楽しかった。友誼《ゆうぎ》を結び、互いに親友と呼ぶようになったレイドが来てくれることを私は心待ちにしていたのだ。

ウズウズしている私を見て、フリードが複雑そうな声で言う。

「……リディ、気持ちは分かるけど、あんまり楽しみ、楽しみと連呼しないで欲しいな」

「ん？」

「許可したのは私だけど……やっぱりリディが私以外のことに気を取られているのは気に入らないから」

入室しながら告げられた言葉を聞き、苦笑した。

こういう時、嫉妬《しっと》していることを隠さないのがフリードだ。黙っていられて後で爆発されるよりは余程良いと思っているので、私は彼の手をギュッと握りながら言った。

「ごめんね。でも、フリードは私の旦那《だんな》様で、レイドとは別枠でしょう？」

愛する夫と大事な友人を同じ括《くく》りにはできない。当然のことだ。

だがフリードは納得できない様子で、ムスっとしている。

「……それは分かってるけど」

「大体、レイドには好きな人がいるってフリードも知っているでしょう？　女性で、更に好きな人もいるような人にまで嫉妬しないでよ。私、フリードがレイドがヴィルヘルムに来ることを頷《うなず》いてくれてすごく感謝しているんだから」

最終決定はもちろん国王だが、レイドがこちらに来る件についてはフリードも一枚噛《か》んでいる。もし彼が「嫌だ」と言っていれば、彼女の来国は実現しなかっただろう。そういう意味でも私はフリードに感謝しているのだ。

「おい、そろそろ転移門が起動する時間だぞ」

まだ少し拗《す》ねているフリードの機嫌を取っていると、兄が声を掛けてきた。

転移門のある室内には、私とフリード、そして兄と転移門を操作するウィルに護衛といった面々がいた。国王や宰相である私の父がいないのは、私がレイドの友人であることが考慮されたから。

出迎えるのは知っている人たちだけの方がいいだろうということで、この面子《めんつ》となったのだ。

国王たちとの面会は今夜、歓迎の宴《うたげ》が予定されているのでそこで行われるらしい。彼女の荷物はすでに昨夜のうちに運び込まれている。あとは本人が来るだけという状態なのだ。

「あ」

転移門が白く輝く。光が収まると、そこにはレイドと彼女の護衛であるエドワードが立っていた。

エドワード・ランティノーツ。

すでに絶縁されているが侯爵家の元令息で、彼女を偏愛しすぎた結果、レイドを誘拐するという行動に走った、イルヴァーン一の騎士だった男だ。

王族を誘拐なんて、通常は処刑されても仕方がないのだが、被害者であるレイドがそれを止めさせた。今後は爵位も失ったただの『エドワード』として死ぬまでレイドにこき使われるという話になったのだが……先日エドワードは真性のマゾっぽいことが判明したので、それはむしろ彼にとってご褒美なのでは？　と私はこっそり思っている。

そんな恐ろしい男とたった二人でやってきたレイドは、私と視線が合うとにっこりと笑った。

「リディ」

「いらっしゃい！　レイド！」

転移門から降りてくる彼女に駆け寄る。

彼女の格好はいつも通りの見慣れた男装姿だった。短い緑色の髪も相変わらずで、とてもよく似合っている。

「久しぶり……というほどでもないけど、でも久しぶり。会えて嬉《うれ》しい」

笑顔で再会を喜ぶと、彼女も嬉しげに言ってくれた。

「私もだ。私にとっては初の外国だからな。緊張するかもと思ったのだが、君がいると考えたら良い意味で力が抜けたよ。……実はな、内緒なんだが最初は女性もののドレスを着ようかと悩んでいたんだ」

「え、そうなの？」

――女性の服装を好まないレイドがわざわざ?

彼女の言葉に驚いた。目を瞬かせていると彼女はクスクス笑う。

「基本、外国の使節団なんかと会う時はドレス姿だったからな。それならヴィルヘルムに行く時もそうするべきかと。だがそれは私本来の姿でも望みでもない。それに、年単位で滞在することが決まっている国で続かない見栄を張っても仕方ないだろう? そう気づいてな。いつも通りで行こうと決めたんだ」

「うん、いいと思う。レイドはどっちもよく似合うし、何より嫌なことを強制できないもんね」

「君たちなら細かいことを言わないだろうという目算もあった。何せ君たちはすでに私のことを知ってくれているのだから」

「言うわけないじゃない」

格好なんて個人の自由だし、レイドは決してだらしない格好をしているわけではない。きちんとTPOにあった服装を選んでいる。ただ、それが男性用のものだというだけ。男装だってとてもよく似合っているのだから、他人がどうこう言うべきではないのだ。

「オフィリア王女、お久しぶりです」

レイドと楽しく話していると、フリードがやってきた。ささっと私の腰に手を回すのは、最早《もはや》お約束だ。どうやら彼を放《ほう》ってレイドのところへ行ったのが、余程気に入らなかったらしい。

とはいえ、フリードもさすがに言葉にしたりはしないが……態度と行動で大体分かる。

私も彼という男を大分、分かってきたということなのだろう。

レイドが姿勢を正し、フリードに挨拶《あいさつ》をする。

「フリードリヒ殿下、お久しぶりです。この度は、私の留学に尽力して下さってありがとうございました。ヴィルヘルムに滞在できるのはあなたのおかげだと、父と兄から聞いています」

「いえ、リディの友人のために骨を折るのは当然のことですから」

和《なご》やかに会話をする二人。

レイドとフリードが話すのをニコニコしながら聞いていると、フリードが私に言った。

「リディ。オフィリア王女を部屋まで案内して差し上げてくれる？」

「え、いいの？」

彼の言葉に目を瞬かせる。そういうのは女官の役目だから私には回ってこないものだと勝手に思い込んでいた。フリードが優しく目を細める。

「うん。リディは功労者だからね。できれば自分で案内したいんでしょう？」

「ありがとう！」

大喜びで頷いた。レイドのためにと色々考え用意した家具の数々やその配置。ぜひ直接彼女に披露したい。顔を輝かせた私を見て、レイドが首を傾《かし》げる。

「リディ？」

「実は、あなたの部屋は妻が準備をしたのです。あなたが好きそうなものはどれだろうと、一生懸命だったと聞いていますよ」

「そうなんですか……！」

フリードから話を聞いたレイドが破顔する。

「リディ、ありがとう。私のために頑張ってくれたんだな」

「友達のためだもの。その……レイドが少しでも過ごしやすいと思ってくれればって……喜んでくれるといいなって思うんだけど」

「友人が自分のためを思って用意してくれたのに喜ばないはずがないだろう。そうか……リディが私のために。いや、俄然《がぜん》部屋を見るのが楽しみになってきたな。リディ、早速案内してくれ」

「うん！」

レイドが喜んでいるのが伝わってきてこちらも嬉しくなる。私はレイドを連れ、彼女の住む場所へと案内した。フリードはついてこなかった。他国の王族、しかも未婚女性の部屋に立ち入るつもりはないそうだ。とはいえ、私だけを行かせるつもりもないようで、カーラとカインも一緒に来ることになった。カーラは臨時の手伝い要員。カインは言うまでもなく護衛である。

「ああ、イルヴァーンの自室を思い出すな！」

彼女が住むことになる塔へと案内すると、彼女は嬉しげに内装を見て回った。どの階にある部屋も色々と気を使ったのだが、特に力を入れた彼女の私室は、どうやら気に入ってもらえたらしく、その声はずいぶんと弾んでいた。

男性用の機能重視の執務机や、使いやすさを念頭に置いた、大きいけれどシンプルな形のベッド。彼女の部屋にあったのと似た形のソファなどをレイドはひとつひとつ確かめ、満足そうに頷いた。

「すごいな……！　見事に私の好みを突いている！」

「本当？　良かった……！」

きっとレイドは気に入ってくれる。そうは思っていても、実際どうなるかは分からない。特に好みというのは難しいものだから、確率的には半々だと思っていた。

レイドは上機嫌に執務机をコンコンと指で叩《たた》いた。

「特にこの机が非常に私好みだ」

「あ、それはなんかそんな気がしてた！　レイドの部屋にあった机を参考にして選んでみたの」

よしと拳《こぶし》を握った。私たちの会話を聞いていたカーラも笑顔だ。視線を向けると、カーラは私に向かって深々と頭を下げた。

「私共もホッといたしました。気に入っていただけて本当に良かった。これもご正妃様のおかげです。私共だけでは、オフィリア殿下を満足させられる品を選べなかったでしょうから。本当にありがとうございます」

「私がしたくてしたことだから。でも気に入ってもらえて本当に良かったわ！」

レイドが喜んでくれたのなら何よりだ。カーラが「あ」と声を上げる。

「どうしたの？」

「ご正妃様。そろそろ夜会の準備をなさいませんと」

「え、もうそんな時間？」

執務机の上にある置き時計を確認すると、確かにいい時間になっていた。慌ててレイドに言う。

「ごめん、レイド。私、そろそろ行かなきゃ。今夜のレイドの歓迎の宴。その準備をしないといけないの」

「ああ、それは私も同じだな。それではリディ。またあとで」

「うん、またあとで……って、そうだ。レイド。女官は連れてこなかったの？　その……護衛の彼だけ？　着替えとか色々困るんじゃない？　だってレイドは女性なんだもの」

タイミングが良かったので、聞きたいと思っていたことをここぞとばかりに質問する。彼女は何でもないように肩を竦《すく》めた。

「ん？　特には困らないぞ。大体君には言っただろう。私は大抵のことはひとりでできると。食事についてはエドが用意するし、特に問題になることはないな」

「待って？　ランティノーツさんが作るの？　嘘《うそ》でしょう!?」

さらりと告げられた爆弾発言に思わず耳を疑ってしまった。レイドが「うん？」と首を傾げる。

「言ってなかったか？　こいつの料理の腕はなかなかのものだぞ。レパートリーが少ないのが玉に瑕《きず》だが、私は食に執着があるわけではないしな」

「……え？　レイド、彼の手作りご飯を食べるの……？」

「なんなら、掃除もさせる予定だ」

「掃除も……!?」

「洗濯は……どうかな」

「やめてぇ！」

自分を誘拐し、何なら殺そうと首を絞めてきた過去を持つ男に己の世話をさせると聞き、眩暈《めまい》がしそうになった。

——む、無理……。

食事の用意だけではなく、掃除に……洗濯？　私には到底できない。

彼女の肝が据わっているのは知っているがこれほどとは思わなかった。愕然《がくぜん》としつつもレイドを見ると彼女は平然と言ってのけた。

「私を嫌っている女官に世話をさせる方が不快だ。だがその点、エドは私に忠実だからな？　絶対に逆らわない。なあ、そうだろう？　エド。お前は私を裏切らないよな？」

目線を向けられたエドワードはさっとその場に膝《ひざ》をつき、恍惚《こうこつ》とした表情で身体《からだ》を震わせ肯定した。

「当然です。私はあなたの忠実なる僕《しもべ》。どのようなご命令でも従います。死ねとおっしゃるなら、今すぐにでもこの喉《のど》を貫いてご覧に入れましょう。……はあ……その見下すような目……素敵だ」

「うわっ……」

エドワードが相変わらずすぎてドン引きした。レイドも眉根《まゆね》を寄せている。

「お前はいつも不快な一言が多いな。……もういい。下がれ。用事があれば呼ぶ」

「はい、オフィリア様」

陶然とした表情でエドワードが下がる。彼の言葉は、まるでハートマークでもついているかのように甘かった。……とても気持ち悪い意味で。

「……レイド」

やはり彼を処分しなかったのは間違いだったのではないだろうか。というか、唯一連れてきた護衛が彼というのがもう……ある意味イルヴァーンの闇《やみ》を感じさせる。彼以外にいなかったという辺りが。

私は泣きそうになりながら、彼女の両肩をがしりと掴《つか》んだ。

「……お願い。食事も女官もこちらから提供させて？　レイドは王族なんだし、さすがに使用人がひとりっていうのは……」

本気で言ったのだが、彼女はキッパリと断った。

「いや、いい。とりあえずは自分たちでなんとかしてみるさ。女官を連れてこなかったのは私の勝手だしな。だがそうだな……無理だったらその時はお願いしても構わないか？」

「いつでも言って！　こちらとしては今すぐにでも引き受けたいくらいだから！　ねえ、カーラ」

私の必死さに何かを感じ取ったのか、カーラが真剣な顔をして頷く。

「はい。すでに候補者は絞ってありますのでいつでもお声掛け下さい」

「うん。本当にいつでもいいから……って、あ」

そこでとても嫌なことに気づいてしまった。

ヴィルヘルムに滞在するレイドのために用意された塔。そこで彼女たちが実質上二人きりで生活するのだという事実に……。確かにエドワードは使用人だが、それ以前に成人男性。しかも彼は、レイドのことが好きなのだ。エドワードがレイドに絶対の忠誠を誓っているのは知っているけど、それとこれとは別問題。

――普通、年頃《としごろ》の男女が二人だけで同じ塔に寝起きする？

夫婦でも恋人でもない。……それどころか最大限に譲って友人同士というわけでもないのに。

階が違っても絶対にそれはいけないと思ってしまった。

「レイド」

再度彼女の肩を掴む。真剣な顔をした私を見て、レイドが目を瞬かせた。

「どうした、リディ」

「やっぱりうちから女官を派遣する。ううん、派遣させて。……レイドは嫁入り前なんだから、何かあったら、責任問題だけじゃ済まないと思うの」

「リディは大袈裟《おおげさ》だな。そんなこと起こるわけがないだろう」

軽くあしらわれたが私は退《ひ》かなかった。だってあのヤバいエドワードだ。どこでどのネジが突然緩むか分かったものではない。そしてもし彼女が襲われるようなことにでもなったら——。

国際問題、まっしぐらだ。

何せ、レイドは次期女王となることが決まった身。その大事な彼女が汚された、なんて醜聞は絶対に避けなければならないのだ。その犯人がたとえ、彼女の国の民であっても。

ヴィルヘルムで起こったことはヴィルヘルムの責任。そういうものなのである。

私は彼女と目を合わせた。そうして真顔で言う。

「ううん！　これはヴィルヘルムのためでもあるから！　私を助けると思って、お願い……!!」

「あ……ああ、リディがそこまで言うのなら」

私の迫力に気圧《けお》されたのか、レイドが動揺しつつも頷く。その答えを聞いた私は心からホッとし、カーラに早速女官を派遣するよう申しつけたのだった。

◇◇◇

夜になり、予定通りレイドのための歓迎の夜会が開催された。

自らを偽るつもりはないと言っていた彼女は、当然のように男性用の盛装姿で参加した。あらかじめ、彼女の男装のことは父や国王が周知していたこともあり、大きな混乱もなく、夜会は終始和やかに進んでいた。レイドは国王や父、他《ほか》の高位貴族たちと笑顔で歓談している。

彼女が挨拶を済ませ、ひとりになったのを見計らってから、私はフリードと一緒に彼女の元へと向かった。

「楽しんでる？　レイド」

声を掛けると、レイドの表情が柔らかいものへと変化した。どうやら緊張していたようだ。

彼女は夜会の会場をぐるりと見渡すと、感心したように言った。

「ああ、とても楽しませてもらってる。私は外国へ来たのは初めてだから、何もかもが目新しくて驚きの連続だよ」

「その気持ち、分かる。私もイルヴァーンに行った時、全部が珍しくて楽しかったもの」

元々レイドに王位継承の予定はなかったし、男装の件もあり、自国から出たことはなかった。初の外国文化に触れ、ワクワクしているように私には見えた。

フリードがレイドに言う。

「良ければ私たちと一緒に、少し庭に出ませんか？　大勢の人と会って疲れたでしょう。気分転換になると思います」

「是非」

フリードの提案に、レイドはホッとしたように頷いた。

三人で移動する。今夜の主役がどこに行くのかと皆、こちらを見てきたし、中にはついてこようとした者もいたが、フリードが牽制《けんせい》した。

「三人で少し話してくるだけだ。庭に出るがすぐに戻るから邪魔はしないで欲しい」

彼にそう言われて、ついてこれるものがいるはずもない。私たちは無事、三人で庭に出ることに成功した。まあ、誰《だれ》もいないと言っても、どこかにカインはいるのだろうけど。

庭の少し奥にある噴水のところまで歩く。レイドは噴水の縁に腰掛けると、大きな溜息《ためいき》を吐《つ》き、疲れたような顔で私たちを見た。

「こういう席は慣れないので、とても助かりました。ありがとうございます、フリードリヒ殿下」

「すぐに慣れますよ。それにリディがあなたと話したがっていましたから。何を話すにしても、人がいない方がいいでしょう」

フリードの気遣いに、私も嬉しく思った。レイドとは色々話したいと思っていたけれど、人がいるところでは内容はかなり限られてくる。仕方のないことだけれど、それは嫌だなと思っていたのだ。

レイドも同じことを思っていたのか、再度フリードに礼を言っていた。そうして私に聞いてくる。

「ところでリディ」

「ん？」

「その……今日は、彼は夜会には参加していないのか？　姿が見えないようだが」

「彼って……もしかしてアベルのこと？」

フリードもレイドがアベルを好きなことは知っているので名前を出す。彼女は顔を赤らめながらも頷いた。

「あ、ああ。その、彼、ヴィルヘルムに来てるんだろう？　フリードリヒ殿下の元にいるのなら今日の夜会にも参加しているかと思って期待していたんだが」

「フリード、知ってる？」

アベルが参加しているかどうかは私には分からない。彼に尋ねると、フリードは少し考える素振りを見せた。ゆっくりと口を開く。

「アベルは参加していないはずだよ。確かにヴィルヘルムには来ているし彼とも会ったけど。城に住んでいるわけではないし、彼とは何かあった時にだけ連絡を取り合うことにしているから、詳しくは知らない」

「……そうですか」

あからさまにガッカリした様子でレイドが肩を落とす。好きな人に会えるかもしれないと期待して今日の夜会に臨んだのだろう。楽しみにしていた分、ショックは大きいようだ。

「いや、まあ、そうでないかとは思っていたんですけどね。ああでも、ヴィルヘルムに来てると分かっただけでも儲《もう》けものです」

「フリード、アベルと話したのなら、彼がどこの宿に滞在しているとかって分かる？」

恋する乙女《おとめ》が悩んでいるのだ。友人としてもできる限りの協力はしたいと思った私は夫に聞いた。

フリードが首を横に振る。

「いいや。王都に住むとは聞いているけどね」

「王都かあ……王都と一口で言っても広いからなあ。レイド、明日にでも私と一緒に町に出かけない？　案内がてら、アベル探ししようよ」

「良いのか？」

レイドの顔がパッと輝く。それに頷いた。

「もちろん。好きな人に会いたいって気持ちは分かるもの。ね、フリード。明日、レイドと出かけていいよね。もちろん護衛はちゃんと連れていくから」

お願いと両手を合わせて頼むと、彼は逡巡《しゅんじゅん》しつつも頷いてくれた。

「町を案内、か……。まあ、護衛を付けるなら構わないけど」

「良かった！　あ、そうだ、フリード。アベルと会ったんだよね。彼、どんな感じだった？」

レイドに少しでも情報を与えてあげたい。好きな人の近況を聞くだけでも気持ちは違うはずだ。そう思った私はフリードにアベルのことを尋ねた。

「ん？　彼はいつも通りだったけど……ああ、そういえば」

何を思い出したのか、フリードが苦虫を噛み潰《つぶ》したような顔になる。

「フリード……？　どうしたの？」

アベルのことで何かあったのだろうか。再度尋ねると、彼はボソリと小声で言った。

「……鳩《はと》を置いていった」

「鳩!?」

声がひっくり返った。アベルがフリードの元へ行ったのは分かる。イルヴァーンでの依頼料を受け取りに来たのだろう。だが、鳩を置いていったというのはちょっと、いや全く意味が分からない。

レイドも「何故《なぜ》、鳩を?」という顔をしている。

「なんで鳩なの?」

二人共通の疑問をフリードに投げかけると、彼は微妙な顔をしながら説明してくれた。

「……依頼をする時に使えって話らしいよ。執務室に鳥かごを置いてるんだけど」

「鳩を使う……」

カインから、アベルが鳥の声を理解することができるということは聞いている。だからその説明である程度の納得はできたのだが……どうして鳩なのだろう。

首を傾げていると、フリードが言った。

「どうやらイルヴァーンから連れてきた、少々思い入れのある鳩のようでね。まあ、彼がその鳩を使ってくれと言うのならこちらは頷くより他はないんだけど……」

「イルヴァーンから連れてきた鳩?　あ、そうか」

ピンときた。

もしかしなくても、その鳩とはレイドが行方《ゆくえ》不明になった時に、彼女を見つけてくれた鳩なのではないだろうか。カインもアベルが鳩と話していたところを目撃したと言っていたし、その鳩だと考えれば辻褄《つじつま》は合う。きっと意気投合《いきとうごう》してそのまま連れてきたのだろう。……うん、ありそうだ。

だけど鳩か……可愛いんだろうな。

なんというか、生き物好きの血が騒ぐ。

「……フリード。見に行ってもいい？」

私がそわっとしたのが分かったのだろう。フリードが苦笑した。

「いいよ。リディならそう言うと思っていたし。まあ、特に珍しくもない普通の鳩なんだけどね」

「ありがとう！　グラウといい、最近新入りが増えて嬉しい」

「ん？　グラウというのは？　誰のことだ？」

知らない名前が出てきて気になったのか、レイドが会話に混ざってきた。彼女に軽く説明する。

「城で飼うことになった狼《おおかみ》の名前。近いうち、レイドにも紹介するね。すっごく大人《おとな》しくて良い子だから！」

「……君は狼を飼っているのか？」

「うん。まあ、事情があって」

「驚いたな……」

それはそうだろうと思うので苦笑するしかない。

そういえばグラウの世話なのだが、なんと昨日、レナが是非やりたいと言ってきたのだ。

なんでも扉の前で目を光らせるグラウを見て、一目惚《ぼ》れしたのだとか。

カーラと一緒にお茶の用意を持ってきたレナは、準備を終えても下がらず、必死に私に訴えてきた。

曰《いわ》く、あんなに可愛《かわい》い子は見たことがない。是非世話をさせて欲しいのだと、ものすごい勢いでお願いしてきたのだ。

正直今まで、レナから積極的に何かを頼んでくるようなことは殆《ほとん》どなかったのでとても驚いたし、同時に嬉しくも思った。

自分の欲しいもの、したいことを訴えられるほど、この城に馴染んでくれたのだと分かったから。

それに、打算もあった。最近レナは城の女官たちとずいぶん仲良くなった。だから彼女から女官たちにグラウの可愛さとか賢さとか、そういったものを伝えてもらえればと思ったのだ。

私は彼女に許可を出し、レナは大喜びでグラウの元に駆けていった。カーラに戻れと言われるまでグラウの側《そば》から離れず、その毛並みを撫《な》で、とても嬉しそうだった。

グラウはと言えば、何とも言えない顔をしていたが。

レナが好意を寄せてくれているのは分かるようで、大人しくしつつも助けてくれという目で私を見てきたのがちょっと面白かった。

つい昨日のことを思い出し、ほっこりしているとレイドが怪訝《けげん》な目を向けてきた。

「リディ？」

「ごめん、何でもないの。ちょっと思い出しただけ。グラウの世話係になった子が獣人なんだけどね。グラウのことが大好きみたいで、見ているのが楽しかったなあって」

「……獣人なのか？」

分かりやすくレイドが反応する。彼女は獣人に対して色々と思い入れがあるので、私の言葉を無視できなかったのだ。

「うん。すごく可愛い子。城の女官として勤めてくれているの。イリヤと同じ猫の獣人なんだけどね」

「イリヤ義姉上と同じ……そうなのか……」

少し考え込む仕草を見せたレイドは、何かを決めたように頷いた。真剣な顔で私を見てくる。

「リディ、よければその子を私に紹介してはくれないか？」

「ん？　レナを？」

「ああ。君は、知っているだろう？　私が国の獣人差別をなんとかしたいと考えていることを。その一環なんだ。実際に獣人と話をして、その考えなどを聞いてみたいと思っている」

話を聞き、確かにそれは悪い案ではないなと思った。

だけど私やフリードの一存では決められない。だってレナは基本的にシオンの使用人だからだ。だから私は慎重に言った。

「構わないけど、ひとつだけ。レナは女官ではあるけど、正確には私たちの管轄《かんかつ》下にいるわけじゃないの。彼女には別に主人がいる。だから彼女と彼女の主人がいいと言ったら……でもいい？」

「もちろんだ。無理強《じ》いをするつもりはないからな。それで構わない」

「うん、それなら」

引き受けてもいいと返事をする。念のためフリードを見たが、彼も頷いていた。

レナやシオンがどう返答するかは分からないが、話を通すくらいはしても良いだろう。

フリードが言う。

「シオンには私から話を通しておくよ」

「え、いいよ。レイドのことだもん。自分で頼む」

「リディ」

私としては当たり前のことを言ったつもりだったのだが、何故かフリードに睨《にら》まれてしまった。

「説明しないと分からない？　私はシオンと二人きりになるような機会を作って欲しくないって言ってるんだけど」

「えっ、ふ、二人きりにはならないでしょ。だって、レナもいるわけだし」

「レナはシオンのメイドだよね？　ということは、お茶の支度をするのはレナの役目なわけだ。彼女が支度をしている間、リディとシオンは二人きりになるでしょう？　違う？」

「ち、違いません」

そこまで考えてなかったが、確かにそれはそうかもしれない。

観念して頷くと、フリードはそれ見たことかという顔をした。

――うーん、話をするだけなんだけどな。それでも駄目なのかな。

チラッとフリードを窺《うかが》う。瞬間、察した。

うん、分かった。とっても駄目なようだ。

私が理解したことを察したフリードが満足げに頷く。

「分かってくれたのならいいよ。それにシオンは今、アレクの仕事を手伝っているからその関係で私から話を通しやすいんだ。だから私が聞いておく。……構わないね？」

「お願いします……」

ここは大人しくフリードに頼むのが良いと理解した私は、素直に彼に任せた。いつも嫉妬で忙しい旦那様ではあるが、嘘を吐いたりはしないのでその辺りは信用している。

私は改めてレイドに目を向け、彼女に言った。

「というわけで、レイド。ちょっと待っててね」

「ああ、すまないな。私のせいでフリードリヒ殿下の機嫌を損ねさせてしまったようだ」

申し訳なさそうに言われ、私は慌てて否定した。

「ううん、大丈夫。フリードのヤキモチはいつものことだからね。気にしなくていいよ。それより、レイド。明日！　明日の計画を立てようよ。アベルを探すんだよね」

「あ、ああ……」

「会えるといいね」

好きな人に会いたいと思うのは自然なことだ。気持ちはとてもよく分かるので、私はレイドの恋を全力で応援しようと決めていた。

たとえ相手があの守銭奴アベルであっても、だ。レイドが好きだと言うのなら、それが全《すべ》てだから。

よしよし、頑張るぞと気合いを入れる私を、フリードが仕方ないなという顔で見ていた。

14・彼女と人探し

次の日、私は早速レイドを連れて、町に出ていた。

私はいつもの町歩き用のワンピースを着ていたが、レイドはフリードが町に出る時と同じような格好をしていた。姿勢が良いのと背が高いのでよく似合う。

護衛はカインとエドワードの二人だ。

フリードはいない。彼は海軍本部のあるダッカルトに行かなければならないとかで、朝早くに城内にある転移門を使って出かけてしまったのだ。

王族専用の転移門はとても特殊で、基本、外国との行き来にしか使われない。国内移動に使われる転移門は別に複数存在するのだ。今回フリードが使った国内の各都市に繋《つな》がっている転移門なんかはそのひとつで、王族だけでなく申請さえ通れば女官でも使えるのだが、よほどの理由がなければ許可が下りないようになっている。各都市から直接城内に繋がる転移門は、当然だが犯罪に利用されやすい。そのため各転移門は厳重に管理されているし、フリードでさえ簡単には使えないようになっているのだ。

……たとえばだけど、私とデートに行くからという理由では却下されると言えば分かるだろうか。

転移門というのは、それだけ扱いが難しいもの。その転移門を使って、今回フリードはダッカルトに行った。

フリードの叔父《おじ》であるガライ様と会うらしいのだが、それには兄も同行している。帰りは今日の夜遅くということで、先に夕食を食べておくようにと彼からは言われていた。

「帰還魔術が使えるようにしておくよ。自分の魔術で移動するなら文句は言われないからね。だから今度の休みは、約束通りダッカルトにデートに行こう」

出かける直前、フリードはそう言って、私の額にキスをした。

どうやら蛸《たこ》を探しがてらデートしようと言っていたことを覚えていてくれたらしい。彼の言葉に私は大喜びで頷《うなず》き、笑顔でいってらっしゃいのキスを返した。

「さて、まずはどこに行こうかな。アベル、どの辺りにいるんだろう……」

大通りに出て、呟《つぶや》く。私が知っている場所なので南の町を選んだが、そもそも彼がここにいるとは限らない。北や西、東にも町はあるのだ。彼がどこを拠点にしているのか分からない以上、虱潰《しらみつぶ》しに探すしかない。

今日は南だが、ハズレのようならまた別の日に違う町を訪れよう。レイドは年単位でヴィルヘルムに滞在するのだし、焦る必要はない。

とはいえ、せっかくなのだ。彼女には喜んで欲しいと思っているので、できれば一発で正解を引き当てたいところ。

むむむ、と唸《うな》っていると、レイドが苦笑しながら言った。

「構えてくれなくて良いぞ。探したいとは思っているが、こんなものは運だからな。縁があれば会えるだろうし、ヴィルヘルムの王都を楽しみたいという気持ちも本当だ。君が楽しいと思う場所を案内してくれればそれでいい」

「そう？」

「ああ。君とこうしてヴィルヘルムの王都を歩けるだけでも私は十分に楽しいからな」

「……私も、私もすごく楽しい！」

レイドの言葉が嬉《うれ》しくて、じんときた。

「じゃ、じゃあ、まずは大通りを散歩しよう？　休憩は……その、良かったら、和カフェに来る？

大通り沿いにあるから立ち寄りやすいと思うし、休憩スポットにはいいと思う」

計画を提案すると、レイドは笑顔で頷いてくれた。

「和カフェというのは、君が経営している店のひとつだったな？　ああ、ぜひ案内してくれ」

「うん！　こっちだよ」

和カフェに向かう道を指さす。

「リディちゃん」

二人並んで、目に付くものを説明しながら歩いていると、露店の店主が声を掛けてきた。グラウを
連れ帰る時にも話しかけてきた女性だ。彼女は物怖《ものお》じしない性格で、私が誰《だれ》といても気にしない。こ
の間なんて、売り物のトマトをもらってしまった。とても気さくな人なのだ。

「こんにちは」

愛想良く返事をすると、彼女はレイドを見て顔色を変えた。

「今日は王太子様は一緒じゃないのかい？　ずいぶんな男前と一緒だけど、王太子様に見つかったら

怒られてしまうよ」

どうやらレイドのことを男性だと勘違いしているようだ。くすりと笑みを零《こぼ》す。

「大丈夫。フリードも知っていますから。それにレイドは女性。男性じゃないんです。私の友達なんですよ」

「王太子様も知っているなら安心だけど……って、女性？　ええ？　本当に？　男性の格好をしているように見えるけど……」

目を見張る店主。私の隣を歩いていたレイドは楽しげに笑っていた。おばさんの言葉に馬鹿《ばか》にするような響きがないことに気づいているからだろう。

「本当ですよ。この格好もすごく似合っているでしょう？　和カフェを案内しようと思って、散歩しているところなんです」

「いや、確かに、どこの貴公子かと思ったし、これは王太子様が嫉妬《しっと》するなと心配したけど……そうかい、女性……」

フリードの嫉妬深さは町の皆にもよく知られているところである。おばさんはホッとしたような顔をして私に言った。

「王太子様がお怒りにならないなら良いんだよ。悪かったね、リディちゃん。余計なことを言ってしまって」

「大丈夫ですよ。フリードはレイド相手にもしっかり嫉妬してましたから、あながち間違いでもないんです」

「おやおや」

クツクツと店主が笑う。話を聞いていた他《ほか》の人たちも笑い出した。嫌な笑い方ではない。『仕方ない御方だねえ』という親しみの籠《こ》もった笑いだ。

皆に手を振り、その場を後にする。レイドが驚いたように私に言った。

「君たち夫婦はずいぶんと皆に親しみを持たれているんだな。吃驚《びっくり》したよ」

「そう？　よく二人で町をぶらついているし、元々私は小さな頃《ころ》から出歩いているからそのせいかもしれないね」

「それだけではないと思う。だってほら、フリードリヒ殿下には声を掛けづらい雰囲気があるだろう？　生まれながらの王族というか、そういうオーラが」

「うん、あるね」

確かにその通りだと思ったので頷く。だがそれはフリードだけというわけではない。レイドの兄であるヘンドリック王子もそうだし、あまり一緒にしたくないが、サハージャのマクシミリアン国王も同じような雰囲気は持っている。

生粋《きっすい》の王族、しかも王太子や国王である彼らにはやはり近寄りがたいオーラというものがあるのだ。

「だろう？　私の兄上なんかもそうだが、あまり民から直接話しかけられたりはしない。恐れ多いってな。それなのに同じような雰囲気を持つフリードリヒ殿下が親しみを向けられていることに驚いたのさ」

「うーん、そう言われてみればそうだね」

「君といる時のフリードリヒ殿下は、ずいぶんと優しい雰囲気になるから話しかけやすくなるのかもしれないが、それにしてもすごい。平民たちと近い距離で触れ合えているのが伝わってくる。私や兄上も見習わなければならないな」

「レイドはそんな必要ないでしょ」

「いや、頑張っている方だと自負しているが、君たちに比べればまだまだだ」

「そうかなあ」

イルヴァーンの城下町を彼女と一緒に歩いた時のことを思い出し、首を傾《かし》げる。彼女は十分平民たちに馴染《なじ》んでいるように見えたからだ。

不思議そうにする私を見て、レイドが笑う。

「親しいように見えても、あれで大分引かれているのさ。王女という身分を考えればそれも当たり前だけどね。だが、君に話しかけてきたさっきの女性には遠慮というものがなかった。良い意味でね。気軽に『王太子様に怒られる』と君に忠告したこともそうだし、その王太子が嫉妬したと聞いて『仕方ない人だ』と笑って終わらせるなんて、うちの国民には逆立ちしても真似《まね》できないと思う」

「……あんまり褒められている気がしない」

親しまれるのはいいことだと私も思うが、嫉妬云々《うんぬん》についてはどう考えても恥ずかしい話である。

私のフリードリヒが申し訳ない……。でも、あの人私のことが好きすぎるから仕方ないんだ……。

自分も彼にベタ惚《ぼ》れしていることは棚に上げ、小さくなる。

「いいじゃないか。笑顔で言いたいことを言ってくれる国民がいるのだから。侮られているのならもちろん問題だが、君たちの場合はそうではないだろう？」

「う、うん……。それは違うと思う」

気軽に話しかけてくれるが、それと同時に皆が私たちに敬意をもって接してくれているのは分かっている。だから声を掛けてくれて嬉しいなと感じるのだ。

「まだ先の話だが、帰国したら私も皆にもう少しフランクに接してみるかな……」

レイドが顎《あご》に手を当て、考え込む。そんな彼女を見て私は思ったことを口にした。

「皆に親しんでもらいたいなら、それこそレイドは作家業のことを言ってみたら？　絶対に皆、もっとレイドに興味を持ってくれると思う」

彼女は重版するような人気作家なのだ。正体を明かせば、彼女に話しかけようとする人は増えると思う。だがレイドは首を横に振った。

「それは無理だ」

「そうなの？　手っ取り早そうなのに」

「王女が書いた話だから売れたと思われるのも嫌だしそれに……」

言いづらそうに視線を地面に落とす。

「レイド？」

「……じゃないか」

「？」

聞き取れなかった。首を傾げると、彼女は「ええい！」と声を荒らげる。

「兄上にペンネームがバレるだろう？　せっかく前回、上手《うま》く本のタイトルと作者名を見せずにやり過ごせたのに、その私の努力が水の泡になるじゃないか！」

「……ああ」

なるほど。とても納得した。

レイドは兄であるヘンドリック王子に自分の著作を読まれたくないと思っている。だが彼女の作品は有名で、名前とタイトルさえ分かればすぐに手に入れられてしまう代物なのだ。レイドはそれを恐れている。

「ヘンドリック殿下には知られたくないって言ってたものね」

「兄上だぞ？　ぜっっったいに揶揄《からか》ってくるに決まっている！」

「そんなことは……ありそうだよね」

私たちに贈ってきた婚約祝いを思い出しても分かる。ヘンドリック王子はわりと面白がりなところがあるのだ。彼女の著作を気にしている様子だったし、知れば絶対に手に入れて熟読し、その感想を本人に言いに来るだろう。……レイドが嫌がっていると分かっていても。

そういうことを平然としそうなところが彼にはあるのだ。

図太いというか……さすがフリードの友達をやれているだけのことはある。

「……この方法はやめておこうか」

レイドが受けるダメージを考えると現実的ではないなと却下した。彼女も真顔で同意する。

「そうしてくれ。確かにリディの言う通り、民とは距離が近づくかもしれないが、確実にそれ以上のストレスを受ける。プラス面よりマイナス面の方が大きいと分かっていることはしたくない」

「だよね」

「まあ、帰国まで最低でも二年はあるんだ。それまでに何か良い案がないか考えてみるさ」

軽い口調で言うレイド。そんな彼女に私も「そうだね。私も何かないか他に考えてみる」と相槌《あいづち》を打ったのだった。

◇◇◇

ぶらぶらと南の町を散策し、予定通り和カフェに着いた。

「いらっしゃいませ！　あ、師匠。そちらがおっしゃっていたイルヴァーンの王女殿下ですか？」

「ええ、そうなの」

「かしこまりました。奥のお席へどうぞ」

店員が笑顔で案内してくれる。あらかじめ、レイドと一緒に行くかもしれないと告げておいたからか、対応はスムーズだった。

「へえ……変わった内装だな。ヴィルヘルムともイルヴァーンとも違う。見たことがない様相だ……」

店内を見回し、レイドが顔を輝かせる。和カフェのレイアウトはかなり拘《こだわ》っているので、驚いてもらえるのは嬉しいし、なんならちょっと誇らしい気持ちになる。

「良いでしょ。落ち着く感じに仕上げたの。普通のカフェとは違う雰囲気を楽しんで」

「ああ」

店内はほどよく客がいたが、店員があらかじめ奥の席を空けてくれていたので特に周りを気にせずに済んだ。

護衛のカインとエドワードは店のバックヤードで待機している。彼らまでいるとどうしても目立ってしまうから仕方ないし、何かあればすぐに駆けつけられる距離なので二人も納得してくれた。ここは私の店なので、それくらいの融通を利かせることはできるのだ。

店員がメニューを持ってくる。レイドは未知の和菓子の数々に驚いていたが、私の説明を受け、『今日のおはぎ』を注文することに決めた。

「半殺しとか皆殺しとかいう物騒さが気になる」

「あ、やっぱり？」

思わず笑ってしまった。

皆の反応がかなり良かったので、『皆殺し』と『半殺し』は和カフェで採用することにしたのだ。

実際、お客さんも興味を持ってくれている。

今もレイドにおはぎの説明をした時に、「今日は半殺しだね～」なんて言ったせいで、詳しい説明を求められた。話を聞いた彼女はすっかり興味津々《きょうみしんしん》、どうせ分からないのだから面白そうなものにする、と決めたのだった。

「菓子の説明をしてくれたリディには悪いが、実物を見てみないことにはどんなものなのか分からないからな。フィーリングで選ぶことにした」

「それでいいと思うよ。餡子《あんこ》がレイドの口に合えばいいけど」

人には好き嫌いがある。和カフェは繁盛しているが、もちろん全員が好きなわけではない。嫌いな人からすれば、和カフェはあまり……どころか、何がいいのか分からないとすら言うだろう。それはそれで構わない。

皆、自分が好きなものを好きなところで食べればいいと思うから。

「お待たせいたしました」

店員がおはぎとお茶を運んでくる。今日のお茶は、温かいほうじ茶だ。私は醤油《しょうゆ》団子とお茶のセットを注文した。もしレイドが餡子が駄目なら、取り替えてあげようという考えからだった。

餡子よりは食べやすいはず……。あくまでも私の意見なのでレイドがどう思うかは分からないが。

「変わった形だな……。黒くて丸い……これは粒？」

「まずは食べてみて。百聞は一見にしかずってね」

「その通りだな」

レイドは頷き、真顔でおはぎに向かった。

今日のおはぎはオーソドックスな餡子タイプだった。和菓子初心者のレイドにはちょうどいいかもしれない。ちなみに餡子は粒あん。是非、食感を楽しんでもらいたいところだ。

「……いただきます」

緊張した面持《おもも》ちでレイドがおはぎを口に運ぶ。

「……」

黙って咀嚼《そしゃく》するレイドをドキドキしながら見守る。好みは強制できるものではないが、できることなら美味《おい》しいと言ってもらいたい。

「ど、どう？」

おはぎを一口食べ、目を瞬かせるレイドを窺《うかが》うように見つめた。彼女は一拍置いて、「うん」と頷いた。

「悪くないな。食べたことのない味だが、私は好きな感じだと思った。生クリームとは違う甘さが新鮮だ」

「本当!?　良かった！」

どうやらレイドはおはぎを気に入ってくれたようだ。彼女はもう一口おはぎを食べ、うんうんと頷いている。

「うん、やっぱり好きな味だな。特に中のもちもちとした食感が気に入った」

「レイドは餅米《もちごめ》が好きなのかな。あ、良かったら醤油団子も食べてみる？　餡子は入っていないけど、これはこれで美味しいよ」

「いただこう」

おはぎを美味しいと認識したことで、和菓子に対するハードルが一気に低くなったのだろう。レイドはすぐに頷いてきた。皿の上に載っている三本の醤油団子、その一本を取る。

「ほう……丸い肉団子みたいなのが三つ」

「肉団子って……。まあ、形は似てるかな。串《くし》に刺さっているから気をつけて食べてね。それもうちの主力商品なの」

三連の団子は、みたらし、三色、醤油の三種類用意してあるが、どれも人気だ。餡子が入っていないから好きだという人もいる。持ち帰りもできるので、店の売上げにかなり貢献してくれている商品だった。

私の説明を聞きながら、レイドが団子をひとつ頬張《ほおば》る。その目がキラキラと輝いた。

「美味《うま》い！」

――おっと。これは吃驚だ。

おはぎの時より反応がいい。どうやらレイドは醤油団子の方がお気に召したようだ。

「なんだこれ……すごいな……こんな美味いもの初めて食べた……」

あっという間に一串全部食べてしまった。思わず、残りの団子が載った皿を彼女に差し出してしまう。

「良かったらこれも食べる？」

「いいのか！」

すごい食いつきぶりだ。ここまで喜ばれて、嫌だと言うはずがない。私は笑顔で頷き、彼女に醤油団子を差し出した。

「どうぞ。あ、じゃあ代わりにレイドのおはぎをもらってもいい？　交換ってことで！」

「もちろんだ。交換してもらってすまないな」

「ううん。私は元々どっちでも良かったし」

レイドからおはぎを受け取る。彼女は大喜びで醤油団子に齧《かじ》り付いていた。なんというか勢いがすごい。余程気に入ってくれたようだ。

「醤油団子……！　これは最高の菓子だな！」

結局、一皿では物足りなかったレイドは追加で三皿醤油団子を注文した。彼女は美味いうまいと言いながらペロリと平らげ、ほうじ茶にも手を伸ばす。

「ほう。この茶も変わっているが、悪くないな……気持ちが落ち着くというか、紅茶や珈琲《コーヒー》とはまた違う」

「それはほうじ茶って言うの。冷茶で飲んでも美味しいよ」

「君は色々なものを知っているんだな」

「それは……まあ。うん、ありがとう」

単に前世の知識を使っているだけなので、褒められると一瞬申し訳ない気持ちになる。だが、それは私の事情で彼女には関係ない。素直に礼を受け取ると、レイドは満足げに息を吐いた。

「ああ……美味かった。こんなに美味いものがこの世の中にあったなんて……。醤油団子に出会えただけでもヴィルヘルムに来て良かったと心から思うぞ……！」

「それは大袈裟《おおげさ》じゃない？　でも、そう言ってくれるのは嬉しいな」

そこまで気に入ってくれたのならここに連れてきた甲斐《かい》があるというものだ。彼女はニコニコと終始上機嫌だった。

私もレイドの食欲に釣られ、琥珀糖《こはく》を追加注文してしまったので、ちょっと胃が重い。もう少し休憩してから店を出ようと話していると、店員の「いらっしゃいませ」という声が聞こえてきた。

どうやら新しいお客さんが入ってきたらしい。

店の入り口の方を見る。特にその行動に意味はなかった。ただなんとなく、それだけだったのだが
――。

「あ、アベル」

なんというタイミングだろうか。

入店してきた客は、まさにこれから探そうと考えていた尋ね人、アベルであった。

「えっ……ええ？」

予想外の展開に思わず彼を凝視すると、視線と声で気づいたのか、アベルがこちらに目を向けた。

「ん？　あ、王太子妃さんと……イルヴァーンの王女様か。なんでこんなところにいるんだ？」

心底不思議そうな顔をされ、慌てて言った。

「こ、ここは私の店だもの。あなたも知っているでしょう？　それよりあなたの方こそ、どうしてここに？」

和カフェにアベルが現れると誰が思っただろう。本気で驚いたのだが、彼は何故《なぜ》聞かれたのか分からないという顔をしていた。

「いや、単に前回食べられなかったからリベンジに来ただけ、なんだけど。前から興味はあったんだよな」

「そうなんだ……」

まさかアベルが和カフェに興味を持ってくれていたとは知らなかったが、これは幸先が良い。私はさっとレイドに視線を送った。彼女は突然の思い人の登場に驚いたのか、見事に固まっている。

「レイド、レイドってば……！　ほら！」

「あ、ああ……」

何度か声を掛けると、レイドはぎこちなくだが頷いた。その頬がほんのりと染まっている。

レイドからアベルが好きと聞いた時は、正直半信半疑《はんしんはんぎ》だったのだが、今の彼女の様子を見れば、恋愛感情を持っているのは間違いないと確信できた。

——レイド、本当にアベルのことが好きなんだ……。

初々しい反応に優しい気持ちになる。アベルがトコトコとこちらにやってきた。もちろんこの機を逃《のが》す私ではない。レイドに協力すると決めたのだ。ここで動かなくてどこで動くというのか。

私は親しみやすい笑顔を作ると、彼に言った。

「アベル、良かったら一緒にどう？」

「え？　王太子妃さんたちと？　……大丈夫？　オレ、あとで王太子さんに呼び出し食らったりしない？」

「しない、しない」

何故、ここでフリードの名前が出るんだと思いつつも首を横に振る。

アベルはじとっとした目で私を見た。

「……信用できないんだよなあ。王太子さんがかなり嫉妬深いってこと、オレ、イルヴァーンで思い知ったから下手《へた》な行動はしたくないんだけど」

「……確かにフリードは嫉妬深いけど、今回は大丈夫だから、こっちに来て」

なるほど、私に近づくとフリードに怒られると思ったらしい。間違えてはいないが、夫の嫉妬深さが見事に徒《あだ》となっている。そして、否定できないのが痛いところだ。

――くっ。今回フリードは関係ないのに……。

どこまでもついて回るフリードの影に歯噛《はが》みしつつも、私は逃げようとする彼をやや強引にではあるが捕まえ、隣の席に座らせた。アベルが心底嫌そうな顔をする。

「……隣とかマジかよ。……王太子妃さん。もし、あとで王太子さんが何か言ってきたら、その場はあんたが無理やり座らせたって答えるからな」

フリードの信用がなさすぎる。いや、この場合はむしろ信用があると言う方が正しいのだろうか。

真面目《まじめ》に考えつつも、私はアベルをなんとかこの場に落ち着かせるべく口を開いた。

「分かった、それで良いから。ほら、メニューを見て。何なら私、内容の説明もするよ！」

「……まあ、それは有り難いけど」

ようやく腹を括《くく》ったのか、アベルは渡したメニューを興味深げに眺め始めた。腰を落ち着ける気になってくれたようでホッとする。レイドはまだ緊張しているみたいで自分から話しかけるなんてことはできなそうだ。彼女が復活するまで間を持たせようと、私は彼に積極的に話しかけた。

私はいつだって恋する乙女《おとめ》の味方なのだ。

「フリードに聞いたんだけど、アベルって今、王都に住んでいるんだって？」

レイドのために、なんとしても新たな情報を掴《つか》もうと思った私は、さっそく情報収集を始めた。今は敵対していないからか、アベルも普通に答えてくれる。

「ああ、そうだぜ。宿に長期滞在しようかって考えたんだけど、せっかくだから家を買ってみたんだ。空き家だったんだけど、かなり広くて室内の状態も良好でさ。いい買い物したと思う」

「へえ！　それって、どこ？　南の町？」

「この近くだな。北の町とかでもいいかと思ったんだけど、南の町って食べ物が美味しい店が多いだろう？　どうせヴィルヘルムに来たんならそういうのも楽しみたい。だからこの辺りにしたんだ」

彼の家の情報をゲットし、心の中でグッと握り拳《こぶし》を作る。あとは、この近辺で聞き込みをすればいい。

最近、空き家になっていた家を買った人はいないか。町の人たちは皆情報が早いから、アベルの容姿も伝えれば、絶対に誰かひとりは知っていると思う。すでに彼の家の場所は掴んだも同然だ。……勝った。

「この近くね。あ、それならカレー店にも来て。十分、徒歩圏内だから」

「カレー店って、最近ヴィルヘルムで有名な店だろ？　確か、そこも王太子妃さんが経営してるんだっけ？」

「そうなの。フリードやカインも気に入ってくれてるから、あなたの口にも合えばいいんだけど」

「王太子さんや死神さんも？　へえ、そりゃ楽しみだなあ」

「ご来店をお待ちしています」

「ああ、近いうちに行ってみる」

ポンポンと話しながらも、何を注文すれば良いのか分からず困っているアベルを手伝った。

和カフェ初のお客さんは、大体、メニュー表を見た時点で固まるのだ。書いてあるものを見ても、何が出てくるのか想像もできないのだから仕方ないと思う。

無事、店員に注文を済ませ、息を吐く。そろそろレイドは復活しただろうか。そう思い、さっきから一言も発しない彼女を見た。

「レイド？」

「……」

照れていた彼女はどこにもいなかった。代わりにどこまでも真剣な表情になっている。

「……あの……レイド？　レイドさん？」

何かあったのだろうか。おそるおそるもう一度声を掛けると、彼女は予備動作なく座席から立ち上がった。

「わっ、ど、どうしたの？」

「……」

声を掛けるもレイドは何も答えない。ただ、アベルをじっと見つめていた。アベルの方も真顔で凝視されてかなり気まずいのだろう。眉《まゆ》を寄せながら「……オレになんか用？」と彼女に聞いた。

レイドが大きく深呼吸をする。まるで何かの覚悟を決めたかのような顔で口を開いた。

「その……だな！」

「えっ、お、おう」

「私は君に惚れた！　是非、私の配偶者になって欲しい！」

「は……はあああああ!?」

突然のドストレートな告白に、アベルの声がひっくり返った。

――え、告白？　いや、求婚？　というか、いきなり過ぎない？

私も混乱したが、言われた当事者であるアベルが一番驚いていた。

唖然《あぜん》とした顔でレイドを見ている。口が間抜けにもポカンと開いていた。

「は？　イルヴァーンの王女様が……オレに？　配偶者になれって？」

「他人行儀だな。私は、オフィリア・レイド・イルヴァーン。オフィリアでもレイドでも、君の好きなように呼んでくれ。君のことはアベルと呼んで構わないか」

流れるように名前呼びの許可を求めるレイドの手腕に拍手を送りたくなった。アベルはすっかり混乱し、レイドのペースだ。

「え、いや、それは別に構わないけど……じゃない！」

流されている自分に気づいたのか、ハッとしたようにアベルも席から立ち上がった。レイドをギロリと睨《にら》み付ける。

「何の冗談かは知らないが、人を揶揄うのはやめてくれ。世の中には言って良い冗談と悪い冗談がある。そんなことも分からないのか」

低い声で問いかけられたレイドは、きょとんとした顔をした。

「冗談だと？　君の方こそ私の気持ちを冗談の一言で片付けないでくれ。私は真剣だし、母上たちには君という想い人がいることだって伝えてある。母上は、君を連れてくることができれば結婚して構わないと言っていた。君さえ頷いてくれれば済む話だ」

「は？　ふざけんなよ」

「だから、ふざけてない」

「ふざけてんだろ。イルヴァーンの王女様が何を言っているんだ？」

――だよね。そう思うよね。分かる。

アベルが混乱するのも無理はないと心から頷きながらも私は黙っていた。今、当事者でない私が余計な口出しをするべきではないと分かっていたからだ。

アベルが、事実を突きつけるように言う。

「あんたは知らないかもだけどな、オレは元サハージャの情報屋だ。貴族でもなんでもない。裏の仕事をしていたような男と王女様が結婚なんてできるわけがないだろう？」

「できるさ。むしろ、殺しても死ななさそうで結構じゃないか。丈夫そうで何よりだ」

「……酷《ひど》い冗談だ」

レイドに真顔で答えられ、アベルはこめかみを押さえた。その顔は、「冗談であればどれだけ良かったか」と言っていて、彼女の本気を理解しているように見える。

「だから冗談ではないと言っているのだが？」

「オレの何に惚れたって？」

「私を庇《かば》ってくれただろう。その背中に惚れた！」

「……うっそだろ。庇うんじゃなかった」

きっかけを聞いたアベルは舌打ちをした。レイドが更に続ける。

「すぐに頷いてもらえるとは私も思っていない。だが、君はしばらくヴィルヘルムにいるのだろう？　それならその間に君を口説かせてはもらえないか。私が帰国する二年後までに君を振り向かせられなかったら、その時は君を諦《あきら》めて国に帰ると約束しよう。だが、この国にいる間は、全力で口説かせてもらうつもりだ。だから先に宣戦布告をしておこうと思ってな！」

「待て。待て待て待て。勝手に話を進めるな」

アベルの顔が蒼白《そうはく》になっていく。

「大体、宣戦布告ってなんだよ。オレは一言も口説いていいなんて言っていないぞ」

「ああ。だが私はそう決めたんだ」

カラッとした声で告げるレイドを見て、アベルはげんなりとした。

「……むちゃくちゃだ、この王女様。端《はな》から、オレの意見を聞くつもりがない……これだから王族ってやつは」

その言葉にちょっとだけ分かる、と思ってしまった。

私を口説いてきた時のフリードも似たような感じだったと思い出してしまったからだ。

基本、王族というのは自分の意見が絶対に通るものだと思っている節がある。それはそういう風に育てられてきたから仕方ないのだろうけど、狙《ねら》われた方は堪《たま》ったものではない。

何せ、彼らは諦めるということを知らないのだから。

微妙な顔をしていると、レイドがからりと笑った。

「耳が痛いな！　だが、私は本気だぞ」

「……否定しろよ」

アベルの尤《もっと》もすぎる言葉に心から同意したくなりつつも、私はレイドの味方なので口を閉じる。自分が孤立無援《こりつむえん》の状態であると分かっているのだろう。アベルは特大の溜息《ためいき》を吐《つ》いた。そうして彼女に確認する。

「……ひとつだけ。あんたが帰国するまでオレが頷かなかったら、その時はきっぱり諦めるんだな？」

「ああ」

「嘘《うそ》じゃないな？」

「誓ってもいい」

断言したレイドに何を見たのか、死ぬほど渋い顔をしつつもアベルは言った。

「……分かった。じゃあもう好きにしろよ。ただし言っておくけど、オレの方にその気はないからな？　容赦なく逃げさせてもらうぜ？」

「心得た」

レイドが頷いたのを見て、アベルが私に視線を移す。

「王太子妃さん」

「何？」

返事をすると、彼はテーブルを指さした。

「のんびり和菓子を食べる気分じゃなくなった。悪いけど、注文をキャンセルさせてもらって構わないか？」

彼の気持ちはとてもよく分かったので、苦笑しつつも了承した。

「分かったわ。私から厨房《ちゅうぼう》に話しておく」

「……はあ。せっかくヴィルヘルムでのんびり過ごそうって思ったのに、なんでこんなことになるのかね」

「私はラッキーだぞ。君がこちらに来てくれて。おかげで更に楽しい滞在になりそうだ」

レイドの言葉を聞き、アベルががっくりと肩を落とす。

「あのさ、一応言っておくけど、オレはボン、キュッ、ボンな年上女性が好みだから。そういうお姉さんにヒモとして飼われるのが理想だと思ってるからな。王族の伴侶《はんりょ》なんて、考えるだけでゾッとする」

「分かった。君の好みは覚えておこう」

「……覚えておくだけで、無視する気満々なやつだよなあ、それ」

うんざりとしながら言うアベルに、レイドはにっこりと笑った。

「仕方ない。私はおそらく君より年下だし、君の望むような体型でもないからな。ただ、王族だから金は唸るほど持っているぞ。個人の財産もちょっとしたものだ。君は金が好きだと聞いたから、この辺りも考慮に入れてくれると嬉しい」

「金持ちはそりゃ好きだけどさあ……王族っていうのがあり得ない……オレ、ただの平民だぜ……」

「何、その辺りは気にしなくていい。元平民なのは義姉上もそうだし、君に何か言うような者がいれば私がなんとかする」

任せろと胸を叩《たた》くレイドを見て、アベルはげっそりした。

「……男前すぎて、ほんっとオレの好みとは真逆だわ。だが、あんたが本気なのは分かった」

これ以上話すつもりはないという風に、アベルが店の入り口の方へと歩いていく。

それを黙って見送っていると、店の扉を開けたところで彼が振り向いた。挑戦的に笑う。

「ま、やれるものならやってみろよ。こちとら情報屋で売ってるんだ。王女様になんて捕まるつもりはないぜ」

「望むところだ」

レイドの答えに、アベルは「良い返事だ」と小さく笑い、今度こそ店を出ていった。

「……ねえレイド、あれで本当によかったの？」

彼が去ったのを確認してから、レイドに声を掛ける。もっと他にやりようはあったのではという気持ちだったのだが、彼女はにこりと笑って頷いた。

「ああ、あれで良いんだ。まず、彼に私という存在を認識してもらうこと。そして私が本気で彼を望んでいることを知ってもらいたかったんだからな」

「ものすごい賭《か》けをしてなかった？　帰国までに頷かせられなかったら諦める、なんて」

平民出身で情報屋をしている彼をたった二年で落とすというのはどう考えても難しいのではないか。そう思ったのだが、レイドは平然としていた。

「問題ない。ああやって期限を決めたからこそ彼は私の話をきちんと聞いてくれたのだと思うし」

「……それはそうかもだけど」

二年経《た》てば諦めると言われたから、話に乗ったというのは確かにありそうだ。同意すると彼女はニヤリと笑う。

「それに二年と言ったが、私としては二年も掛ける気はないからな。できれば一年以内に落としたい」

「……ひえ、速攻」

たった一年でアベルを落とすと宣言したレイドを尊敬の気持ちで見つめる。でも、いくらレイドでも、さすがに一年以内というのは難しくないだろうか。

だがしかし、そこで私は思い出してしまった。

私自身が、フリードに僅《わず》か数ヶ月で完全に落とされてしまった実績の持ち主であるということを。

最初は王族と結婚なんてごめんだと思っていたのに、あれよあれよという間に絆《ほだ》され、気づけば大好きになっていた。あの時の彼の手腕を思い出せば、レイドが一年と言うのも実は余裕なのではと思えてしまう。

――いやでも、私の場合はフリードに一目惚れしていたから、アベルとは前提が違うよね。でも……。

王族が本気になると恐ろしいというのを最近も感じたなと思い出し、すんと真顔になった。

ちょっとだけ、ほんのちょっとだけだけれど、目を付けられたアベルが可哀想《かわいそう》かもしれないと思ってしまったのだ。

「どうした？　リディ」

「……な、なんでもない。今の場面をエドワードさんに見られなくて良かったなと思ってただけ」

さっと話を逸《そ》らす。

とはいえ、彼を気にしていたのは事実だ。

バックヤードで待機しているので、詳細までは分からないだろうが、己の愛する主《あるじ》が懸想《けそう》する男性に対し「口説き落とす」なんて言っていたのだ。話を聞いていれば当然ショックだろうし、絶望のあまり妙なことをしでかさないかも心配になった。

だが私の心配をレイドは軽く笑い飛ばした。

「アレにそんな権利はない。それにな、エドにはここに来る前に、言い聞かせてあるから大丈夫だ。『お前は私に顧《かえり》みられないことが嬉しいんだろう？　お前の存在を無視し、他の男と結婚する私を見て、存分に喜べば良い』。そう言ってやったら、大分気持ち悪い感じで笑っていたからな。今も悦《よろこ》びに震えているんじゃないか？」

「うわっ」

簡単に想像できてしまって、ドン引きした。

「……相変わらず真性の変態さんだね。ほんと、どうしてレイドが彼を側《そば》に置いてるのか、私、不思議で仕方ないんだけど」

「言っただろう？　あれは私の命令ならたとえ『死ね』というものでも従うと。そういうのをひとりでも飼っていると便利なのさ」

「そ、そう……？」

「だから使う。それこそ襤褸《ぼろ》雑巾《ぞうきん》になるまでな。それがあいつの犯した罪に対する罰だ。あいつには、どんな権利もない。生殺《せいさつ》与奪《よだつ》、その全《すべ》てを私が握っている」

「……うん」

本来なら死罪になってもおかしくなかったエドワードを掬《すく》い上げたのはレイドだ。彼女が彼の手綱を握ると言ったから、エドワードはまだその命を許されている。

エドワードが生きるも死ぬも、レイドの気分ひとつ。彼にはどんな自由も許されていない。それが、彼の罪と罰。

「……でも、その罰って、エドワードさんにとってはご褒美なんだよねえ」

それだけがどうにも納得できない。

微妙な顔をしながら呟くと、レイドも同じような表情になって「それだけは本当に理解できないし、私も心底気持ち悪いと思っている」と同意していた。

15・彼女と教師

レイドがヴィルヘルムにやってきて、少し経《た》った。

あれから何度か町に出かけたが、残念なことにアベルとは遭遇できていない。偶然会えたあの一回だけだ。

レイドは残念そうにしてはいたが、特別落ち込んではいなかった。

何せ他《ほか》にやらなければならないことはいくらでもあるのだ。特に彼女が力を入れているのが、帝王学と魔術。

レイドには専任で帝王学の家庭教師が付き、彼女はほぼ毎日のように机に齧《かじ》り付いていた。彼女の教師は、フリードを教えていたこともある優秀な人材とかで、話を聞いた私は、良ければ一緒に授業を受けさせてもらいたいとお願いした。

幼い頃《ころ》から王妃教育は受けているが、帝王学はまた別だ。話を聞くだけでも勉強になる。私がレイドと一緒に勉強したいと言うと、フリードは驚いていたが、将来彼の役に立ちたいのだと説明すると、妙に照れながら許可を出してくれた。

あとは魔術だが、そちらについても、彼女は一生懸命だった。

イルヴァーンにももちろん魔術はあるが、その技術に関しては明らかにヴィルヘルムの方が進んでいる。新たな魔術を身につけたいという彼女の話を聞き、私はそれにも参加させてもらった。

だって魔術。

魔法もそうだが、私はそれらを使えないのだ。使えるのは特殊すぎる中和魔法のみ。だから一緒に勉強させてもらって、コツのひとつでも掴《つか》みたいという目論見があった。

魔術の教師にはウィルが呼ばれることになったが、残念なことに彼には少々問題があった。

能力が足りなかったとかではない。むしろその逆。

彼があまりにも天才肌すぎて、説明されてもさっぱり理解できなかったのである。

「ウィルが何を言っているのか分からない……」

もはや私の知らない外国語でも話しているのではないかというくらい理解できない。

応用ではなく、基礎。簡単な魔術についてならどうだろうと、基礎の基礎、炎の魔術について聞いてみたのだが、今度はウィルが困ってしまった。

「……すまない、リディ。どうして君ができないのか理解できない。一体、何が分からないんだ？」

心底分かりませんという顔をしたウィルを見て、私は彼に師事するのを諦《あきら》めた。レイドも私ほどではないが、やはり「彼の言っていることがさっぱり理解できない」とのことで、私たちはすっかり参ってしまっていた。

彼の授業は、意味の分からない数式をエンドレスで語り続けられているようなものなのだ。

終わったあとは、疲労しか残らない。

気持ち的には「別の教師と代わって欲しい」と言いたいところだが、ウィルはとても楽しそうに授業をしてくれている。「魔術のことならなんでも僕に聞いてくれ」と目を輝かせて言ってくれた彼を思い出せば、「チェンジで」とは言い難かった。

そして、ウィル以上に教師に向いている人材も思いつかない。

「うう……どうしよう」

嘆きながら廊下を歩く。今日も午後から魔術の授業があるのだ。また延々と意味の分からないことを聞き続けるのかと思うと、頭も痛くなるというもの。

俯《うつむ》きつつ、溜息《ためいき》を吐《つ》いていると、「どうした、リディ」という声が目の前から聞こえてきた。

顔を上げる。いつの間にか目の前に兄がいた。

「あれ、兄さん」

「溜息なんか吐いてらしくねえな。何かあったのか？　フリード関連……ではないよな？」

確認してくる兄に、私は疲れたように頷《うなず》いた。

「フリードは関係ないよ。悩んでいたのは全く別のことだから」

「別？　なんだよ、マジで悩みがあるなら聞くけど。つーか、フリードには話してないのか？　あいつ、秘密にするとうるさいだろう？」

さすが兄。親友でもあるフリードのことをよく分かっている。私は苦笑しながらも口を開いた。

「あー……うん。そろそろ相談しようかなとは思ってる。でも……兄さん、せっかくだし、聞いてくれる？」

兄の顔を見る。何せ兄はウィルと仲が良い。ウィルのことで相談するなら悪くないと思ったのだ。

フリードともウィルは仲が良いが、主従という関係がどうしても先にきてしまう。本当の意味で仲が良いのは兄の方なのだ。

それに兄に相談するのならフリードも怒らないはず。私なりに色々考えた結果だった。

私が話す姿勢を見せると、兄も乗り気になった。

「お？　別に良いけど。じゃあ、こっちに寄れよ」

兄の言葉に従い、廊下の端に移動する。ウィルの授業のことを説明すると、兄はゲラゲラと笑った。

「意味の分からない数式な！　そうそう、あいつの説明、ぜんっぜん分かんねえんだよ」

私の苦しみを兄は正しく理解したらしく、散々笑ってから頷いた。

「あー、笑った笑った。あ、そうだ。残念だが、改善は諦めろ。あいつにはお前たちが何を分かっていないのか、本気で理解できねえんだから」

「やっぱり……。そうじゃないかと思った。ウィルが天才魔術師って呼ばれているのは知ってたけど、こんなところで分かりたくなかったなあ……。もうね、ウィルが何を言っているのか全く分からないの。脳が考えることを拒否する」

「分かる。俺も昔聞いたことあるけど、早々に理解を放棄した。魔術に関してあいつと語り合えるのなんて、魔術師団の中でも極々一部しか……って、あ、そうだ」

「何？」

何か思いついたような顔をする兄を期待をもって見つめた。

「なにか名案でもあるの？」

「名案っつーか、ウィルに関しては無駄だから教師を代えるしか手はないと思うぜ？　俺《おれ》が思いついたのは、その代えの教師についてだ」

兄が無理というのなら、ウィルの改善は期待できないのだろう。がっかりしたが、代わりの教師を紹介してもらえるのは有り難い。

「誰《だれ》か良い人がいるの？」

「ああ、シオンに頼めば良い。あいつ、魔術の使い方、かなり上手《うま》いぜ？」

「え、シオン？」

予想外の名前が出てきて驚いた。

だが、シオンは兄の補佐として仕事をしている。だから兄が私より彼の能力を知っていたとしても不思議ではない。

「シオンって魔術、上手いんだ……でも確かに少し前に、そんなことを聞いた気がする」

シオンには一度、魔法のコツを教えようかと言ってもらったことがあるのだ。提案自体はとても有り難かったのだが、その時はフリードに悪いと思い、断っていた。

「なんかな、緻密《ちみつ》なコントロールが上手いっつーか、すっごく器用な魔術の使い方をするんだよな。多分、教え方も上手いと思う」

「へえ……」

「なんだったら、俺から話を通してやろうか？　一緒に仕事してるし、聞くだけ聞いてやるよ」

「……有り難いけど、フリードが嫌がらないかな」

前もそれを気にして断ったので、躊躇《ためら》ってしまう。だが兄は私の心配を笑い飛ばした。

「大丈夫だろ。二人きりというわけでもあるまいし。イルヴァーンの王女様と一緒なんだろう？」

「うん。むしろ私の方がオマケ。お願いして一緒に講義を受けさせてもらってるの」

「なら浮気判定はされないんじゃねえか？　大体、今だってウィルの授業を受けてるんだろう？」

「そうだね、確かに……」

兄の言葉には説得力があった。

「じゃあ、お願いしようかな」

「任せとけって。あと、ついでにウィルにも言っといてやるよ。シオンと変更だって」

「いいの？」

ウィルになんと言えば良いのかと困っていたので、兄の申し出は有り難かった。

何せ彼は何も悪くないのだ。私とレイドが理解できないだけで……。

「ウィルだってなんとなく気づいているだろうしな。お前に直接代わってと言われるより、俺から言った方が角も立たんだろう」

「お願いします……」

色々迷惑を掛けて申し訳ないと思いつつも、私は兄を頼ることに決めた。

「ウィル、張り切って教えてくれてるから断るのも申し訳なくて」

「まあなあ。お前を教えるっていうんじゃ、あいつが張り切るのも仕方ない」

「？　ウィルはレイドの教師だよ？　私はオマケだってば」

「あいつにとってはそうではないってことだろ」

「??」

兄の言っている意味が分からない。だがまあ、特に気にすることでもないだろう。私にとっては、理解しやすい教師に代えてもらえることの方が大事なのだから。

「ごめん。じゃあ、兄さん、宜《よろ》しく」

「おう、任せとけ」

兄の頼もしい言葉にホッとする。

ウィルの授業にはレイドも泣きそうになっていたから、教師変更の知らせは喜ぶだろう。私は兄に礼を言い、足取りも軽くその場を離れた。

◇◇◇

「アレクセイ様からご紹介いただきました。シオンと申します。性はナナオオギ。どうぞ宜しくお願いいたします」

兄が話をしてくれたのか、早速次の日、ウィルと交代でシオンがやってきた。彼の専属メイドであるレナも一緒である。フリードからレイドがレナと会いたがっていると聞き、せっかくだからと連れてきてくれたのだ。

レイドはレナの耳を見て、喜びに目を輝かせた。彼女は自分が無意識下で抱いている獣人への差別意識を何とかしたいと考えている。そのため獣人と親しく付き合い、その人自身を見ることができるようになりたいと思っているのだ。レナという存在は、レイドにとってまさに理想の人物。

なんとか近づきたいという気持ちが彼女の表情には表れていた。

――そんな顔をしている時点で、もう差別なんてしていないと思うんだけどね。

だけどこういうことは自身で気づかなければ意味がない。

そう思うので口にこそしないが、思わず苦笑してしまった。

「イルヴァーン第一王女、オフィリアだ。急な要請にもかかわらず受けてもらえて感謝している」

「魔術を学びたいとお聞きしています。せっかくアレクセイ様に推薦いただいたのですから、精一杯努《つと》めさせていただきますよ」

シオンとレイドの挨拶《あいさつ》を見守る。レナが「ご正妃様」と小声で呼びかけてきた。少し屈《かが》み、小さな彼女の背丈に合わせる。

「なあに、レナ」

「あの格好良い人、王女様……なんですか？　王子様ではなくて？」

「ええ、そうなの。女性なのよ。でも、素敵な人でしょう？　私の自慢の友達だからレナも仲良くしてくれると嬉《うれ》しいわ」

笑顔でレナに答えると、彼女はこっくりと頷いた。

「ご正妃様のご友人なら変な人じゃないと思うから……大丈夫、です」

「ありがとう。そういえば、グラウとは仲良くしている？」

「はい！」

途端、目がキラキラと輝きだした。

グラウの世話をしたいと言い出したレナは、あれから毎日のようにグラウの元に通い、食事の用意をしたり、ブラッシングをしたりと一生懸命なのだ。その表情はまるで恋をしているようだと、同じくグラウの世話を任せているムーアが呆《あき》れたように言っていた。

そしてグラウの方もまんざらではなくなってきたようで、つまり二人は両想いということになる。

なんということだ、めでたい。

「グラウ、今日もすごく格好良くて……ご正妃様、あたし、おかしいのかな。グラウといると、胸がドキドキして苦しくなるの。離れるのが嫌で、ずっと一緒にいたいって思っちゃう」

「それだけグラウのことが好きってことでしょう？　別におかしくないわ」

本当に恋でもしているみたいだと思いつつ、彼女の気持ちを肯定する。どんな感情であれ、それは彼女自身のものだ。私が否定してはいけない。

「今日もあとで会いに行きたいなって思ってるんですけど……いい、ですか？」

「もちろん。ムーアもあなたがグラウの世話をしてくれると助かるって言ってたし、グラウもひとりじゃ可哀想《かわいそう》だから、たくさん一緒にいてあげてね」

喜びに頬《ほお》を染めるレナの頭をゆっくりと撫《な》でる。ふわりと揺れる猫耳が相変わらず可愛《かわい》かった。

レナがグラウの世話をしてくれるのは本当に有り難いし、助かっているのだ。

なにせ私の旦那様《だんなさま》は、飼い狼《おおかみ》にすら嫉妬《しっと》する心の狭さ。抱きつくのもアウト、なんていう人だから、あまり積極的なスキンシップはできない。王城に住むことになったのだ。人懐っこい子になって欲しいと思っているので、レナがグラウをたくさん構ってくれるのはそういう意味でも有り難かった。

「皆にグラウは怖い狼じゃないって思ってもらいたいから。レナも協力してね」

「はい！」

元気よく答えてくれるレナが可愛すぎる。

レナと話しているうちに自己紹介が終わったらしい。シオンが声を掛けてきた。

「ご正妃様」

「あ、ごめんなさい。今から授業かしら」

「いいえ。せっかくですから、殿下にレナのことも紹介しようかと。殿下もレナのことを気にして下さっているようですし」

レイドが好意的な目でレナを見ていたことにシオンも気づいていたのだろう。彼の言葉に、レイドが嬉しげな顔をした。さっとレナに手を差し出す。

「オフィリアだ。是非、君の名前を教えて欲しい」

笑顔のレイドを見て、レナも怖《お》ずおずと手を伸ばした。

「あたし、レナって言います。猫の獣人です」

「宜しく、レナ」

「はい、宜しくお願いします」

ギュッと握手を交わしてから、レイドが手を放す。レナはぽうっとした表情でレイドを見ていた。

どうやらレイドの格好良さにやられたらしい。分かる。彼女には、いわゆる某歌劇団の男役的な格好良さがあって、トキメキしかないのだ。

　二人のやり取りを見ていたシオンが笑顔で言う。

「オフィリア殿下は、獣人に偏見のない方なんですね。さすが南の大国イルヴァーン。タリムとは大違いだ、素晴らしい」

　大袈裟《おおげさ》に褒められ、レイドは気まずげな顔をした。

「いや、残念ながらイルヴァーンも獣人に対する偏見は根深く残っている。私も、偏見が全くないとは言えないしな。だが私は、それをなくしていければと思っている。そのためにもより深く獣人を知りたいんだ」

「なるほど。よりよい未来のために努力するという姿勢は認められるべきものです。……殿下、宜しければしばらくの間、レナをあなた付きの女官のひとりに加えてはくれませんか」

「え……」

「シオン様？」

　レイドとレナが怪訝《けげん》な顔をする。私も何故《なぜ》突然シオンがそんなことを言いだしたのか分からず、彼の顔を見た。

「シオン？　どういうこと？」

　レイドも慌てて言った。

「もちろん、私としては有り難い提案だが、レナの気持ちもあるだろう。それを勝手に……」

「殿下は獣人を知りたいとおっしゃった。その考えはとても尊いものですし、そういうことなら協力しても良いかなと思っただけです。それとも今の言葉は嘘《うそ》ですか？」

「嘘なものか！」

煽《あお》られたレイドが、カッとなりながら反論する。

「私は私のために、差別のない国を望んでいるのだ！」

「ええ、そう思ったから提案しました」

ニコ、と笑うシオン。ただその笑みには何かが隠れているような気がして、私はつい聞いてしまった。

「……ねえ、シオン。本当にそれだけ？　一体何を考えてるの？」

レナはシオンの専属メイドだ。その彼女をわざわざレイドに貸し与えようとする彼の真意が分からなかった。簡単に協力する、なんて言えないと思うのだが。

レナも同様のようで、「あたし、シオン様に捨てられた？」と泣きそうな顔をしている。

うるうるとするレナの頭をシオンが撫でる。彼は唇を歪《ゆが》め、思い出すのも嫌だという顔をしながら口を開いた。

「何を考えているかって？　簡単ですよ。私がただ、獣人差別をする人間が大嫌いなだけ。……私はタリムで何度も獣人への胸くそ悪い差別を見てきました。獣人を奴隷として扱い、人権など存在しない。気まぐれで摘まれる命だっていくらでもあった。本当に地獄なのです。だからあの地獄を少しでもなんとかしようと思ってくれる王族がいるのなら、協力したいと思っただけなのですが……何かおかしいですか？」

「私はイルヴァーンの王女であって、タリムの王族ではないぞ？」

「ええ、もちろん分かっていますとも」

確認するように言うレイドに、シオンは当然と頷いた。

「私が見たのはタリムでしたが、お話を聞くに、程度の差はあれど、おそらくイルヴァーンも似たようなことがあるのでしょう。私は別に、タリムの獣人だけが助かればいいなんて思っていません。他の国でも獣人が平和に暮らせるようになるというのならお手伝いがしたいと、そう思っただけです」

だから、レナを捨てたわけではないのです、とシオンは優しい声でレナに言った。

「シオン様……」

「レナ。あなただって、獣人が虐《しいた》げられる今の世の中は嫌だと思っているでしょう？　そのためにできることならしたいとは思いませんか？」

「それは……はい」

コクリと頷く。

「あたしはシオン様に助けられました。でも、あたし以外にも苦しんでいる子がたくさんいるのは知っています。……あたしだけが無事ならそれでいいなんて言えません。……みんなにも幸せになってもらいたいです」

「ええ、あなたは優しい子ですから」

褒めるようにシオンが彼女の頭を撫でる。

「これはそのための努力のひとつに過ぎません。まずはあなたという獣人を殿下に分かっていただく。

あなたひとりを知ったからと言って全獣人を理解できるわけではもちろんありませんが、『知る』というのは大切なことなのです。レナ。私のために、そして獣人たちのために、殿下の女官として行ってくれますか？　これは私からのお願いです」

シオンの話を聞き、レナは大きく頷いた。

「もちろんです！　シオン様のお願いならどんなことでも！　それに、あたしも獣人を分かって欲しいって思います！」

「決まりましたね」

満足そうに微笑《ほほえ》み、シオンがレイドに向き直る。

「そういうことですので、レナをあなたの女官に推薦させていただきます。宜しいですか？」

柔らかな問いかけに、レイドは真剣な表情になって頷いた。

「ありがとう、ナナオオギ殿。有り難く彼女をお借りする」

「シオン、で結構ですよ、殿下。……ご正妃様、こちらで勝手に決めてしまいましたが、構いませんか？」

シオンに尋ねられ、私は頷いた。

「大丈夫よ。フリードと女官長のカーラには私から話しておくから。レナ、レイドを宜しくね」

「は、はい！　頑張ります！」

ピッと姿勢を正すレナ。耳までピンとしている。可愛い。

思わず口元を緩める。レイドを見ると、彼女も優しい顔で笑っていた。

「無理はしなくていいぞ。ただ、そうだな。女官の仕事の他に、できれば時々話し相手になってくれると嬉しい」

「はい!」

硬い声で返事が返ってきた。

どうやら頑張らなければと気負っているらしい。シオンから直接頼まれたのだ。レナからすれば、絶対に失敗できない任務といったところなのだろう。

「レナ、緊張しすぎですよ」

「は、はい!」

シオンが声を掛けるも、すっかり緊張してしまったレナはガチガチになっている。

なんとか彼女の緊張を解き、あとは予定通りシオンの授業を受けて、今日は解散となった。

16・彼女と彼の魔法レッスン

シオンの授業は、とても分かりやすかった。

レイドも感心していたが、彼は魔術の初心者が何を分からないかを理解していて、私たちの疑問に的確に答えてくれるのだ。

今日は座学だけだったけれど、このまま彼の授業を受け続けていれば、私でも近いうちに魔術や魔法が使えるようになるのではないか。そんな風に思えてきた。

――紫苑《しおん》先輩、昔から教えるのが上手《うま》かったもんなあ。

前世の記憶だが、彼と同じ大学に通っていた頃《ころ》、軽くだが勉強を教えてもらったことがあったのだ。

その時も分かりやすいと感じたのを思い出した。

「もっと早くに教えてもらえば良かったかな……って、それは無理な相談だよね」

今回、シオンに教えてもらうことができたのは、レイドと一緒だったからだ。フリードにはシオンと二人きりにならないようにと口が酸っぱくなるほど言われているし、彼に嫌な思いをさせたくないので、今回のようなことがない限りはシオンに、という選択肢はなかった。

「フリード、ヤキモチ焼きだもんね」

特にシオンに関しては、何かを察しているのか、二人きりになることを妙に嫌がる節がある。彼を怒らせないためにも、極力『二人きり』にならないようできるだけ努力しなければならないのだ。

「同じことがあったら、私も嫌だもん。こういうことはちゃんとしないとね」

上機嫌で部屋に戻る。

部屋の前にはいつも通りグラウが陣取っていて、私を見ると「わん」と一声鳴いた。

「グラウ、ご苦労様」

よしよしと頭を撫《な》でる。グラウに関しても雄なので要注意だが、頭を撫でるのはセーフなので、気にせずわしゃわしゃした。グラウと少し離れて立っていた警備の兵を見つけ、彼らにも「お疲れ様」と声を掛ける。

「フリードは？」

「お戻りになっておられます」

「そう、ありがとう」

どうやらフリードは、仕事を終えて部屋に戻っているらしい。ノックをしてから扉を開け、中に入る。

「ただいま」

主室のど真ん中にある大きなソファに、フリードは足を組んで座っていた。

豪華な調度品で揃《そろ》えられた室内だが、フリードがいるとそれらも彼を引き立てるだけのものにしか見えなくなるから不思議だ。さすがは私の旦那《だんな》様。いつも通り格好良い。

「お帰り、リディ」

声を掛けると、彼は立ち上がり私の方へと歩いてきた。私もフリードの側《そば》に寄る。

そのままの流れで、彼に抱きついた。ぽふっという音がして、抱き締められる。香水なんてつけていないのに、彼からは良い匂《にお》いがして、すぐにぽーっとなってしまうのだ。

私はフリードの胸に擦り寄りながら彼に言った。

「今日はフリードの方が早かったんだね。珍しい」

「うん。アレクに残りの仕事を押しつけてきたから」

「え」

——兄さんに仕事を押しつけてきた？

普段のフリードなら絶対にしないであろう所業を聞き、顔を上げる。彼は口元こそ笑っていたが、その目は恐ろしいほど冷えていた。

——なんか怒ってる？

「えと……フリード？」

こういう時のフリードは間違いなく怒っていると経験で知っていた私は慎重に彼に話しかけた。

「あの……」

「アレクに聞いたよ。シオンに魔術の教師をしてもらっているんだってね」

——それか！

顔が引き攣《つ》る。

さっとフリードから離れようとしたが、放してもらえなかった。

兄に仕事を押しつけたと聞いた時点で嫌な予感はしていたが、どうやら大当たりだったようだ。

だけど、今回私は彼との約束を破っていない。怒られる理由が分からなかった。

「えーっと、知っていると思うけど、私、レイドのオマケだからね？　つまり二人きりとかじゃないの。ちゃんとフリードに言われた通り、シオンとは二人きりにならないようにしてるから」

己の無実を訴える。フリードはムスッとしながら頷《うなず》いた。

「知ってる。アレクに聞いたよ。ウィルよりシオンの方が適任だと思ったから教師役を代わってもらったって話も、リディが私が嫉妬《しっと》しないか気にしていたということも聞いた」

「そう！　そうなの！」

なんだ、良かった。

兄はちゃんとフリードに説明してくれていたのだ。

冤罪《えんざい》が認められたと心からホッとし、彼を見る。だがフリードの目はとても冷たかった。

「だけどね」

――ん？　続きがある？

どういうことだと彼を見ると、フリードはぶすくれながら言った。

「嫌なものは嫌なんだよね」

「……」

すんっと表情が引っ込む。無になってしまった私にフリードが更に言う。

「ウィルならまあ、仕方ないかと思った。彼は魔術師団の団長で教師には適任だし、リディがオフィリア王女と一緒に勉強したいという気持ちを大切にしたいと思ったから許可を出した。二人きりというわけでもなかったしね」

「……う、うん」

「でもシオンは……」

複雑そうな顔をしながらフリードが続ける。

「アレクから教師交代になった経緯も聞いたし、まあそういう理由ならってこちらも納得しようと思ったんだけどね。無理だった。どうしても気になってしまって……ごめん。リディにしてみれば理不尽な話だよね。リディはちゃんと私の言うことを聞いてくれたし私のことを気に掛けてくれたのに、私はそれでも嫌だと思ってしまうんだから……」

「フリード……」

ポカンと彼を見上げる。驚いた。どうやらいつもの嫉妬されるだけの展開とは違うようだ。フリードは眉《まゆ》を下げ、困ったように微笑《ほほえ》んでいる。

「情けないな……」

怒りを孕《はら》んでいた声が、どんどん元気を失っていく。

「別にリディが浮気すると思っているわけではないんだ。シオンのことだって信じている。……それでもこの始末なんだから自分でも狭量すぎて嫌になるよ」

はーと大きく息を吐くフリード。その様子が、彼がどうにか自分の気持ちを静めようとしているみたいに私には思えた。

「フリード」

「……大丈夫。少し吐き出して冷静になったから。……うん。行くなとは言わないよ。リディは私との約束を守ってくれているんだから私だって……」

そう言いながらも、フリードは自らの額を押さえていた。自分の心を制御できないのが悔しいらしい。そんな、自分の感情に振り回されている彼を見ていると、彼の望むようにしてあげたいなと思ってしまう。これが惚《ほ》れた弱みというやつだ。

それにシオンについては仕方ないと思うし。

元々フリードはシオンについては私の元彼だということを察していそうな節があったのだ。それを考えれば、彼は信じられないほど色々譲ってくれている。基本フリードはとても優しい人なのだ。

だから私は笑顔で言った。

「別にいいよ。ちょっと残念だけど、シオンの授業は受けない方向でいくことにするから」

「え?」

驚いたようにフリードが私を見てくる。そうして焦りながら口を開いた。

「そんなことしなくていいんだよ? その……私が言っても信用ないだろうけど、約束を守ってくれているリディをこれ以上縛るつもりはないんだ。確かにさっきは怒ってしまったけど、八つ当たりだということは分かっているし本当に――」

「いいの、いいの」

彼の言葉を遮り、軽く告げる。

「だってフリードは嫌だって思ったんでしょう? それならやめとく。あ、でも帝王学の先生はいいのかな。確かにあの人はおじいちゃん先生だけど、そっちもフリードが嫌って言うなら……」

フリードの元教師だという帝王学の先生は、結構な年なのだ。だが、フリードがどこまでヤキモチを焼くのか分からない。確認すると、苦笑が返ってきた。

「……さすがに彼に妬《や》いたりはしないよ」

「疑わしいなあ」

狼にまで妬く人なので信憑性《しんぴょうせい》に欠けると思ったが、とりあえずこちらは続けても問題ないらしい。

まあ、おじいちゃん先生だから許せるのかなとひとまずは納得する。

「分かった。じゃあ、レイドと一緒に勉強するのは帝王学だけにするね」

「……ごめん」

「謝らなくて良いってば。これは私が決めたことなんだから」

フリードは我慢しようとしてくれた。私を行かせようとしてくれた。その気持ちだけで十分なのだ。

まあ、兄は可哀想《かわいそう》だったけれど。

フリードの八つ当たりを受けて、今頃押しつけられた仕事をしているのかと思うと、ごめんとしか言いようがない。

「んー、でも、本音を言えばちょっと惜しかったかも。シオンの教え方が上手かったから、これは期待できる、魔術が使えるかもって期待はあったんだよね」

「私が教えるよ」

「え」

　フリードの言葉に反応する。彼は私の手を取り言った。

「結果として、リディがしたかったことを奪ってしまったのは私だからね。その責任は取る。魔法と魔術、どちらも私が教えてあげるよ」

「……え、フリードが？　でも……」

　今までそういう話は何度かあったが、実現したことはなかった。なのに今回はどうしてと思っていると、彼は言った。

「魔法を使うことにあまりリディが積極的なようには見えなかったから動かなかっただけ。でもリディが本気で魔法を使いたいって言うならいくらでも協力するよ。当たり前じゃないか」

「……」

　身に覚えがありすぎて、黙り込むしかなかった。

　だってフリードのおかげで城で暮らすのに不自由はないし、特に最近では中和魔法が使えるようになっていたのだ。魔法に対する憧《あこが》れは、すっかり鳴りを潜めていたのである。そう今の私には特別、魔法や魔術を使いたい！　という気持ちがないのだ。自主練だってサボりがち。

　そりゃ、フリードだって何も言わないはずだ。納得である。

　私は気まずいなと思いながらも口を開いた。

「……ええと、できれば使えるようになりたいって思ってる。だから今回も参加したわけだし。フリード、教えてくれる？」

「いいよ。じゃ、こっちに来て」

どうやら早速授業を始めてくれるらしい。

フリードが近くのソファに腰掛ける。足の間に座るように言われ、素直にそこに収まった。

後ろから手首をそっと握られる。

「リディには、成長した王華《おうか》があるからそこまで難しくないと思うんだけどね。王華があれば、魔力を制御するのは簡単になるから。……今から私が少しだけ力を流す。それを感じてみて」

「……うん」

思ったより本格的な授業にドキドキした。フリードの手からじんわりとした温かいものが流れてくるような感じがする。未知の感覚に目を見開いた。

「これ……」

「そう。それが魔法を使うための力。同じものがリディの中にもあるから、まずはそれを探してみて」

「……」

フリードが王華に触れる。触れられた場所が熱いような気がした。

「リディの魔力は王華周辺に集まっているね。それを操るイメージ。……そうだね。簡単な生活魔法から始めてみようか。部屋の灯《あか》りを消してみて。部屋が暗くなるイメージをするんだ。大丈夫、私も手伝うから失敗なんてしないよ」

「う、うん……」

フリードが補助してくれるのなら、変なことにはならないだろう。私は目を閉じ、精一杯部屋が暗くなるイメージをした。温かい彼の身体《からだ》に背中から包まれているからか、リラックスできる。

いつも感じる、魔法を扱おうとする時特有の緊張も今は感じなかった。

「そうそう、良い感じ。そのイメージの中に自分の力を注ぎ込むんだ。優しく、優しくね。ああ、そっちではなくてこっち……ほら、できた」

「あっ……」

先ほどまで部屋についていた灯りがふっと消えた。

「う、嘘《うそ》、消えた……」

声が震える。今起こったことが信じられなかった。

「リディの魔力で消したんだ。今のが魔法。魔法は想像力が物を言うからね」

「わ、私……初めてまともに魔法が使えたかも……」

期待していなかっただけに喜びは大きかった。一瞬、私の力ではなくフリードの力で消したのでは？　とも思ったが、自分から力が出ていく感覚があったので間違いなく私自身で魔法を行使したのだろう。

「すごい……私、もう殆《ほとん》ど諦《あきら》めてたのに……こんな簡単に使えるなんて……」

思わずその場から立ち上がってしまった。灯りが消えている。たったそれだけのことがこんなにも嬉しい。感動に浸っていると、フリードが言った。

「さっきも言ったけど、元々王華が魔力制御のためのものだからね。通常よりもかなり魔法や魔術は使いやすくなっているんだ。ほら、次は消した灯りをつけてみて。今度は私は手伝わないから」

フッ

「う、うん……！」

成功したという喜びに震えつつ、私は今度は灯りをつけるイメージをした。感覚は掴《つか》んだ。なんとかなりそうな気になっていた。

「……あれ？」

うんともすんとも言わない。

コツを掴んだ気になっていたのはなんだったのかと言いたくなるくらい、さっぱりだった。灯りがつきそうな気配もない。

「え……おかしいな。なんでだろう」

「もう一度、一緒にやろうか」

「うん」

フリードの言葉に従いながら、助けられつつ再度試す。今度は問題なく灯りが灯《とも》った。どうやらフリードと一緒ならできるようだ。だが、ひとりでやると、どうしても上手く行かない。

「ええ？　なんで……」

何度か試してみたが、結果は変わらなかった。フリードの補助を受けた時だけ灯りが反応する。

「……フリードの補助なしでは魔法が使えないとか……嘘でしょ。私そこまで駄目だめなの？」

誰《だれ》にでも使えるような生活魔法ですらこのレベルとか。

これはあまりにも酷《ひど》すぎる。打ちのめされた気持ちになっていると、フリードが慰めるように言った。

「大丈夫だよ。ちゃんとリディは前進してるんだから。私の手伝いがあったとしても魔法を使えているのは確かだ」

「それは……うん、そうだね」

確かに。今まではどうあっても魔法なんて使えなかったのだから、一歩どころか三歩くらい前進していると思う。

「徐々に段階を進めていこう。まずはひとりで魔法を使えるようになるところから。魔術はリディが魔法を上手く使えるようになってから教えてあげる。ものには順序というものがあるからね」

「ありがとう」

まさか教えてくれた最初の日から魔法を使えるようになるとは（補助付きだけど）思わなかった。

「フリードってすごいね。教えるのも上手《じょうず》」

「リディと私は王華を通じて繋《つな》がっているから、魔力操作の手助けをするのも簡単なだけだよ。でも喜んでもらえたのなら良かった」

「うん！　なんかやる気が出てきた！」

結果が出るのなら頑張れる。フリードについてもらわないと使えないという現状は悲しいが、努力すればきっとひとりでもなんとかなるはず。期待が持てる。

その日はフリードに感謝しつつ、引き続き魔法の使い方を学び……最終的に精神力を使い果たしてぶっ倒れた。調子に乗りすぎた結果である。慣れないことを急に全力でやるものではない。

フリードに慰められながら、私は次からはちょっとずつ頑張ろうと思った。

17・彼女と遭遇

「デートだ！」

ヴィルヘルムでは初めて見る港町にテンションが上がる。

私は今日、フリードと一緒に以前約束したダッカルトデートに来ていた。

◇◇◇

「明日は、約束していたダッカルトにデートしに行こうか」

そう夫が声を掛けてきたのは、デートに行く前日の夜のことだった。

突然の申し出にキョトンとする。言われた意味が一瞬分からなかったのだ。だが、デートという言葉には敏感に反応した。

「デート！」

「うん。蛸《たこ》を見つけたいって言ってたでしょう？　明日は仕事が休みなんだ。魔術で行けるようにしておいたから、問題なく日帰りできるよ」

「わ、ありがとう！」

フリードの話を聞き破顔した。

ヴィルヘルムの東側にある港町ダッカルト。

ヴィルヘルム海軍本部のある町であり、フリードの叔父《おじ》であるガライ様が治めるところだ。

新鮮な海産物が捕れることでも有名なそこへ行けるのが嬉《うれ》しかった。

「朝から行って港を回って、昼を食べてから今度は町中をデートする。帰城予定は夕方。これでどうかな？」

「最高！」

語られた予定に大きく頷《うなず》く。

「護衛はカインだけで十分だろう。王都ほど大きな町ではないからね。全員が私たちの顔を知っているというわけでもない。髪色を変えて、服装を派手にしなければ騒がれることもないだろうし」

「つまり、いつものデート時の格好ってことだよね。わーい、新しい服を下ろそう！」

カーラが最近用意してくれる町歩き用の服は、その種類をずいぶんと増やしていた。

何せすっかり王都では顔バレしているのだ。適当な服など着せられないと言うカーラの意気込みにより、ずいぶんとお洒落《しゃれ》で可愛《かわい》いものが増えていた。

私はさっそくカーラを呼び、明日はフリードとデートに出かけることを告げた。

「タータンチェックでリボンが付いたものがあったでしょう？　明日はあれを着たいの」

「分かりました。明日、ご用意いたします」

準備を申しつけ、ウキウキとしながら明日のことをフリードと話す。

そうして次の日、私は早朝から上機嫌で準備をし、フリードの魔術でダッカルトへとやってきたのだった。

◇◇◇

「潮の匂《にお》いがする。イルヴァーンの王都みたい……！」

やってきたダッカルトは、つい最近訪れたイルヴァーンを思い出した。

潮の匂いが強い。高い壁に囲まれたヴィルヘルムの王都とは違い、ダッカルトはオープンな雰囲気で活気ある町だった。

ダッカルトは、王都から少し距離がある。魔術や転移門を使わなければ、馬車で片道二日といった行程だ。港は大きく、遠目からでも軍艦や外国籍の船などがたくさん並んでいるのがよく分かった。

町にはたくさんの露店が出ており、海産物を扱っている店が特に多い。イルヴァーンとは違い、外国の商品などはパッと見た感じ、置いていなかった。

「外国籍の船はあるのに、その商品は売ってないんだ……」

「積荷は全部チェックして、そのまま王都に送ることになっているからね。商人たちも王都で商売がしたいから、特にクレームは出ていないよ」

「ふうん。どんなものがあるの？」

「珍しい布地やお茶の葉、陶磁器辺りがよく目に付くかな。あとは香辛料や靴。海上輸送は転移門を使うより費用が安いから、イルヴァーンからのものも多いよ。ほら、珈琲《コーヒー》とか刃物《はもの》とかね」

「刃物……輸入した包丁って、当たり前だけど高いんだよね。それでも皆欲しいって言ってるし、私も欲しかったけど」

関税が掛かるので、どうしても輸入品は高くなる。

「包丁といえば……蛸！　お義母様にも頼まれているし、はりきって蛸を探さないと……！」

実は少し前に、義母に相談されたのだ。レイドと話す機会を作って欲しいと。

そして私はその紹介の場をタコパにしようと画策していた。

タコパ。つまりはたこ焼きパーティー。

王城の庭でたこ焼きパーティーをしようというのである。

皆でたこ焼きを突きながら話せば、きっと仲良くなれるに違いない。アマツキさんに作ってもらったたこ焼き機も大活躍できるし、皆にもたこ焼きを食べてもらえる。最高のアイデアだと私は思っていた。

「城の主要メンバーを呼んで、無礼講のタコパ。そういうのも悪くないよね」

国王や義母はもちろん、兄やウィル、シオンにレナ、グレンやヘレーネも。

皆、レイドと話したいと思っているだろうし、彼女も彼らに興味がある。タコパをしながら話すというのはコミュニケーションを取るという意味でもばっちりではないだろうか。

兄には実家でカレーを作ろうと思っていたが、この際王城の庭でタコパでも構わないだろう。なんだったら、カレーも一緒に出してもいいし。

だが、そのタコパを開催するために、蛸は絶対に必要だった。

「最悪、チーズたこ焼きにするとか、ウインナーたこ焼きにするとか、色々手はあるけど……やっぱり普通のたこ焼きをまずは食べてもらいたい」

来《き》るタコパのことを考え真剣に唸《うな》っていると、フリードが呆《あき》れたように言った。

「ほら、リディ。ぼうっとしないで。まずは予定通り港にいる漁師たちに話を聞きに行こう？」

「うん」

キュッと指を絡めるように手を繋《つな》がれる。いわゆる恋人繋ぎというやつだ。

目立たないように黒髪にしたフリードが慣れたように道を歩く。全く迷う様子のない彼を見て、私は疑問に思ったことを聞いた。

「ね、フリードはこの町のこと詳しいの？」

「詳しいというほどでもないけど、叔父上がいらっしゃるからね。行く機会も多いから、大体は分かるよ」

「へえ」

私たちの後ろには護衛であるカインが続く。当たり前だが彼にとっても初めての町だ。キョロキョロしているように見えるのは、地理を把握しようとしているのだろう。

王都では普通の格好も、ここでは派手なのか、少し浮いてしまう。町の人たちは私たちを見て、「ああ、王都から来た人なんだね」と勝手に納得してくれていた。フリードを王子と判別できる人はいないようだ。

ちなみにレイドは城で勉強に勤《いそ》しんでいる。フリードとデートに行くと言うと、「私もアベルとラブラブデートがしたい」と羨《うらや》ましがっていたが、あのアベルがラブラブしているところを想像することができなかった。金勘定をしているところなら余裕で思い浮かべられるのだけれど。

通りを抜け、港に出る。今度は海岸の方に向かった。漁師たちに話を聞きたいのだ。今日は外国籍の船や軍艦に用事はない。

「あ、ラッキー。ちょうど漁から帰ってきた人たちがいる！」

階段を下り、砂浜を歩いていると沖の方から小さな船が何隻《せき》か戻ってくるのが見えた。まだ時間は朝。夜釣りをして帰ってきたのだろうか。話を聞くにはちょうどいい。

ワクワクとしながら彼らが船を泊めるのを待つ。邪魔をしては悪いから、手が空いた時に話しかけようと思っていた。

「――おや、お前さん。もしかしてリディかい？」

「え？」

船を眺めていると、後ろから驚いたような女性の声が聞こえた。

ダッカルトに私を『リディ』と愛称で呼ぶような女性の知り合いはいない。一体誰《だれ》がと思い振り返った。

「あ……」

意外すぎる姿を見つけ、目を瞬かせる。フリードが私を守るように抱き寄せ、小声で尋ねてきた。

「……知り合い？」

「う、うん。その……イルヴァーンで」

驚きつつも頷く。だけどまさかこんなところで会うとは思わなかった。

だって彼女はイルヴァーンの王都で工房を構えて、今もあの場所で包丁を打っているのだと思い込んでいたのだから。

「えっと……あの……」

なんと言ったら良いのか戸惑う私に、彼女は笑顔で話しかけてくる。

「偶然だねえ。お前さん、なんでこんなところにいるんだい？」

「今日はデートで……というか、あなたこそイルヴァーンにいらっしゃったのでは？」

「はは、それはそうなんだけどね」

白い作業着を着た小柄な女性が快活に笑う。気っぷの良い笑い方が、如何《いか》にも彼女らしいと思った。

「ちょっと気分転換に引っ越すことにしたのさ」

「へ？」

軽く引っ越すと言ってのけた彼女に更に驚いた。

引っ越しなんて簡単にできることではない。何せイルヴァーンからヴィルヘルムは遠い。

転移門を使えばすぐだが、彼女は平民だし、失礼だがそんなにお金を持っているようには見えなかった。となると、引っ越しは馬車を使って……ということになるのだが、こんなすぐにできるはずがないのだ。準備と移動に数ヶ月は掛かるのが普通。

だから失礼だと分かっていつつも、つい言ってしまった。

「あの、本物ですか？」

と。

だけど、仕方ないではないか。彼女がここにいるはずがないのだから。

私の言葉を聞いた彼女が目を丸くする。

「当たり前だろう。あたし以外の誰だって言うんだい。全くおかしなことを言う子だね」

「す、すみません。でも——」

あり得ないことが起こっているのだから、質問してしまうのも許して欲しい。

もう一度彼女をまじまじと見つめる。

やっぱり、本物だ。間違いない。

狐《きつね》につままれたような気持ちになりながらも、口を開いた。

「お、お久しぶりです。その——アマツキさん」

「ああ、久しぶり」

私に応《こた》えて笑ってくれる彼女は、イルヴァーンで私に包丁を売ってくれた女性職人であるアマツキさん。

頭の中は未だ疑問符で一杯だったけれども、とりあえず私は彼女との再会を素直に喜ぶことにした。

番外編・彼と彼女の楽しい楽しい軍服祭り（書き下ろし）

それはイルヴァーンから帰ってきて、しばらく経《た》ったある日のことだった。

執務を終えた私はアレクと別れ、自分の部屋へと戻ってきた。昼食を共にしてからもう何時間も経っている。部屋の扉を開けると、会いたくて堪《たま》らなかった愛《いと》しい妻がひょいと姿を見せた。そうして嬉《うれ》しげに私の名前を呼ぶ。

「リディ、ただいま」

「フリード」

寛《くつろ》いでいたのか、彼女はゆったりとした淡い色の室内着を着ていた。左胸には私の妃《きさき》である証《あかし》の王華《おうか》が今日も美しく咲き誇っている。

「お帰りなさい」

笑顔が可愛《かわい》い。

最近リディはますます魅力的になったように思う。表情がくるくると変わる様は見ていて全く飽きないし、愛しさが際限なく膨らんで抱き締めたくなってしまう。今も笑顔ひとつで簡単に私を虜《とりこ》にしていた。

私を微笑《ほほえ》みだけで骨抜きにできるのなんて彼女だけだ。リディの願いならどんなことでも叶《かな》えてやりたいと思ってしまう。

彼女を妻にできたことは私の人生で一番誇るべき出来事だ。間違いない。

リディがちょこちょことした動きでこちらへやってくる。その様子が可愛いから抱き締めようと自然に思った。

「お疲れ様。ええと、ところでちょっとお話があります」

「話？」

両手を広げ、思いきり抱き締めようとしたところをさっと躱《かわ》された。

まさか愛しい妻からそんな仕打ちを受けるとは思っていなかった私は内心動揺しつつも、できるだけ優しく彼女に話しかけた。

「わざわざ話がある、なんて穏やかじゃないね。もちろんリディの話は聞くけど、その前に抱き締めさせて欲しいな」

あと、できれば彼女からのお帰りなさいのキスが欲しい。

そう思いながら彼女を見ると、リディは「駄目。先に話を聞いて」と言ってきた。口を尖《とが》らせる様も可愛い。そのシェルピンクの唇に口づけるくらい構わないじゃないかとも思ったが、彼女の機嫌を損ねさせて、あとで「今日は抱き合いたくない」と言われるのだけは絶対に嫌だったので我慢した。

どうやらよほど大切な話があるらしい。

もしかして何かやらかしてしまったかとも焦ったが、いくら考えても何も思い浮かばなかった。

「こっち」

リディが私の手を引っ張り、寝室の方へと連れていく。彼女の様子は真剣だ。一体なんの話なのか、さすがに気になってきた私は大人《おとな》しく彼女についていった。

「で？　話って？」

お帰りなさいのキスもしてもらえないほどの用件とは何なのか。

寝室に着いたところで質問すると、彼女はキリッとした顔で振り返り、私に言った。

「私、気づいたの」

「何に？　私がリディを愛していることはとっくに知ってくれていると思ったけど」

昔はどうあれ、妻となったリディに隠すようなことなど何もない。本気で分からずそう告げると、リディはぷーっと頬《ほお》を膨らませた。ああ、その顔も可愛い。

「それは知ってるし、私も愛してる。……じゃなくて、きゃあ！」

「可愛い」

返ってきた答えが嬉しくて、リディを引き寄せ思いきり抱き締めてしまった。

心の中で考えていたことをそのまま言葉にすると、彼女が私の腕の中でジタバタと暴れる。

「話の腰を折らないでってば……も、放してよ……これじゃ全然本題に移れないじゃない」

「このまま話せばいいじゃないか。せっかく仕事を終えて帰ってきたのにリディを抱き締められないなんて、どんな拷問《ごうもん》を受けさせられているのかと思ったよ」

「拷問って……」

「私はリディと早く一緒に過ごしたくて頑張ってきたんだ。それをお預けさせられているんだよ？拷問でなくてなんだと言うの」

リディの身体《からだ》の感触を楽しみつつも答える。愛しい妻を目の前にして抱き締めてはいけないなんて、そんなの耐えられるはずがない。私には何よりも堪《こた》える拷問だ。

「話ならこのままでも聞けるから。ね、リディ。放さなくていいよね」

「……もう、仕方ないなあ」

甘い声で囁《ささや》くと、案の定リディはあっさりと諦《あきら》めた。その声がちょっと嬉しそうなのは気のせいではない。えへへという可愛い声が聞こえたことで私の機嫌は上昇した。単純で申し訳ないが、相手がリディだと私はいつもこうなってしまう。

「で？　話っていうのは？」

今のリディの反応からして、少なくとも私にとってマイナスの話ではないだろう。そう判断し、すっかり安心した私は軽く尋ねた。リディはハッとした様子で「そうだ、その話！」と叫んだ。

そうして私を見上げてくる。私の腕の中に閉じ込められている彼女の上目遣いは驚異的なまでに愛らしい。本当にリディは世界一可愛い私の大切な妃だ。日々、愛しさが増す彼女を、どうしたら自分だけしか見ないようにできるのか真面目《まじめ》に考えてしまうほどに愛している。

リディは人気者で、私だけを見てはくれないから。とはいえ、彼女が私だけを愛してくれているのは分かっているので、ある程度は仕方ないと我慢していた。本当は我慢なんてしたくなかったけど、これもリディの笑顔を守るためだ。

可愛いリディのことを考えていると、彼女はぷくっと頬を膨らませて私に訴えてきた。

「最近！　軍服祭りが行われていません！」

「うん？」

何の話だ。

意味が分からなくて首を傾《かし》げると、彼女は「だから！」と抗議の目つきで私を見た。

「結婚してから！　まだ！　一度も！　フリードに正装で抱いてもらってないって言ってるの！　私、フリードの軍服が大好きなのに……！」

「ああ……そういえば」

彼女の言いたいことをようやく理解し、頷いた。

リディは私の正装姿が殊《こと》の外《ほか》お気に入りなのだ。それを着ればいつだって蕩《とろ》けた目で見てくれるし、なんならリディの方から「抱いて下さい」なんてお強請《ねだ》りしてもらうことだってできる。恥ずかしいプレイだってノリノリで応じてくれるくらいだから、よほど好きなのだろう。今までにも何度か正装を着たままで彼女を抱いたが、リディは毎回大興奮で非常に楽しい濃密な時間を過ごすことができたことを覚えている。

「ええと、つまりリディは私に正装を着て欲しいって、そう言ってるわけ？」

「そう！」

リディが元気よく返事をする。

なるほど、話が読めた。

確かにリディの言う通り、結婚して以降、彼女と正装での着衣プレイはしていない。

特に理由があったわけではない。ただ、そういう機会がなかっただけなのだが、どうやらリディはそれを不満に思っていたらしい。グッと拳《こぶし》を握り締め、力説してくる。

「フリードの魅力を最大限に引き出せる軍服……それを、最近は全然見ていないの！　そんなの軍服祭り総責任者としては許されることではない！　なので、ここに軍服祭り開催を強く要求します！　正装はカーラに用意してもらってるからあとはフリードが着るだけ！　準備は万端ですっ！」

ビシッとベッドを指さすリディ。彼女が差す指の先を見ると、そこには私の正装が整えられていた。

「……よくカーラが頷《うなず》いたね」

呆気《あっけ》にとられつつもそう言うと、リディはちょっと微妙な顔をした。

「なんか生温かい目で見られたけど、何も言わずに用意してくれた。……用途はバレている気もする」

「まあ、そろそろカーラにはバレているだろうね」

大体、リディの正装好きはすでに色々な人たちに筒抜けだ。

そのリディが、正装を用意しろ（しかも夫の分だけ）と言えば、察しの良いものなら大概は気づく。生温かい目を向けられるのも仕方ないし、子作りに繋《つな》がる話なのだから黙って協力してくれるのも当然と言えよう。

「私は構わないけど、リディはバレてもいいの？」

「フリードの正装が性癖だってのは、どうせ知られているもん……。今更だし、それで我慢して軍服祭りができない方が問題だもん……」

「祭り、ねえ」

すごい表現をするものだと苦笑しつつもリディを抱き締める。

彼女は期待に満ちた目で私を見上げてきた。

「ね、駄目？」

ワクワクしている。

断られるとは思っていないのがまた可愛い。もちろん断るつもりなんて最初からないが。

元々リディを抱きたいと思って、急いで帰ってきたのだ。正装に着替えなければならないのは面倒だが、それで彼女が喜んで応じてくれるというのなら安いもの。

「いいよ」

笑顔で返事をすると、彼女の顔がパッと明るくなった。

「本当⁉」

「確かに最近リディの前では着てあげていないしね。妻の期待に応《こた》えるのも夫の役目だから。――うん、じゃあ今日は久しぶりに正装を着て抱いてあげようか」

「やったあああ！」

私の腕の中で大喜びする妻がとても可愛い。

わざわざ話があると言うから何事と思えば、こんな我が儘《まま》とも思えないような小さな願い。そういうところがどうにも愛らしくて好きだなと思ってしまうのだが、リディの顔がとても真剣だったので、言うのはやめておくことにした。

◇◇◇

「着替えたよ」

リディに急《せ》かされ、苦笑しつつも正装に着替える。マントはさすがに邪魔なのでつけなかったが、手袋は嵌《は》めた。最初はこちらも外すつもりだったのだが、リディが嫌がったのだ。

どうやら彼女的に色々拘《こだわ》りがあるらしい。

リディの前に立つ。彼女は両手で胸を押さえるポーズをし、天を仰いだ。

「やっぱり格好良い……鼻血出そう……」

「……そう」

相変わらず大袈裟《おおげさ》である。彼女がうっとりとした目で私を見てくる。

目がハートになるという表現があるが、まさにそんな感じだった。

「やっぱりフリードの軍服姿は破壊力が違いすぎる……。はあ……ときめきすぎて胸が痛い。なんで私の旦那《だんな》様ってこんなに格好良いの？　私、前世でなんか善行積んだかな？」

真顔で首を傾げる彼女に近づき、その手を握る。手の甲に口づけた。

「それはどうも。その格好良い私はリディだけのものだよ」

「ひゃあああ……！　好き……」

「もちろん。私は愛してるけどね」

「あっ、もう死ぬ……」

はふん、と呟《つぶや》き、リディはへなへなと床に頽《くずお》れた。そうして「どうしてこんなにフリードの攻撃力は高いの……！　知ってたけど！」と床をどんどんと叩《たた》いている。

どうやら久しぶりの正装にずいぶんと昂《たか》ぶってくれたようだ。リディが喜んでくれたのなら何よりだと思う。

私は彼女の側《そば》で膝《ひざ》をつき、その肩を抱いた。耳元で囁く。

「ね、リディ。それで――何か他《ほか》に言うことは？　この格好の私を見て、それで満足なのかな？」

「ひえっ……耳から孕《はら》む……」

首を竦《すく》め、真っ赤になったリディが私を見る。

「リディ？」

「あぅ……そ、その……素敵な軍服姿で抱いて、下さい」

「ん？」

聞こえはしたが、掠《かす》れた小さな声だったのでもう一度という意味を込めて聞き返す。彼女は顔を赤くしたまま私に言った。

「わ、私、正装のフリードに抱かれたいです……！」

正直に告げた彼女の頭をそっと撫《な》でる。

「それがリディの望みなら。で？　リディは今日はどんなプレイがしたいのかな？」

どうせ希望があるのだろう。そう思い尋ねると、彼女はキリッとした顔で口を開いた。

「きょ、今日は命令系でお願いします！」

告げられた言葉を聞き、口角が勝手に上がっていく。

リディは正装姿の時は、命令されたいと思うことが多いらしく、わりと今のように言ってくるのだ。

「命令、ね。いいよ。じゃあ今日はそうしようか。――リディ、動くな」

「えっ……」

私の下した命令に、リディが目を瞬かせる。

「え、えと……動いちゃ駄目ってこと？」

「敬語」

即座に窘《たしな》めると、彼女はちょっと嬉しそうにそわっとした。

喜ぶかと思って言ってみたのだが、どうやら当たりだったようだ。口調を改め、目を輝かせながら聞いてくる。

「ご、ごめんなさい。ええと、動かなければいいんですか？」

「そうだ。リディは何もしなくていい。ただ、私のすることに逆らわず、動かなければそれでいい」

「動かない……わ、分かりました」

何を想像したのか、リディの表情に甘い期待が滲《にじ》んだ。そんな彼女の身体を抱き上げ、寝台の上に下ろす。

「ひゃっ……んんっ」

私も寝台に乗り上げ、彼女の唇を塞《ふさ》いだ。リディの着ていたドレスに手を掛ける。協力しようと腰を浮かせたのでやめさせた。

「動くなと言ったぞ」

「で、でも……」

「私の命令が聞けないのか？」

「っ～！　聞きますっ！」

「良い子だ」

「ああああああ……」

堪らないという顔をするリディ。ゾクゾクと背中を震わせ、濡《ぬ》れた瞳《め》で私を見てくる。その顔は反則だと言いたくなるくらい悩ましく愛らしい。

リディの服を焦《じ》らすように脱がしていく。下着に手を掛けると、彼女は期待で身体を震わせた。

「んっ……早……くっ」

時折漏れる喘《あえ》ぎ声が酷《ひど》く甘い。

脱がせているだけなのに、愛撫《あいぶ》を受けているかのような顔をするリディに下半身が痛いくらいに反応する。今すぐにでも貫いてしまいたいと思いつつも我慢し、時間を掛けて最後の一枚を抜き取った。

「……綺麗《きれい》だ」

じっくりと見ることになったリディの裸体はお世辞抜きで美しかった。

私と毎晩のように睦《むつ》み合っているからか、身体の線は日ごと柔らかさと丸みを帯び、更に女性らしくなっている。リディが気にしていた乳房は気づけばかなりの大きさにまで成長しており、手で掴《つか》むと余るくらいだ。そのくせ、腰や手足はほっそりとしたままで、ますます異性を惹《ひ》きつける魅力が増している。

更にリディは元々表情が豊かで、とても可愛い、人を惹きつけるような笑い方をする女性だから、最近では冗談抜きで彼女に見惚《みほ》れる男が増えていた。それは面白くないけれど、彼女を変化させたのが自分だと思うと、悪くないどころか最上の気分になる。

カーラたちも私の妃であるリディを美しく整えようと日々努力してくれているし、間違いなくリディはこれからもっと美しくなっていくだろう。

だが、どれほど皆が彼女に焦がれようとも、美しく花開いたリディに触れていいのは私だけなのだ。

それは、彼女の胸元に咲く王華が証明してくれている。

リディは私だけの華。そう考えるとゾクゾクとした愉悦と優越感が込み上げてくる。

手の動きが止まったことが気になったのか、リディが声を掛けてくる。愛する紫色の瞳《ひとみ》と目を合わせた。正直に思ったことを伝える。

「……フリード？」

「……リディがあまりにも綺麗で見惚れていただけだ」

「っ……」

彼女の頬に朱が走る。分かりやすく喜んでくれるリディに愛おしさが膨れ上がった。

全裸になったリディをもう一度上から下までじっくり観察し、ゆっくりと足を広げさせる。彼女は特に抵抗することなく、私の動きに従った。私に愛されるべき秘めた場所が露《あら》わになる。閉じていた二枚の花弁が足を広げていくにつれ、少しずつ花開いていく。遠目からでも中がしっとりと濡れているのが分かった。それを確認し、そっと足から手を放す。

「あ……」

「このままの体勢で動くな」

「えっ……こ、このまま？」

驚くリディに、笑みを浮かべる。彼女は私の正装に酷く弱い。これくらいの命令ならあっさりと頷くだろうと確信しながらリディに尋ねた。

「できるな？」

「っ、で、できます」

「良い子だ」

「あーっ……耳が死ぬ……」

「軍服格好良い……好き、何でもする……」と早口で呟くリディに思わず笑ってしまう。彼女は自らの欲望に正直なのだ。そういうところも可愛いのだけれど。

私に言われた通り、足を大きく広げたまま、恥ずかしげにしているリディに近づく。ふと、悪戯心《いたずら》が湧《わ》き上がった。パチッと指を鳴らす。

「えっ……」

次の瞬間、寝台の正面に大きな姿見が現れた。主室に置かれている、普段私たちが使っているものだ。突然出現した鏡に、リディは驚き固まっている。

「か、鏡？　な、なんでこんなところに……」

「魔法で移動させただけだ。それよりほら……鏡をよく見てみろ」

「あっ……」

リディのちょうど正面になるよう、鏡は配置している。彼女が自ら足を広げている姿が大きな姿見に映し出されていた。

「ちょ……嘘《うそ》っ……」

「動くなと私は言ったぞ？」

慌てて足を閉じようとするリディを叱責《しっせき》する。リディはこれ以上ないくらいに顔を真っ赤にして抗議した。

「動くなって……そんな……」

「鏡を使ったのは初めてではないだろう？　そんなに恥ずかしがる必要もないと思うが？」

二人で花逢処《はなあいどころ》へ行った時にも鏡を使ってのプレイはした。

鏡に映った自分を見たリディは興奮したのかギュウギュウに私を締め付けてきて、とても楽しかった記憶がある。それを思い出したからの鏡の移動だったのだが、彼女は恨みがましげな目を向けてきた。

「あ、あるけど……あ、あの時とは状況が違うというか……」

「本当に嫌なのか？　それならやめるが」

命令して欲しいと強請られはしたが、彼女が本気で嫌がることをするつもりはない。双方楽しくなければこういうプレイは意味がないと思うからだ。

念のためリディに尋ねてみると、彼女は慌てて首を横に振った。

「ち、ちが……嫌だなんて言ってないし……ほら、その……まさかこんなことになるとは思っていなかったから心の準備ができていないだけというか……」

「リディ、敬語」

「はうっ……」

身体中真っ赤にして、もじもじと可愛らしく身体を捩《よじ》る彼女を見れば、嫌がっていないのは明白だ。軽く叱《しか》ると、彼女は目を潤ませた。よほど嬉しかったのか、その目には喜悦が滲んでいる。

「ご、ごめんなさい……。ちゃんと、します」

「次はない。気をつけろ」

「はいっ」

嬉しげに返事をしたリディの後ろに回り込む。上半身を起こさせ、後ろから抱え込むような体勢にした。彼女の全身が正面の姿見に映る。リディは自分の淫《みだ》らな姿を直視し、目を見開いた。

「ひゃっ……」

「こうすれば、よりしっかりと見えるだろう？」

「あっ……」

後ろから乳房を掴み、強めの力で揉《も》みしだく。張りのある膨らみは私が指を押し込むと、いやらしく形を変えた。

「あんっ……」

乳首を軽く摘まめば、彼女はピクンと身体を震わせる。キュッと目を瞑《つむ》ったのを見て、指摘した。

「目を瞑るな。感じている自分をしっかり見ろ」

「～っ。はい……」

そろそろと目を開け、鏡を見るリディ。その顔は当たり前だが真っ赤だった。興奮しているのか荒く呼吸を繰り返している。その吐息すら愛おしい。

胸に触れていない方の手。その手袋を口を使って外す。それを鏡越しに見ていたリディが悲鳴を上げた。

「か、か……格好良い！」

「ん？」

「そ、その……手袋を口で外したの……好き」

「……それは良かった」

それ以外、どう答えられただろう。

本当にリディはどんな時でもリディだなと思う。なんと言うかブレないのだ。

手袋を外した方の手を彼女の敏感な場所に這《は》わせる。露わになった花びらの中心部に触れると、濡れた音がした。

「あっ……」

甘い声でリディが啼《な》く。そのまま指を泥濘《ぬかるみ》の中に押し込んだ。膣《ちつ》壁は温かく、優しく私の指を押し潰《つぶ》してくる。それに逆らうようにクルクルと指を回す。私が指を動かすたびにいやらしい音がグチュグチュと鳴った。リディが無自覚で腰を揺らすのがいやらしい。

「んっ、んっ……」

「ああ、よく濡れているな。そんなに私に抱かれたかったのか？」

「は、はいっ……だって、ずっと待ってて、私……あ、んっ、気持ちいいっ」

目を逸《そ》らすなと言ったのを覚えているのか、リディは羞恥《しゅうち》に震えつつもしっかりと鏡を見ている。

そこには大きく足を開いた格好で後ろから乳首を弄《いじ》られ、蜜口《みつ》を指で抜き差しされて感じている彼女の姿が映し出されていた。

なんとも艶《あで》やかな情欲を誘う媚態《びたい》に、すでに臨戦態勢になっている肉棒が更に熱を持った気がした。

「ふぁっ……あっ……あっ……」

「気持ちいいか？」

「気持ちいい……気持ちいいです……」

声を震わせながらも何度も頷くリディ。中に入れる指の数を増やし、彼女の弱い部分を軽く引っ掻《か》いた。

「ああっ……！」

喉《のど》を引き絞るような声が寝室に響く。

ビクビクと背中を震わせながら、リディは軽くではあるが達した。奥からドッと蜜が溢《あふ》れてくる。

それを指で絡め取り、膣壁になすりつけた。

中は柔らかく広がり、いつでも私を受け入れられる状態になっている。それを確かめ、指を引き抜く。自らのトラウザーズを寛《くつろ》げ、肉棒を引き摺《ず》り出した。

「あっ……」

「じっとしていろ」

彼女の膝裏に腕を通し、グッと持ち上げる。挿入位置を確認し、彼女の身体を下ろした。広がった淫唇《いんしん》の中に肉棒の先が潜り込んだことを確認し、そのまま私の上に勢いよく落とす。

「きゃっ……あああああっ！」

肉棒が膣内を蹂躪《じゅうりん》していく感覚に、リディが悦《よろこ》びの声を上げる。潤んだ中は狭く、私を歓迎するように締め付けた。相変わらず彼女の中は気持ち良い。

「あっ、あっ、あっ」

彼女の両足を抱えたまま、上下に揺する。鏡には肉棒が彼女の中を出入りする様子がくっきりと映し出されていた。

足を大きく広げた体勢のため、彼女の恥ずかしい部分が丸見えになっているのだ。そこを肉棒が何度も出入りする様はなかなかに見応《みごた》えがあった。奥まで肉棒が埋まると、彼女が悦に入った顔をするのが堪らない。

「リディ……鏡は見ているか？　すごく……イイ顔をしている」

「あっ……見てます……見てる……からぁ……」

返事とともにキュッと中が締まった。心地良い締め付けに吐息が漏れる。

「なら、今どんな状態か説明できるか？」

小刻みに腰を突き上げながら尋ねると、彼女はヒンヒンと啼きながら口を開いた。

「フリードのが……私の中を出たり入ったりしてるのが……見えてます……今……あ、奥まで入ったぁ……ひゃっ、奥グリグリされると私……」

「どうなる？」

「す……すぐ……イっちゃいそうになって……あんっ……耳駄目ぇ」

カプリと耳を甘噛《あまが》みする。ついでに首筋に舌を這わせれば、彼女は蕩けるような声で啼いた。

快感に身悶《みもだ》えながらも必死で自らの状態を説明するリディの姿に興奮する。

奥に何度も肉棒を押しつけると、食い締める力が強くなった。

「あっ……あっ……」

リディの乳首が硬く尖り、ツンと上を向いている。彼女を抱えたまま腰をゆさゆさと突き上げると、乳房が淫らに揺れた。ピンク色の乳首が私を誘っているように見えて仕方ない。リディのどんな姿にも情欲をそそられる。

――堪らないな。

欲に染まった紫色の瞳も、その肢体も、彼女に包み込まれる温かな感覚も。

何もかもが好みすぎて、癖になる。毎日毎日、それこそ飽きるほど抱いているのに、もっとという気持ちしか湧いてこない。

「あっ……やっ……もう……イくっ……」

飽きることなくリディの身体を揺さぶっていると、彼女が身体を小刻みに震わせ始めた。同時に膣内の圧迫感も増してくる。どうやらそろそろ限界のようだ。

「それなら……鏡を見ながらイこうか」

私も出したくなってきたので、射精できるよう、抽挿の速度を上げた。彼女は淫らに喘ぎ、あっという間に上り詰めた。

「あっ、あっ、あああああっ……！　イく……イきます……っ！」

膣壁が雄を痛いくらいに圧搾する。それとほぼ同時に私も精を解き放った。彼女の中にドクドクと白濁が注ぎ込まれていく。一番深いところまで届けとばかりに奥に切っ先を押しつけた。無数の襞《ひだ》が精を搦《から》め捕っていく感覚が心地良い。深い充足感にクラクラした。

全部を注ぎ込んでから、彼女の身体を持ち上げ、肉棒を引き抜く。ベッドの上に優しく下ろすと、彼女はぐったりとリネンに倒れ込んだ。

「お気に召してもらえたかな？」

命令系のプレイがしたいという彼女の要望に添ってみたがどうだっただろうか。尋ねてみると、彼女はよろよろと顔を上げ、「最高でした」と何故《なぜ》か親指を立てた。

「いや、まさか鏡プレイをされるとは思わなかったけどね……でも……手袋を口で外すフリードが格好良かったから、もうなんでもいい……」

「さっきも言ってたね。そんなに好きなの？　ただ手袋を外すだけの仕草が？」

「性癖に突き刺さったの。すごく、すごく格好良かったです……」

「……そうなんだ」

噛み締めるように言うリディ。よく分からないが、彼女が喜んでくれたのならそれでいい。

私は「軍服祭りはやはり最高……」と悦に入ったように独《ひと》り言を呟くリディの腕を取った。

彼女は「ん？」という顔をする。

「何、フリード」

「リディの望みも叶えたことだし、この続きは私が好きなようにしていいのかなと思って」

彼女も分かっていることとは思うが、一回で終わり、なんて話にはもちろんならない。

仕事で疲れやストレスも溜《た》まっている。それを吹き飛ばすためにも、彼女ともっと交わりたかった。

何せ、彼女は私のつがい。つがいと性交をすればするほど、ヴィルヘルムの男は元気になっていくのだから。それは私も例外ではない。私の言葉を聞いたリディがにっこりと笑う。

「いいよ。正装で抱いてもらったから、あとはフリードの好きにして」

「良かった」

断られるとは思っていなかったが、やはり了承の言葉をもらえるとホッとする。リディが私の正装に手を掛けた。

「じゃ、皺《しわ》になる前に正装を脱がないとね。えーと、まずはボタンを……って、えっ……」

彼女の手を掴み、くいっと引っ張る。全く警戒していなかったせいか、リディは簡単にベッドに仰向けに転がった。何が起こったのかよく分かっていないリディを組み敷き、彼女に告げる。

「——リディ、『この』私にもっと抱かれたいだろう？」

「〜〜!!」

意識して口角を吊《つ》り上げる。

先ほどまでと同じ口調で尋ねると、彼女の顔と肌が一瞬で赤く染まった。

「フ、フリード……まさか……」

「せっかくなんだ。たまにはこのまま二回戦と行こうか。リディ、今日はリディの大好きなこの格好のまま徹底的に可愛がってあげるから——覚悟しろ」

「！」

彼女の美しい紫色の目が極限まで見開かれる。だがその瞳が喜びで染まっているのは誰《だれ》の目にも明らかだった。

彼女はわなわなと口を開き「……軍服祭りアンコールが現実に？」と、またわけの分からないことを言い出した。そうして私の顔を窺《うかが》ってくる。

「い、良いの？　本当に？　私、一回で十分満足したよ？　あとはフリードの好きにしてくれても、ちゃんと付き合うのに……」

「今日はそういう気分なんだ。それともリディはもういい？　もっとこの格好の私に抱かれたいとは思わない？　それならやめておくけど」

「あ、あ！　だ、抱かれたいです……！　軍服フリードをもっと堪能《たんのう》したいです……！」

私の問いかけに対し、リディは慌てたように己の欲望を吐露した。そんな彼女に微笑みかける。

「うん、じゃあそうしよう。今日は正装を着たまま、ずっとリディを抱いてあげるよ」

「ひえええええ……私、トキメキすぎて死なない？　大丈夫かな」

「私がリディを死なせるはずがないでしょう。——だから今夜は最後まで私についてきて」

「フリード……んんっ」

話は終わりだと、彼女の柔らかな唇を己のもので塞いだ。

舌をねじ込めば、リディはそれを受け入れてくれる。唾液《だえき》を交換し合う濃厚なキスを楽しみながら、再度彼女の足を広げさせ、蜜口に肉棒を押し当てた。

「あっ……！　はあぁっ……大っきい……」

少し力を込めるだけで、先ほどまで肉棒を受け入れていた蜜口は、簡単に私を呑《の》み込んでしまう。一番深い場所まで自身を押し込めながら、彼女に宣言するように言った。

「今夜は眠れると思うな」

「……」

異論は許さないという気持ちで告げると、リディが呆《ほう》けた顔で私を凝視してきた。その頬が真っ赤に染まっている。そうして己の顔を両手で覆うと、震える声で言った。

「……も、もう、駄目。朝まででもなんでも好きにして……フリードが格好良すぎて……無理……最高……軍服着てくれるのなら、どこまででも付き合います……着衣命令プレイ好きぃ……」

どうやら今の台詞《セリフ》は、相当彼女の好みに合致したらしい。リディは全身を真っ赤に染め上げ、喜びを露わにしている。

ともかく了承は得られたわけだ。朝まで抱いても構わないようだし、じっくりとリディを味わわせてもらおう。

すっかり気を良くした私はその後、言葉通り正装姿のまま彼女を抱き続けたのだが、手加減せず付き合わせたにもかかわらず、次の日の彼女の機嫌は過去最高に良く、「軍服祭りならどこまででも付き合える。最高、軍服祭り最高」という言葉までもらってしまった。

「軍服祭りアンコールには夢が詰まってた。一度の軍服祭りでは味わえない喜びと感動があった。ありがとう、軍服祭り。ありがとう、私の愛する旦那様。また是非宜《よろ》しくお願いします」

そんなことを言い、疲れたのかベッドに突っ伏し、あとは泥のように眠ってしまった。

妙にハイテンションだったが、それは徹夜させた私のせいなので仕方ないだろう。喜んでいたとはいえ、リディは最後までよく付き合ってくれたと思う。おかげで私の体調も最高にいい。

——だが、なるほど。

熟睡するリディの頭を撫でながら、ふむ、と頷く。

今後抱き潰したいと思う日は、最後まで正装を脱がなければ、徹夜させても次の日ご機嫌でいてくれるのだなと理解してしまった。

抱いている最中も普段よりイイ声で啼いてくれるし、何より積極的で、私の命令には目を潤ませて従ってくれるのだ。回数を重ねるごとに大胆になったリディは、最後の方には自分からエッチなサービスまでしてくれた。……最高だった。

この手段がいつまで使えるのかは不明だが、彼女が頷いてくれる限りは利用しよう。

そう思ってしまうくらいには楽しい、彼女曰《いわ》くの軍服祭りだった。

文庫版書き下ろし番外編・彼女と夫婦の性的嗜好

寝室にあるクローゼット。そこを開き、入っているものを確かめて一人悦に入る。

綺麗に畳まれてあるのはフリードの正装だ。

私の大好きな黒の軍服。

彼の正装はカーラたちが管理していて、普通は彼女たちに頼まなければ出してもらえない。

それなのに、どうしてここにあるのか。

それはカーラが正装の予備を用意し、寝室のクローゼットに常備してくれたからだ。

私の軍服好きというどうしようもない性癖を知っているカーラは、度々私たちが祭りを行うことも勘づいている。

そうして気を利かせた彼女は、なんと先日の軍服祭りが行われたあと、自由に使っていいですよと普段使いできる軍服を用意してくれたのだ。

普段使い用の軍服。

凄まじいパワーワードである。

言われた時は羞恥で死ぬかと思ったし、その辺りの詳細は省かせてもらうが、基本私は図太いので、時間が経てばそれはそれと開き直れる。

「ふふ……ふふふふ……」

実際、フリードの軍服が常に取り出せる場所にあるというのは、悪くなかった。

おかげで軍服祭りの頻度も上がったし、予備だから大事な正装を傷めないか心配する必要もない。プレイにも集中できるので良いこと尽くめだ。

「はあ……フリードの軍服、ほんと好き。今夜もこれ、着てもらおうかなあ」

黒い上着を取り出し、抱きしめる。かっちりとした軍装は私の好みの権化で、見ているだけでも楽しいのだ。もちろん着てもらえば、テンションはうなぎ登り。目がハートになっているのは間違いないだろう。

フリードもフリードで、私がノリノリになるのが嬉しいのか、わりと積極的に着てくれる。

しかも命令プレイとかまでやってくれたりするものだから、私が更にはっちゃけるのは仕方なかった。

おかげで最近、夜が熱い。朝までプレイになることも多いが、軍服を着ている彼に逆らおうとは露ほども思わないので、快くＯＫの返事をしている。

いや、本当、軍服祭りなら何回戦付き合ってもいい。

サハージャみたいなスーツ型の軍服も好きだが、私は詰め襟軍服が特に性癖なので、フリードの正装がこれで良かったと、己の幸運を噛みしめる毎日。

とはいえ、フリード以外が軍服を着たところで、なんとも思わないのだけれど。

好きは好きなのだが、どうにも食指が動かないというか……ふーん、格好良いね。くらいにしか感じないのだ。

それがフリードになると、情緒がおかしなことになるのだけれど。

彼が着るからこそこの服は輝きを放つ。はじめて彼の軍装姿を見た時から、私はずっとそう思っているのである。

うきうきしながら、軍服を元の場所に仕舞う。

夫が軍服好きという性癖に引かないどころか、付き合ってくれる人で本当に良かった。

互いの性癖を受け入れるというのは夫婦生活にとって大切なことで――そう思ったところでハッとした。

私の性癖はいい。

軍服に腹筋、言葉責めと多岐に亘《わた》っていて、それを認めるのは吝《やぶさ》かではない。

実際楽しんでしまっているし。

だが、フリードの方はどうなのだろうか。

「フリードの性癖って何だろう……」

絶倫なので回数かなと思ったが、回数は性癖とは言わないだろう。

玩具や薬を使ったり、コスプレエッチをしたり、言葉責め、なんなら女装癖やら痴漢プレイ。性癖――性的嗜好とはそういうものだと思うのだ。

そしてそれらにフリードの好みは当てはまらない気がする。

軍服祭りは私に付き合ってくれているだけだし、言葉責めも私が喜んでいるからやってくれているように思える。

「……うーん、考えれば考えるほど分からなくなってきたぞ」

もしかしてフリードには性的嗜好などないのかもしれないとも考えたが、誰だって性癖のひとつやふたつ、持っていると思うのだ。

そして、あるのかもしれないと思うと、気になってしまうのが私という人間で。

私はベッドの縁に腰掛け、真剣に考え始めた。

今まで、フリードとした特殊プレイの数々を思い出す。これが彼の性癖の参考になるのではと思ったのだ。

「フリードとした特殊プレイ……」

鏡プレイ……というか、羞恥プレイ系はわりと好きだと思う。あと、お風呂でするもの大好きだ。

一回馬車の中でしたこともあるから野外プレイが好きなのかなと思ったが、彼は基本的に外ではしない。

大事なものは己のテリトリー内に仕舞い込みたいタイプだからである。自分だけが知っていればいい。そう考える男。

それは彼以外に見られたくない私の望みにも合致していて、有り難いなと思っているのだけれど
……おっと、話が逸れた。今はフリードの性癖について考えているのであった。

「あと、フリードの反応が良かったのは……猫耳メイド服でした時だっけ……」

ある意味、特殊プレイの極みとも言える。

イルヴァーンの王太子であるヘンドリック王子から婚約祝いと称して贈られた『獣化の腕輪』と、

やたら丈の短い『メイド服』。それらをセットで着た時、フリードはとても喜んでいたように思う。

「ふむ。フリードも私と同じでコスプレが好き、と。なるほど、なるほど」

あの喜びようを思い出せば、彼の性癖がこの辺りにあると考えるのは間違っていないと思う。だけど……メイド服、か。

「もう一回、あのメイド服を着てお誘いしてみる？　いや、それじゃあ前回と同じ反応にしかならないから、メイド服が性癖かどうかは判別できないよね。なら……そうだ!!」

閃いた。メイド服が性癖か分からないのなら、種類の違うメイド服を用意してみればいいと気づいたのである。

「種類の違うメイド服。前回はメイドにはあり得ない、如何にもプレイ用のデザインだったから、今度はリアリティーを追求してみるのはどうだろう」

悪くない。いや、悪くないどころか名案だと言える。

基本、思いつきで生きている私は、深く考えず上機嫌でカーラを呼んだ。

◇◇◇

「えっ……女官服、ですか」

「そう。一着、少しの間でいいから貸して欲しいの」

やってきたカーラは、私の要求を聞くと目を瞬かせた。その顔が「何を言っているんだ、こいつ」

と言っていたが、気づかない振りをする。

だってリアルなメイド服。

一番身近にあるそれが何かといえば、城の女官たちが着ている女官服だと気がついたからだ。

女官服を着てフリードに迫ってみる。その時の彼の反応で、メイド服が性癖かどうか分かると思ったのだ。

「制服なのだから、予備はあるわよね。それとも貸してはもらえないかしら」

「い、いえ……ご用意することはできますが、何にお使いになるご予定で?」

女官服を妙なことに使用されてはたまらないと思ったのだろう。用途をカーラが聞いてくる。私はふいっと視線を逸らして言った。

「その……別に部屋の外に出る気はないから迷惑は掛けないわ」

「……あっ」

小さく呟かれた「あ」の声が、『察した』と聞こえたのは多分気のせいではない。

困惑を浮かべていたカーラの目が、酷く生ぬるいものに変わった。

「……その、ご正妃様のサイズでご用意すれば宜しいですか?」

「えっ、ええ……」

一瞬で協力的になったカーラに戸惑いつつも頷く。

「分かりました。新品をご用意致します。その……差し上げますのでお返し頂かなくても結構です」

「……返さなくてもいいの?」

「はい。今後も定期的にお使いになるご予定があるものと思いましたが、違いましたでしょうか」

──うっ。

軍服の時と同じ展開。完全に用途を察せられている。

私は慌てて言い訳をした。

「ち、違うのよ。カーラ。これは実験で……。今後があるかは分からないというか、その」

「いえ、殿下とご正妃様のお望みを最大限叶えるのが私たちの使命ですから。どうぞ好きにお使い下さい」

「……そ、そう」

最後まで言わせてもらえなかった。

むしろ、説明するな、聞きたくないと言われた気さえした私は、大人しく口を噤んだ。

言えば言うほど、墓穴を掘っていくと気づいたからである。

「取って参ります」

深々と頭を下げ、カーラが部屋を出て行く。その背中を見送りながら私は、単なる実験のつもりだったのに、これは完全にコスプレエッチが趣味の夫婦だと誤解されたな、と己の浅はかな思いつきを反省した。

◇◇◇

「……かなりダメージは大きかったけど、一応、目的のものは手に入れた」

カーラに持ってきて貰った女官服を見つめる。

クラシカルなワンピースタイプの服は、首元まで詰まった長袖だ。

スカートの長さも足首まであり、肌を一切晒さない仕様。

仕事をしなければならないので無駄な装飾類はなく、代わりに動きやすい形をしている。腕を上げ下げするのに不自由はなさそうだ。機能重視。まさに、仕事用の服と言えよう。

ただ、生地はそれなりのものを使っている。これを着て城内を歩くと考えれば、ある程度の質は必要ということだろう。確かに、貧相な女官服では格好がつかない。

人に見られることも意識した女官服を改めて検品した私は、なかなか考えて作られているなと感心していた。綺麗に畳まれた女官服は、カーラが言っていた通り新品だ。

私としては誰かのお下がりとかでも良かったのだが、さすがに中古品を王太子妃に渡すわけにはいかなかったのだろう。

カーラは返さなくていいと言っていたが、何度も使うとは思えないので、返品する予定だ。

「よし、着替えるぞ」

気合いを入れ、女官服に手を伸ばす。

周囲に誤解されてまでやらなければいけないことだったのか、甚だ疑問ではあるが、せっかく手に入れたのだ。何もしないままだと、恥ずかしい思いをしたことが無駄になる。

女官服に着替えた私は、フリードの帰りを待つことにした。

◇◇◇

「ただいま」

女官服に着替えて、十五分ほど経った頃、フリードが帰ってきた。

急いで予定していた場所に移動する。基本、リアリティーを追求する派の私は、女官らしく部屋の片付けをする振りでもしようと企んでいたのだ。

髪は飾り気のない紐でひとつに束ねている。フリードからは後ろ姿だけが見えるはずだ。

知らない女官が部屋を触っていたら、フリードは良い顔をしないかもしれない。だが、ちょっと思ったのだ。女官だと思って私に声を掛けてくるフリード。

なんか萌えるな、と。

フリードの性癖を探す試みのはずが、自分の新たな性癖を発見する羽目になっている気が若干しないでもないが、気にしても仕方ない。とにかく私は全力で女官の振りをすることに決めた。

「リディ？　……何してるの？」

「えっ……」

お前は新しい女官か、とでも話し掛けられるかと期待しまくっていた私は、フリードから発せられた第一声にがっくりした。

なんと後ろ姿で、しかも女官服を着て仕事をしていても、彼には私が分かるようである。

……まあ、そんな気はしていた。フリードが私を見間違えるなんてあるはずない、と。

フリードだもんね、と深く頷く。

「リディ？」

いつまでも返事をしない私を訝しく思ったのか、フリードがやってくる。しょんぼりしながら振り返ると、彼は目を瞬かせた。

「えっと……聞いてもいいのかな。何をしているの？」

「女官の真似事、みたいな？」

改めて何をしているのか聞かれると恥ずかしいなと思いつつも答える。

フリードは私の姿を頭の天辺から足のつま先まで見つめたあと、不思議そうに言った。

「どうしてそんなことを？」

「……これには色々と深い理由がありまして」

あ、これはフリードの性癖とは違うな、と彼の反応から察しながらも、私が好きでしている格好だと思われるのは心外なので、実験の主旨を説明する。

話を聞いたフリードは再度私の姿を見ると、なるほどと頷いた。

「私の性癖が何か知りたくて、こんなことをしていたの？」

「うん。あ、この場合の性癖は、エッチの時の性的嗜好って意味ね」

性癖という言葉が、性的な意味だけを指すわけではないことは分かっている。

一応、念押ししてから、再度口を開く。

「私としてはやっぱり夫婦だし、互いの好みは知っておきたいなって。私の好みばっかり押しつけるのは悪いじゃない？」

たまにはフリードの趣味にも付き合いたいのだと言えば、彼は目を丸くした。

「私の趣味に付き合ってくれるの？」

「うん。よっぽどでなければ」

世の中には本気かと疑いたくなるような性癖もあるので、もしフリードの趣味がそれだった場合はさすがに付き合えないが……そう思ったところでハッとした。

興味本位で探りを入れたのは私。それなのに聞くだけ聞いて、エグいからと拒否するのは間違っている。

こうなったら、たとえどんなおぞましい性癖であろうと受け入れてみせると悲壮な決意を固めた。

どんなものでもどんとこいと彼を見つめると、フリードは私の女官姿を見ながら言った。

「私の性癖ねえ」

「フリードが絶倫なのは分かってる。でもそれは性癖とは言わないでしょ」

真顔で告げる。分からないなら分からないで構わないのだが、自覚あるものがあるのなら教えて欲しかった。フリードが首を傾げる。

「リディは知っていると思ったけど」

「知らないよ？」

本気で分からなかったので、尋ねる。彼は笑って言った。

「リディだよ。私の性癖はリディ」

「え」

どこかで聞いたことのある台詞だ。いや、どこかではない。つい最近、弱点を聞いた時と全く同じ答えではないか。

弱点と性癖が私？　何故そのふたつが同じになるんだと訝しく思いながら彼を見ると、フリードが私の顎を指で掬い上げた。顔が近づいてきたので、目を閉じる。柔らかな唇の感触にうっとりした。

「私はリディのことが大好きだからね。リディがしてくれること、全てが刺さるよ。当然じゃないか」

目を開ける。彼の眼差しには、見覚えのありすぎる熱が籠もっていた。

「正装を着た時のリディの反応を見るのも好きだし、命令口調に喜んでいるリディを見るのも好き。可愛いメイド服を着て、私専属のメイドさんになってくれるリディも大好きだよ。でも、どれもリディでないと意味がないけどね」

「そ、それは私も一緒だし……！」

軍服はフリードが着なければ意味がない。

「ええとね、そういうのじゃなくて……フリードが特別に好きなプレイが知りたいの」

「ええ？」

「色々あるでしょ。たとえば——」

難しいことを言われたという顔をするフリードに、私はたとえとして特殊プレイの数々を挙げていった。中には口にするのも恥ずかしいプレイもあったが、彼の性癖を知るためなのだ。心を鬼にして告げる。

「なるほど」

「こ、この中にあった？」

「うーん。特別興味を引かれたものはなかったかな」

「そ、そっか」

せっかく説明したのに、気になるものはないようだ。

なんだ、残念と思っていると、フリードが私を抱きしめた。

「だから、私の性的嗜好はリディで間違っていないんだってば。リディとなら何でも楽しいし、何でもしたいって思うから。逆にリディでなければそういうこと自体したくないからね。ええと、あ、そうだ。さっき聞いて思ったんだけど、リディって痴漢プレイに興味があるの？」

「何の話!?」

えげつない言葉がフリードの口から飛び出した。

「ない！　全然ないから！　私は普通のプレイが好き!!」

「そう？　話している時、ソワッとしているように見えたけど。興味があるならやってあげるよ」

「いらないっ！」

ただ、口にするのが恥ずかしかっただけだ。

とんでもない誤解をされ、必死で否定する。フリードの趣味が知りたかっただけなのに、酷いところに被弾した。本気で泣きそうだ。

「はいはい。冗談だよ。とにかく、分かってくれたかな。私は『リディ』が性癖だって」

「……よく分かりました」

げっそりしながら頷く。もうなんでもいいという気持ちでいっぱいだった。

疲れ果てた私をフリードがつつく。

「何？」

「で、もう始めても良い？」

「何の話？」

本気で分からなかったのだが、フリードは当然のように言ってのけた。

「だから、女官のリディを抱く話だよ。そのために着てくれたんでしょう？　良いよね。すごく新鮮だし、女官のリディなんて普段見られないから興奮する」

女官服は外れかと思ったが、それは違うようで「お」と思う。

どうやらこれはこれで良いらしい。

無駄にはならなかったようでホッとした。そして彼がその気ならと頷く。

「じゃ、女官プレイする？」

「する」

即答され、笑った。性癖ではないにせよ、嫌な顔をされない……というか、喜んでもらえるのは悪くない。フリードが笑顔で言った。

「じゃあ、リディが夜伽の相手として来てくれた……みたいな設定でいいかな」

「え、設定？」

「うん。仕事だけど、実はリディは私のことが好きで、抱かれるのを期待してる……みたいな感じでお願い。夜伽を断る私に『これが私の仕事ですから』とか言って恥ずかしそうに迫ってくれると嬉しいかな。うん、せっかくだから、敬語にしようか。呼び方も今夜は『殿下』でお願い」

——細かいな。

具体的すぎる指示に吃驚だ。

とんでもないことを言い出したフリードを見つめる。彼はウキウキとしていて、とても楽しそうだった。性癖ではないにせよ、彼が全力で楽しむ派であることは間違いなさそうだ。

まあ、私も嫌ではないので構わないけれど。

そのあとはフリードのお望み通りの設定で女官プレイを楽しみ、悪くなかったという結論に達した。女官のような口調で話すのは楽しかったし、非日常感があった。フリードも満足げで、またしようねと約束した。

そして次の日の朝。

「まあ……」

明らかに使用済みである脱ぎ散らかされた女官服を見たカーラから、私はそっと視線を逸らした。逸らすしかなかったし、返す予定だった女官服は彼女の提案通り、いただくつもりである。

だってほら、二回目の約束があるし……。

つまるところ、私たちの寝室のクローゼットには、『女官服』という新たなコスプレ用グッズが増えたわけで。

そして、今後もその系統のグッズが増えていくだろう予測は簡単につくわけで。

もちろん、例の猫耳メイド服も保管してあるわけだから――。

『王太子夫妻は、コスプレ好き』

そう言われても否定できず、ひたすら羞恥に身悶える日々が続くのは確定していた。

ああ、なんということだろう。

でも、頼むから言い訳をさせて欲しい。

誰も信じてくれないことは分かっているけど、私たちは別にコスプレが特別好きというわけではないのだ。他にも好きなことは色々ある。いや、確かに私はフリードの軍服が一番好きだけど、それはあくまでも私の趣味というだけで、ふたりでとなると……。

「……」

こめかみをそっと押さえた。自分で言ってて頭痛がする。

これ以上墓穴を掘りたくないなと思った私は、賢明にも口を噤むことを決めた。

あとがき

※ご存じかと思いますが、メタネタ注意報。書籍読了後に読むことをお勧めします。

リディ↓リ　フリード↓フ

リ「皆、元気？　リディアナです。『王太子妃編五巻』をお買い上げ下さりありがとうございます！」
フ「フリードリヒです。皆様、いつもありがとうございます」
リ「今巻は平和なひとときをお送りしています。次巻から色々と怒濤……なので」
フ「いよいよ国際会議が始まるからね」
リ「国際会議。婚約者編でも時たま話題に出てたやつだよね。読者様的にも、ようやくといった感じじゃないかなあ」
フ「イルヴァーンにタリム、サハージャにアルカナム島。色々な国の代表が集まってくる。リディを参加させたくはないんだけどね」
リ「フリードの奥さんだもん。行かないわけにはいかないよね」
フ「そういうこと。タリムのハロルドもだけど、私としてはマクシミリアン国王と会

　わせたくないというのが本音かな」
リ「うっ、マクシミリアン国王……。私も会いたくはないけど。でも、イリヤも来るから、その辺りは楽しみかなあ。ええっと、次巻はそんな感じです。いよいよ色んなものが動き出す……みたいな！」
フ「読者の皆様にも楽しんでいただけると嬉しいです」
リ「宣伝はここまで！　じゃあ今回の挿絵について語ろうか！　今回はカバーにグラウがいます！」
フ「リディが助けた狼だね」
リ「そう！　せっかくだもの。皆と仲良くしてくれたら嬉しいな。でもね、カバーもいいけど、今回外せないのは正装姿のフリードが手袋を口で外しているシーン……！　あれは最高。私の性癖を突いた素晴らしい神絵でした……！」
フ「……リディ、大興奮だったものね」
リ「久しぶりの軍服祭りに燃え上がった自覚はある」
フ「リディらしくて可愛かったよ。蔦森《つたもり》先生、今回も素敵なイラストをありがとうございました」
リ「ありがとうございました。毎回とても楽しみにしています！」
フ「ということで、今回はここまで。また次回、お会いできれば嬉しいです」
リ「国際会議でまた会おうね～」

◇◇◇

こんにちは。月神《つきがみ》サキです。

『王太子妃編五巻』をお買い上げ下さり、誠にありがとうございます。

今回は、次の巻への布石がたくさん詰まっています。ここから先、ドドドッと駆け抜けて行きたいと思っていますので、お付き合いいただければ嬉しいです。

蔦森えん先生、いつも素敵なイラストをありがとうございます。

グラウ、格好良かったです。ミニリディがキャッキャしているのも可愛く、萌え要素しかありませんでした。とても楽しませていただきました。

最後になりましたが、この作品にかかわって下さった全ての皆様、そしてお読み下さっている読者様方にお礼を。いつもありがとうございます。

皆様のおかげで、王太子妃をお届けすることができています。

それではまた次回、お会いできますように。

月神サキ　拝

王太子妃《おうたいしひ》になんてなりたくない!!
王太子妃編《おうたいしひへん》5

月神サキ

2022年5月5日　初版発行

著者　月神サキ

発行者　野内雅宏

発行所　株式会社一迅社
〒160-0022 東京都新宿区新宿3-1-13　京王新宿追分ビル5F
電話　03-5312-7432(編集)
電話　03-5312-6150(販売)
発売元：株式会社講談社(講談社・一迅社)

印刷・製本　大日本印刷株式会社

DTP　株式会社三協美術

装丁　AFTERGLOW

ISBN978-4-7580-9456-6

●本書は「ムーンライトノベルズ」(https://mnlt.syosetu.com/)に
掲載されていたものを改稿の上書籍化したものです。
●この作品はフィクションです。実際の人物・団体・事件などには関係ありません。

MELISSA
メリッサ文庫